칵테일 사랑

3

칵테일 사랑 3

초판 1쇄 인쇄   2012년 12월 02일
초판 1쇄 발행   2012년 12월 12일

지은이   정 혁 종
펴낸이   손 형 국
펴낸곳   (주)북랩
출판등록   2004. 12. 1(제2012-000051호)
주소   153-786 서울시 금천구 가산디지털 1로 168,
          우림라이온스밸리 B동 B113, 114호
홈페이지   www.book.co.kr
전화번호   (02)2026-5777
팩스   (02)2026-5747

ISBN 978-89-98268-39-8 04810
ISBN 978-89-98268-36-7 04810 (전 3권 세트)

성인 코믹 소설

1 2 **3**

칵테일 사랑

정혁종 지음

book Lab

차례

39. 낚시터는 즐거워!

"아이구 참, 달수가 지금은 낚시 안 다니데?"

"예? 낚시요? 낚시 간다고 안 하던데……."

"그럼, 그만 두었나? 에유 그것만 해도 사람 된 거다."

"어머, 또 무슨 일이 있었어요?"

"아, 있다마다. 걔가 중학교 때인가, 갑자기 낚시에 취미를 붙여서 곤경을 치렀다."

"말썽을 피웠군요. 호호호."

"그러니까 그 녀석이 중학교 삼학년 때이지. 아마 난데없이 낚시를 다닌다 하더니 일요일만 되면 저수지로 줄행랑을 치는 거야. 그것도 십리나 되는 길을 가더라니까."

"그렇게 먼 길을 혼자 다녔어요?"

"걔가 은근히 고집 부리는 애다. 난 처음에는 그것도 몰랐는데 알고 보니 낚싯대를 친구네 집에 숨겨두고 다녔던 모양이야. 그러다가 할머니 할아버지가 아시곤 얘는 물하고 상극인 사주를 타고 났는데 그리 보내서 물에 빠져 죽게 되었다고 호령을 하시니 어쩌냐. 그날따라 아버지도 안 계시지, 내가 십 리 길을 허우적거리며 뛰다시피 해서 그놈을 데리러 갔는데, 찾을 수가 있어야지. 그 넓은 저수지 어느 구석에 있는 줄 알아. 한나절을 헤매다 저녁 때 거의 다 되어서 돌아오니까 이놈이 어느 틈에 집에 와 있는 거야, 글쎄."

"아이구 참. 반가우셨겠네요."

"반가워? 너 같으면 반갑겠니? 그놈을 보자마자 얼마나 화가 치밀든지 없던 근력까지 나서 그놈을 떼밀었더니 뒤로 벌렁 자빠지더라."

"그래서요?"

"생각 같아선 따귀를 몇 대 올려 치려고 했는데 할머니, 할아버지가 계시니 어쩌니. 혼자 속으로 화만 낼 수밖에."

"저 같아도 그냥 안 두었겠어요."

"그래. 아무리 생각해도 몇 대 올려쳐야 분풀이가 될 것 같아서 어안이 벙벙해 서 있는 그놈에게 달려가서 있는 힘껏 따귀를 올려쳤지."

시어머니는 점점 흥이 나는지 목소리가 높아졌다.

"얼라! 애 어멈아! 너 지금 무신 짓이냐?"

시아버지가 역정을 내는데 귀청이 떨어질 듯했다.

"이놈을 보니 괘씸해서 그럽니다. 제가 십리길 저수지까지 찾으러 갔다 왔잖아요. 이런 못된 놈을 그냥."

"애야, 너 그 무슨 말이냐. 아까도 내가 얘기했거늘, 달수의 사주는 원래 물하고 상극이다. 그렇다고 애들이 뭘 아니. 챙기지 못하는 어른 탓이지. 걔가 명이 길고 운이 좋아서 무사히 돌아온 것을 다행으로 여겨야지 때리면 쓰겠냐."

이렇게 할아버지가 달수의 역정을 드니, 그제야 달수도 사건의 전후를 좀 알게 되었는지 주춤거리며 할아버지에게 가더니 홀쩍 거리기 시작했다.

"아무리 그래도 제멋대로 저수지에 낚시 가는 것은 옳지 않잖아요."

달수의 어머니도 지지 않고 대꾸했다.

"얘 어멈아, 그만해라. 그만하면 되었다. 나도 네 자식 걱정으로 저수지까지 갔다 온 거 안다. 이제 무사히 왔으니 그만 해라. 이제부터 다신 낚시 안 가면 될 거 아니니."

"……."

달수의 어머니는 더 이상 대꾸를 하지 못하고 고개를 떨구고 분에 못 이겨 눈물을 훔치기 시작했다.

"어머나! 그랬어요. 정말로 분했겠네요? 그래서 그 다음부터는 낚시 안 다녔어요?"

"안 다니긴. 그놈이 또 갖은 꾀를 써서 저수지에 가서 살았지. 하여간 그런 그 녀석이 지금은 낚시 안 다닌다니 다행이다."

"예. 지금은 낚시에 취미 없나 봐요. 낚시 도구도 하나도 없어요."

"그 참 별일이다. 낚시라면 자다가도 벌떡 깨어날 듯하던 애가. 변해도 많이 변했다. 얼라! 또 있다. 낚시 사건."

"네에? 또 있어요?"

나연이가 두 눈을 휘둥그레 뜨고 시어머니를 쳐다보았는데 시어머니 눈은 더 커져 있었다. 심마니가 산삼 발견하듯, 광부가 금맥을 찾아내듯 시어머니는 대사건을 찾아냈다.

"에구. 그 얘길 빠트릴 뻔했네. 대학교 1학년 때 낚시질."

"그럼 대학교 때도 낚시했어요?"

"암 하다마다. 재수해서 겨우 들어가 놓고는 그냥 낚시에 빠졌다. 그러니 낚시 대학엘 들어간 거야."

"어머머머! 호호호."

"걔가 대학교 일학년 때 초여름인데 하루는 과 친구라고 하면서 시골집으로 전화가 왔다."

"여보세요? 거기 달수네 맞죠."

"예. 뉘신지."

달수의 아버지가 전화를 받았다.

"아, 예? 안녕하세요. 달수와 같은 과에서 공부하는 학생입니다. 달수하고 친하죠."

"으음, 그래. 달수 친구라고? 그런데 무신 일이 있나?"

"네. 아뇨, 달수가 학교에 통 나오질 않아서요."

"뭐어? 학교에 나오질 않는다고?"

"네. 그래서 시골집에 갔나 하고 전화 드리는 겁니다."

"어허! 큰 봉변을 당했나? 여긴 안 왔는데. 자네 혹시 걔 자취방 아나?"

"예, 거기도 없어요. 주인아줌마가 그러는데 집 나간 지 열흘이나 되었다고 하대요."

"뭐어? 이거 큰일 났네. 내가 당장 올라가 봐야겠네."

"아유 참. 너무 걱정 마세요. 어디서 공부하고 있겠지요."

"어디서 공불해?"

"도서관 같은 데서요."

"도서관? 그놈이 거기 가서 공부할 위인이 아닌데. 이거 어디 가서 그놈을 찾지?"

"아이참. 제가 괜히 전화 드렸나 봐요. 전 걱정이 되어서 전화했는데."

"아냐. 자네 전화 잘했네. 당장 올라가서 찾아봐야지."

"그럼 어디 갈만한 데가 있나 저도 알아보죠. 사실은 오늘부터 시험인데 달수가 나오질 않아서 전화 드린 겁니다. 제가 과대표이걸랑요."

"뭐이? 시험도 안 보았다고?"

달수 아버지의 목소리는 점점 커져갔다.

"아이구 여보. 우리가 어디서 달수를 찾아요."

"어디긴 어디야. 먼저 자취방에 가 봐야지."

두 양반은 그렇게 허겁지겁 나와 기차를 타고 서울로 가서 또 택시를 타고 산동네 달수의 자취방에 갔다.

"안녕하십니까? 저 달수 애비 되는 사람입니다."

"아유 안녕하세요. 무슨 급한 일이 있나요. 일찍 올라오시게."

"우리 애가 없어졌다고 해서 왔습니다."

"네에? 전 그 학생이 시골에 내려간 줄 알았는데요?"

"안 왔어요. 여기도 비운 지가 열흘은 된다고 하던데요?"

"네에. 그렇긴 한데 누가 그래요?"

"달수가 다니는 학교 과대표인가 하는 학생이 여길 들렀다고 합디다."

"네. 엊그제 왔던 학생이 그 학생인 모양이군요. 그러면 달수 학생이 어딜 갔을까요?"

"글쎄. 모르니깐 여기로 찾으러 왔지요."

"에이구! 무슨 일이 난 모양이유."

달수의 어머니가 급작스레 울상을 짓더니 목소리가 가라앉았다.

"어허! 이거 야단일세. 어디서 찾지."

"아유! 이걸 어째! 흐흐흐흥."

드디어 달수 어머니가 울음소리를 내었다.

"가만 있으라고."

달수 아버지가 듣기 싫다는 듯이 역정을 내니 울음소리는 내지 못하고 두 손으로 눈물을 훔쳐내기 시작했다.

"이걸 어째."

주인아줌마도 안타까운 듯이 말을 했다.

"흐음. 이놈을 어느 구석에 가서 찾는담. 이놈을 그냥 찾기만 하면."

"……."

"아주머니. 혹시 그놈이 낚시 가는 걸 보셨나요?"

"낚시요? 글쎄요. 저번에 언제 낚시 갔다 왔다고 하면서 붕어 몇 마리 주길래 된장찌개 속에 넣어 끓여 주긴 했는데…… 맛있다고 하면서 다음에 더 큰 거 잡아다 준다고 하는 걸 말렸어요."

"으음, 그럴 거예요. 그놈이 분명 낚시를 버리지 못하고 또 거길 간 게야."

"네에? 저수지에 갔다고요? 이구 엄니. 아이구!"

달수 어머니가 통곡을 하기 시작했다.

"아이구 엄니. 우리 달수가 물하곤 상극이라는디. 아이구 엄니. 아이구!"

달수가 어렸을 때 할아버지가 하신 말을 떠올리며 분명히 큰 변고가 난거라며 달수 어머니가 울기 시작하니 옆에 있던 주인아주머니도 발을 동동 구르다 얼굴이 붉으락푸르락 해지기 시작했다.

"진정하세요. 달수 학생이 낚시 갔는지도 아직 모르잖아요."

"아이구!"

"……저 아주머니. 그놈이 낚시 도구를 어디다 두고 다녔나요?"

"글쎄요. 전 잘 모르는데, 저 뒤 편 추녀에 놓은 걸 언뜻 본 듯한데."

주인아주머니의 말이 떨어지기도 전에 달수 아버지가 성큼성큼 그리로 가더니 곧바로 다시 왔다.

"없어요. 낚싯대도 없고, 낚시 가방도 없고, 분명히 낚시 가서 처자

빠져 있을게요."

"아이구, 여보 우리 달수가 어떻게 되었나요. 물하고는 상극이라는디."

"가만있어요. 가만있어!"

달수 아버지가 큰 소리로 또 역정을 내었다.

그러나 달수 어머니는 넋을 잃다시피 하고 울고만 있었다.

"혹시 요 근처에 저수지 없나요?"

"가보지 않았지만 여기서 버스 타고 삼십 분 정도만 가면 저수지가 있다고 들었어요. 혹시 갔으면 그리로 갔을지도 모르죠."

달수 아버지는 그 저수지에 대해 급히 몇 가지를 묻고는 훌쩍이는 어머니와 함께 택시를 집어탔다. 일요일도 아닌 평일이라 그런지 낚시터는 사람들이 별로 눈에 띄지 않는 게 첫눈에 썰렁했다.

"내 이놈을 그냥, 분명 근처 어딘가에 처자빠져 있을 테니……."

"살아 있을까요?"

"거 재수 없는 소리 그만해!"

"……헤이구, 살아 있어야 할 텐데. 그런데 저 넓은 곳을 언제 다 돌아보지……."

달수 아버지는 더 이상 대꾸하지 않고 저수지 둑길을 허적허적 혼자서 먼저 올라가서는 그 옆의 산으로 올라갔다. 그리곤 목을 길게 빼고 이리저리 쳐다보기 시작했다. 그렇게 한참을 하다가 어딘가 집히는 데가 있는지 쏜살같이 아니 매가 쥐 잡으러 내리꽂듯이 내리꽂으며 저수지 안쪽으로 뛰어 내달렸다.

조금은 커 보이는 듯한 양복이 펄떡거리며 겨우 등에 붙어 있었다. 그 뒤를 이어 영문을 모르는 달수 어머니가 뒤를 따랐다. 숨이 턱에 받치는 듯했지만 죽기 전에 달수의 얼굴이라도 보아야 했다.

　달수의 아버지가 내달은 곳은 자그마한 텐트가 쳐진 곳이었다. 그 텐트 앞에 오뉴월 햇볕에 까맣게 그을려 아프리카토인처럼 된 젊은이가 낚싯대를 드리우고 한가롭게 앉아 있었다. 구두 발자국 소리를 내며 뛰는 소리를 듣고 고개를 돌린 젊은이와 그 모습을 확인한 중년의 신사는 거의 눈길이 마주쳤다. 그 순간, 수만 볼트의 고압이 흘러 밝은 대낮이 또 한 번 번쩍였다.

　"야, 이놈아."

　천둥 번개와 같은 소리가 나옴과 동시에 달수의 아버지가 뛰어 왔고, 너무 놀란 달수가 쭈그리고 앉아 있던 의자를 밀치며 반사적으로 몸을 일으켜 도망치려는데 다리가 말을 듣지 않았다.

　"어어! 아버지가 여길 어떻게!"

　"야, 이 죽일 놈아!"

　달수 아버지는 더 이상 얘기할 것도 없다는 듯이 오자마자 낚싯대를 번쩍 들어올렸다. 낚싯대가 휘청거리며 들어 올려지는 데 하필이면 그때 붕어 새끼가 물렸는지 어린애 손바닥만 한 붕어가 허공을 맴돌았다. 도망치려고 몇 발자국 내딛던 달수에게 낚싯대를 휘둘러 급히 내려치니 달수의 몸에 휘청하고 맞긴 맞았다.

　"이런 고얀 놈을."

"아이구! 아버지 잘못했어요."

달수는 더 이상 도망을 못 가고 잘못했다고 서서 빌었다.

"에이 이놈을 그냥."

아직 손에 쥐어진 낚싯대를 다시 한 번 크게 휘둘러 달수에게 내리쳤다. 낚싯대가 휘청하고 달수를 때리더니 힘없이 '뚝' 하고 중간이 부러졌고, 그 바람에 낚싯줄 끝에 매달렸던 붕어 새끼는 물속에 풍덩 떨어졌다. 달수 아버지는 부러진 낚싯대를 또 휘둘러 달수를 때렸다.

"아이구! 아버지 잘못했어요. 용서하세요. 아이구 아야~"

저수지 낚시터에서 갑자기 이런 해괴망측한 일이 벌어지자 주위에 있던 사람들이 일시에 몸을 일으키며 이 광경을 쳐다보기 시작했다. 달수 아버지는 연거푸 낚싯대를 휘둘러 몇 토막이 났다.

그제서야 달수 어머니는 숨이 넘어갈듯이 헉헉거리며 왔다.

"아이구. 이게 누구야. 달수 아냐? 아이구 내 새끼. 살아 있었구나."

달수 어머니는 오자마자 달수를 껴안다시피 감싸 안았다.

"저리 비켜. 내 이놈을 오늘 때려죽일 테니. 저리 비켜."

하지만 달수 어머니의 귀에는 아무 소리도 들리지 않았다. 연탄장수처럼 까맣게 타 버린 그 젊은이가 분명히 달수임을 알아보곤 거침없이 눈물만 흘렸다.

"아이구, 내 새끼. 죽은 줄만 알았다. 아이구."

"네, 엄마, 울지 마세요. 잘못했어요."

"저리 비키라니까!"

아직 분이 덜 풀린 달수 아버지가 또 낚싯대를 휘두르니 반은 달수가 맞고 반은 어머니가 맞았다.

"저리 비키라니까!"

또 벽력같은 소릴 지르며 비키라고 했으나 달수 어머니의 귀엔 들리지 않았다. 그렇게 몇 차례나 달수는 더 얻어맞고 어머니도 그만큼 얻어맞아야 했다.

"왜 그러슈, 살아 있는 것만 해도 다행인데, 왜 죄 없는 애를 때려요?"

"뭐어? 죄 없는 애를 때린다고? 당신 말 다했어?"

드디어 두 양반끼리 싸움이 붙을 지경이 되었는데, 그 사이 주위에는 여남은 사람이 모여서 이 희한한 광경을 구경하며 여기저기서 키득대었다.

"거참! 그만들 하시지요. 애들이 그럴 수도 있지요."

"그래요. 부모 몰래 낚시 다니는 애들이 어디 한두 명인가요?"

"우리도 어렸을 때 그랬어요. 참으시죠."

"낚시 취미가 그래도 좋습니다. 덜 떨어진 인간들은 주색잡기에 몸 망치고 패가망신한다니까요. 그만 참으시죠."

"취미 중에서는 고상한 취미입니다."

"진정하세요. 댁들이 그러니깐 고기들도 다 도망갔잖아요."

어떤 사람이 볼 멘 소리로 불평을 하니까 달수 아버지가 조금씩 누그러지기 시작했다.

"본의 아니게 이거 죄송합니다. 이놈을 데려가서 혼내야죠."

시어머니는 그때의 고생을 이제는 아주 신이 나서 말했다.
"어머나! 그랬어요?"
"그래. 그때 얼마나 혼이 났는지 아마 그 이후로는 낚시 간다는 소리 못 들었다."
"어휴 참, 정말로 큰 말썽꾸러기였네요."
"그렇다니까."
시어머니와 나연이는 밤이 이슥하도록 얘기를 나누곤 잠이 들었다.

40. 도끼 내는 가위바위보

"텔레비전 다 끝났다. 자기 텔레비전 좀 끄고 와."

"싫어, 여태껏 같이 보고 있다가 왜 내가 꺼."

"그거야 자기 탓 아냐?"

"뭐라고? 왜 그게 내 탓이야. 그럼 매일 밤 텔레비전 끄는 것이 내가 할 일이란 말이야?"

"엉. 자기가 리모컨 던져서 깼으니 당연히 자기가 할 일이지."

지난번 누드 사진 때문에 둘이 싸울 때 나연이가 리모컨을 던져서 깨졌다고 하는 소리였다.

"그렇다고 날더러 계속해서 리모컨 노릇을 하란 말이야. 그게 깨진 게 된 원인 제공은 자기가 한 것이라는 걸 명심해. 내가 그만하고 이해하고 넘어갔으니까 말이지, 다른 여자들 같아 봐."

"꼭 리모컨 노릇을 하라는 것은 아니지만 지금은 그렇게 해 주어야겠어."

"치잇, 나도 못해. 자기가 끄고 와."

나연이는 갑자기 몸을 핵 틀어 돌아누웠다. 그 바람에 침대가 한

번 출렁거렸다.

"갑자기 왜 그래, 삐쳤어?"

"……."

"어, 정말인가 봐. 뭣 때문에 그래. 텔레비전 끄라고 했다고 그래."

"좌우지간 난 그런 요구 들어 줄 수 없으니까. 텔레비전을 보든지 끄든지 맘대로 해. 그렇지 않으면 저 텔레비전까지 던져버릴 테니까."

"그럼 새 텔레비전 사 오려고?"

"정말 속 뒤집어 놓을 거야, 빨리 끄고 자."

텔레비전은 번쩍이는 화면에 칙칙 소리만 요란했다.

몸만 일으켜 세우면 될 일을 가지고 둘이는 침대 속에 파묻혀 계속 옥신각신했다.

"자기 정말, 이렇게 고집이 센 줄 몰랐어. 책임감도 없고."

"이제 점점, 책임감까지 들먹여. 정말 못 참겠어."

"아냐, 농담이야. 그럼 우리 공평하게 가위, 바위, 보를 해서 지는 사람이 끄고 오기. 어때?"

"좋아, 정정당당히 하자고. 나도 가위바위보는 자신 있으니까."

"자, 장 께이 뽀."

"그게 무슨 소리야?"

"내가 어렸을 땐 '장 께이 뽀' 라고 했어. 아마 일본말인 것 같애."

"칫. 난 또 무슨 소리라고. 우리말로 해. 내가 할게. 가위, 바위, 보."

달수가 보를 냈고 나연이도 보를 냈다.

"자, 다시 가위, 바위, 보."

이번엔 달수가 바위를 냈고 나연이도 바위를 냈다.

"어, 이게 쉽게 결판이 안 나네. 자 다시 한 번."

"가위, 바위, 보."

나연이는 또 바위를 냈지만, 달수는 엉뚱하게 검지손가락 하나만을 삐죽 내밀었다.

"어머나, 근데 자긴 이게 뭐야? 가위야?"

"이거? 이게 가위 같아? 도끼야, 도끼."

"그게 무슨 도끼야, 부러진 가위지. 좌우지간 내가 이겼으니 빨리 텔레비전 꺼."

"그 무슨 역학 법칙에 어긋나는 소리야, 도끼는 모든 걸 다 이긴다고. 바위도 깨부수고 보자기도 자르고 가위도 부러뜨리고. 알아? 그러니 내가 이겼어."

"뭐야, 이런 엉터리가 어디 있어. 가위바위보면 가위바위보만 내야지 거기서 왜 도끼가 나와."

"왜 없어. 게임은 항상 새로운 것이 등장해야 이기는 거야. 상품도 안 그래? 새로운 상품이 나와야 그 기업이 존속하지. 여러 말 할 것 없어. 내가 이겼으니까."

"또 또, 거창한 이론이 나오기 시작하는군. 호호홋, 내가 졌어. 내가 져야지. 다음부턴 봐라, 나도 도끼만 낼 테니까."

"그래, 도끼 내. 난 또 다른 걸 낼 테니까."

"내참, 억지의 대가."

나연이는 마지못해 일어나 텔레비전을 끄고 왔다.

"낄낄낄, 내가 이겼다. 그 대신 불은 내가 끄지."

"왜 그것까지 날 시키지 않고."

달수는 발을 쭉 뻗어 벽에 있는 스위치를 껐다.

"야, 깜깜하다. 여기가 어딘가?"

"어머나, 어디다 손을 넣고 그래."

"아이구, 깜깜해라."

"아휴, 숨 막혀."

41. 풀로 만든 수프

한편, 달수는 사건의 원인이 어떻든 간에 결과는 늘 나연이에게 혼나기만 했다. 노래방 사건으로 혼나고, 누드 사진 때문에 혼나고, 왜 이러는지 몰랐다. 그래서 달수는 나연이에게 언젠가 복수를 해야겠다고 벼르고 있었다.

그러던 어느 날, 달수가 식탁에 앉아 밥을 먹고 있는데 나연이가 밀가루를 꺼내 냄비에 부었다.

"지금 뭐하려고 그래?"

"거실에 벽지가 뜯어진 곳이 있어서 밀가루로 풀을 쑤려고요."

"풀 있잖아."

"작은 풀 가지고 어떻게 다 발라. 열 개가 있어도 모자라겠네. 이 튀김용 밀가루로 풀을 쑤면 돼요."

"그렇게 해도 되겠군."

이런 일이 있고 그날은 무심코 회사에 다녀왔는데, 집에 와 보니 나연이가 아프다며 누워 있었다.

"혹시 아기를 가져서 입덧하는 거 아냐?"

"아냐, 아니 몰라. 갑자기 배가 아프고 그래."

"그러면 병원에 갈까?"

"아냐, 괜찮을 거야. 저녁 먹었어?"

"아니. 밥 있으니까, 라면 끓여서 같이 먹어. 난 입맛이 없어서."

나연이는 머리에 송글송글 땀까지 맺혀서 누워 있었다.

"많이 아픈 거 같은데. 괜찮아? 뭐 먹고 싶은 거 없어?"

"아니, 낫겠지."

"약 먹어야지. 약 사올까?"

"안 돼. 그냥 참아 봐야지."

나연이는 임신이 되면 어떤 일이 있어도 약은 한 알도 먹어서는 안 된다고 몇 번이나 얘기하더니 지금도 그 말을 하고 있는 것이었다.

"그래도. 아픈 거 같은 데. 병원에 가볼까."

"괜찮다니까 그래. 자기나 어서 밥 먹어. 난 조금 있다가 가라앉으면 먹을게."

"그래, 그럼 먼저 먹을게."

달수가 그 말을 하고는 주방으로 와서 라면을 끓이려고 가스레인지 위에 있는 냄비를 열어보니 풀이 있었다. 아침에 쓴 풀이 벽지를 바르고 남은 모양이었다.

달수는 별 생각 없이 다른 냄비를 꺼내 물을 끓여 라면을 넣었다. 잠시 후 라면 냄새가 주방에 퍼졌다. 그때, 누워 있던 나연이가 달수를 불렀다.

"왜 그래."

"뭘 좀 먹어야 될 것 같애."

"먹어야지. 뭐 먹을래?"

"밥은 못 먹겠고 죽이 있으면 좋은데. 자긴 죽 못 끓이잖아. 거기 자기 줄려고 사다 놓은 수프가 있을 거야. 그냥 끓는 물에 넣기만 하면 돼. 그것 좀 갖다 줘요."

"그래, 내가 끓여 올게. 그냥 끓이기만 하면 돼?"

"끓이는 것도 아냐. 끓는 물에 넣었다가 꺼내서 뜯어 부우면 돼. 후춧가루나 좀 넣고."

"아이구야. 자기가 아프다니까 대책이 없다. 지금은 어때?"

"더 아프진 않은데 배가 고픈 거 같기도 하고 그냥 아픈 거 같기도 해. 뭘 잘못 먹고 체했나 봐. 입맛도 없어. 아침은 그래도 그냥 먹었는데 점심때부터 갑자기 그래."

"뭐 사다줄까?"

"특별히 먹고 싶은 게 없다니까. 그냥 구역질이 나려고 하는 것 같기도 하고."

"……애기 가졌나 봐."

달수가 조심스럽게 물었다.

"글쎄, 그런 거 같기도 하고. 언니한테 전화 걸어 볼까. 난 처음이라서 뭘 알아야지."

"뭘 전화해. 창피하게. 그냥 있어 봐. 정 아프면 병원에 가 보면 될 거 아냐."

"그게 낫겠다."

이러고선 달수는 주방으로 와서 수프를 끓이기 위해 물을 올려놓고 라면을 다 먹어치웠다. 이제 수프를 꺼내 끓는 물에 넣기만 하면 된다고 했는데, 달수는 엉뚱한 생각이 들었다.

'그 동안 날 계속 혼내기만 하더니, 오늘 골탕 먹일 좋은 기회가 왔다.'

달수는 풀냄비의 뚜껑을 열었다. 여기저기에 꺼먼 먼지가 묻어 시커멓지만 숟가락으로 조금 걷어내고는 빈 그릇에 풀을 서너 숟가락 덜었다.

그리곤 그 위에 다 끓는 물을 조금 부어 휘휘 저었다. 이어서 조미료를 넣고 후춧가루를 넣고 소금까지 적당히 뿌려가며 저었다.

'풀을 잘 쑤려면 이렇게 잘 저어야 한다. 김이 모락모락 나서 색깔이 노릇노릇해지면 주걱으로 찍어서 손가락으로 만져 보아 끈기가 있어야 한다. 그래야 풀이 잘 쑤어져서 도배지가 잘 붙지.'

갑자기 어머님의 목소리가 생각났다. 달수는 어머님의 지시대로 풀을 쑤기 시작했다. 풀이 아니라 수프를 쑤기 시작했다. 영락없는 수프였다. 풀을 쑨 밀가루가 원래 튀김용 밀가루여서 그런지 고소한 냄새가 나는 것도 같았다.

달수는 히죽거리며 정성껏 수프를 만들었다. 그것만으로는 부족한 느낌이 들었는지 얼른 계란 프라이를 해서 노른자만 건져 풀로 만든 수프에다 넣고는 숟가락으로 곱게 으깨며 저었다. 나중엔 파까지 꺼내 와 아주 얇게 채를 썰어 넣으니 보기에도 먹음직스러웠다.

나연이에게 이걸 수프라고 속이고 먹일 생각을 하니 웃음이 자꾸 나왔지만, 이 엄숙한 순간에 웃기라도 한다면 그게 말이나 되나.

"자기, 자?……"

"아니. 다됐어?……"

"응, 이 수프 먹어 봐. 아주 맛이 기막힌데……."

달수는 미리 너스레를 떨며 먼저 숟가락으로 한 숟가락 퍼서 자기 입에다 넣어가며 나연이를 쳐다보았다.

"자, 먹어 봐……."

달수가 수프가 아닌 풀이 든 그릇을 쟁반째 넘겨주니, 나연이는 군 말 없이 숟가락으로 떠넘기었다.

"조금 짜고 매운 거 같아. 후춧가루를 많이 넣었어?"

"아니. 짜지 않을 텐데. 내 입맛에 맞추어서 그런가?"

"자기나 나나 비슷한데, 내가 입맛이 없어서 그런가 봐."

"그럴 거야."

입맛이 없다던 나연이는 수프 한 그릇을 다 먹고 잘 먹었다고 거 듭 말했다.

그날 밤 달수는 밤새 웃음을 참아야 했다.

"카하하하하."

"자기 왜 그래?"

놀란 나연이가 눈을 휘둥그레 뜨고 물었다.

"아냐, 꿈을 꾸었나 봐, 카하하하."

"무슨 꿈인데 그래?"

"몰라, 몰라, 크하하하하."

나연이는 별 관심 없다는 듯이 배가 아프다며 돌아누웠다.

그렇게 잠이 들었을까 말까 하는데 나연이가 신음을 하며 달수를 깨웠다.

42. 아이구, 배야!

"아이구! 자기 일어나 봐."

"어. 왜 그래."

"배가 아까보다 더 아파. 아이구."

나연이는 신음을 하며 아프다고 호소했다. 달수는 일어나 앉으며 손바닥을 펴서 나연이의 배를 만져보았다.

"어디가 아파?"

"글쎄, 체한 것 같기도 한데 배 전체가 아파. 자꾸 더 아파. 아유. 어떻게 해봐."

"으응, 그래. 좀 밀어 볼까?"

"그래. 살살 밀어줘 봐."

달수는 조금은 걱정스러운 표정을 짓고는 나연이의 배를 밀기 시작했다. 처음엔 배꼽 위쪽만 살살 밀다가 점점 손이 위아래로 폭이 넓어졌다.

"여기가 아파? 여기가 아파?"

달수가 손을 위아래로 움직이며 묻는 말이다.

"거기, 윗배 아랫배 다 아파. 아유, 나 죽겠네."

달수는 손을 위아래로 크게 움직이며 어디까지인가 손이 쑤욱쑤욱 내려갔다.

"아유, 자기 왜 그래. 난 아파 죽겠는데. 거기까지 왜 손을 대."

"히힛. 거긴 안 아파?"

"아이구, 나죽겠네. 아유 배야."

나연이가 점점 더 아프다고 신음을 하자 달수는 은근히 겁이 났다. 그러지 않아도 배가 아프다던 나연이에게 골탕을 먹인다고 풀을 쑤어서 수프라고 먹게 했으니 이제 일이 나도 크게 나게 생겼다.

시간을 보니 새벽 두 시경이었다.

"야, 큰일 났다. 지금 병원에 가기 어렵겠는데. 자기 혹시 당직의사 있는 병원 알아. 거기 가 볼까?"

"몰라. 그렇게 조금만 더 밀어 봐."

그때 달수의 머리에 떠오르는 것이 있었다.

"배를 따뜻이 하면 낫는다던데."

그러나 배를 따뜻이 할 만한 아무런 도구가 없었다. 찜질팩도 없었다. 달수는 무엇이 생각난 듯이 일어나 밖으로 가더니 다리미를 들고 들어왔다.

"자기 그게 뭐야. 다리미로 뭐하려고."

"어엉. 이걸로 배를 따뜻하게 하려고 그래. 자기 배가 지금 무척 차다고. 이걸로 따뜻하게 하면 나을 거야."

"아휴. 호호. 웃기긴. 그걸로 내 배를 다린단 말이야. 내 배가 빨래야. 아이구야. 웃음이 다 나오네. 후후후."

"왜 웃어. 지금 엄숙하게 치료를 하려는데."

달수는 다리미 전기 코드를 꼽고는 수건 한 장을 들고 왔다.

나연이는 그만 웃기라고 말렸지만 달수는 그대로 나연이의 배 위에다 수건을 깔고 다리미질을 하기 시작했다.

"아이구, 웃기지 말고 그만 둬. 후후훗."

"아이, 왜 그래. 웃으니깐 다리미가 배 위에서 춤추잖아."

"그만하라니까 그러네. 아유 배야 어어. 앗 뜨거."

달수가 다림질을 하지 않고 한 곳에 둔 모양이었다.

달수는 깜짝 놀라 다리미를 들고 수건을 들췄다. 데지는 않았지만 나연이 배 전체가 불그스레한 게 화끈거렸다.

"어때. 배가 따뜻하니까 조금 낫지."

"나은지 더한지 모르겠어. 그만 웃기고 저리 치워."

"히히힛 이러면 다 낫는다. 이게 배 아플 때 치료하는 걸로는 최고지."

"아무래도 안 되겠어. 자기 바늘로 손가락 딸 줄 알아?"

"이잉. 그거, 알지. 군대에서도 해 봤고. 시골에선 다 그걸로 낫는다니까. 바늘로 따 볼까?"

"그래, 그렇게 해봐."

달수는 다리미를 내려놓고 바늘을 가져와 나연이의 엄지손톱 밑을 땄다. 붉은 피가 몇 방울 나왔지만 나연이는 여전히 아프다고 했다.

"아무래도 안 되겠어. 병원엘 가 봐야지."

"그래. 그럼 가보자구."

달수도 그제야 겁을 먹고 병원 갈 차비를 했다. 나연이는 어지럽다고 비척거렸다. 다행히 고물차라도 한 대 있으니 얼마나 편리한지 몰랐다.

"어이구. 이 고물차 없었으면 사람 죽었겠네."

달수가 너스레를 떨며 나연이를 차에 태우고 '부웅' 하고 떠났다.

응급실이 있는 병원이 어딘지 몰랐지만 대강은 병원 간판이 있는 곳을 알았기에 무턱대고 떠났다. 한밤중이라 차도 없어서 시원시원 달려 몇 군데 가다보니 마침 큰 병원이 있었다.

젊은 의사는 나연이의 배를 홀렁 까더니 이리저리 꾸욱꾸욱 눌러도 보고 청진기도 대보다가 브래지어까지 위로 벗겼다. 그 순간 달수는 '아악!'하고 소리 지를 뻔했다.

'배가 아프다는데 거기까지 왜 청진기를 들이대냐, 인마!'

그러나 젊은 의사는 더욱 무엄하게시리 배꼽 아래까지 여기저기 손으로 더듬어보며 꾸욱꾸욱 눌러댔다. 달수는 '아이그, 거긴 만지면 안 되는데. 내가 만져볼게. 야, 인마!' 하는 소리가 목구멍까지 치밀어 올랐다. 그걸 참으려니 목이 터질 것 같았다. 그러다가 또 왼발을 들어보고 오른발도 들어보고 무릎도 손가락으로 퉁겨보고 별짓을 다 했다.

'저놈 돌팔이라 아무것도 모르면서 별짓 다하네.'

여전히 달수는 괴로웠다.

'아이구. 괜히 풀 먹여서 더 아픈 거 아냐. 여기까진 안 와도 되는 건데. 아이구, 저걸 어째.'

달수는 안타까워서 안절부절못했다.

젊은 의사는 나연이에게 몇 마디 물어보곤 달수를 불렀다.

"보호자 분 이리 와보세요."

"네……."

"아무래도 이상합니다. 배 전체가 다 아프다고 하는데. 맹장 초기에도 그런 수가 있긴 있습니다만."

"네에? 그럼 맹장염이에요?"

"글쎄. 아무래도 그것도 아닌 것 같고. 혹시 뭐 잘못 드신 거 없어요?"

그 말은 들은 달수는 심장이 '쿵' 하고 내려앉을 뻔했다.

"저. 뭐 별로. 없는 것 같은데요."

"좀 더 검사를 해봐야 알 것 같은데. 지금은 안 되고 아침에 오셔야 합니다."

"그럼 약은 안 주나요. 아프다고 난린데 당장 어떻게 가라앉힐 주사나 약 같은 거 없어요?"

"뭐 별다른 약은 없습니다만. 제 소견으로 볼 때 심한 급체로 인한 위통에다 생리통까지 겹친 듯합니다. 임신은 아닌 것 같고. 그래서 배 전체가 아픈 모양입니다."

"아이구, 그래요. 다행입니다. 전 또 맹장이라고요. 다행입니다."

"글쎄, 정확한 건 아닙니다. 경과를 봐야지요. 우선 진통 주사를 놔 드리고 약도 드리겠습니다. 진통제와 소화제죠."

"감사합니다."

달수는 고개를 끄덕이며 감사해 했다.

서나연은 엉덩이에 주사를 한 대 맞고 또 팔에다 혈관 주사를 한 대 더 맞았다. 달수는 약봉지를 받아들고 나연이를 데리고 집으로 돌아왔다.

나연이는 아픈 게 좀 나았다고는 했으나 이마에는 구슬 같은 땀방울이 송글송글 맺히기 시작했다. 얼마 후엔 나연이가 잠들었고 달수도 그 곁에서 잠들었다. 자다가 나연이의 이마를 만져보니 평상시와 비슷한 것 같았다.

43. 풀을 뒤집어 쓴 달수

다음 날 아침 나연이는 별일 없는 듯이 일어나 밥을 지었다.

"어어! 괜찮아?"

"괜찮은 거 같애. 의사 말대로 급체에다 생리통인 모양이야."

"에구, 다행이다. 난 또 죽는 줄 알았네."

"죽으면 좋지?"

"아니."

"왜 안 좋아. 또 새 장가 갈 텐데."

"아냐, 아냐. 농담도 그런 농담하는 거 아냐."

달수가 항의하듯 말했다. 어찌되었든 나연이가 아프다고 하지 않으니 크게 안심이 되었다. 달수는 평상시와 똑같이 출근을 하고 저녁 무렵에 퇴근을 했다.

저녁을 먹고 나서 둘이는 소파에 기대어 텔레비전만 쳐다보고 있었다. 달수는 아무리 생각해 봐도 어젯밤 사건은 빅 사건이었다. 그래서 자꾸 혼자서 '키킥'대고 웃었다.

"왜 그래. 재미도 없는 프론데. 뭐가 재미있어?"

"아냐, 그냥. 그냥 웃겨서 그래."

"뭐가 그리 웃겨."

"그냥. 어제 일이 웃겨서 그래."

"어제? 어제 무슨 일?"

그러지 않아도 입에서 그 말이 터져 나오려 하는데 나연이가 자꾸 추궁을 하자, 달수는 낄낄 웃어대며 풀로 수프를 만들어 먹인 것을 모두 말해 버렸다.

"뭐야? 풀을 먹었다고? 으웩! 으웩!"

나연이는 헛구역질을 하며 눈매를 치켜 올렸다.

"어어, 왜 그래, 장난한 걸 가지고. 왜 그래."

"나에게 풀을 먹였다고. 씨익, 씨익."

나연이의 숨소리가 거칠어지더니 후딱 일어나 주방으로 갔다.

풀이 들어있는 냄비를 들고오자마자 달수에게 달려들어 '확'하고 쏟았다.

"아이쿠, 왜 그래, 풀을 왜 뒤집어쓰게 해. 아이쿠."

달수는 창졸지간에 당한 일이라 얼굴이며 옷에 풀이 범벅이 된 채 '아이구' 소리를 냈다.

나연이는 여전히 분이 풀리지 않은 듯 씩씩거렸다.

"이제 내 근처에만 와 봐. 자기 같은 인간은 사람도 아냐. 배 아파 죽겠다는 사람에게 먹고 죽으라고 풀을 갖다 줘. 그러지 않아도 입맛 없어서 수프를 가져 오랬더니. 어쩐지 배가 덜 아프다가 밤 되어서는 죽겠더라니. 나를 죽이려고 작정을 했지. 아이구 분해."

나연이는 여러 소리를 늘어놓았고 달수는 '아이구' 소리만을 연발하다가 욕탕으로 들어갔다.

달수는 혼내기만 하는 나연이를 골탕을 먹이려다 되레 자기가 뒤집어쓰고만 형국이 되었다. 이번에는 나연이가 단단히 토라진 모양이었다. 베개를 들고 건넌방에 들어가서 문까지 잠갔다. 달수가 잘못했다고 문 밖에서 아무리 애원해도 들은 청 만청이었다. 달수는 혼자서 잠을 자야 했다.

그래도 나연이는 다음 날 아침 일어나 밥은 해 주었다.

"자기 아직도 분 안 풀렸어?"

"……상대도 안 해. 빨리 먹고 가. 인생이 불쌍해서 밥은 해 주니까."

"그만 해. 내가 미안하다고 그러잖아."

"알았으니까. 빨리 먹고 가라고요."

"미안하다니까."

달수가 또 사과를 했지만 요지부동이었다. 이번 사건은 어쩐지 장기화될 조짐이 보였다. 그날 저녁도 나연이는 골이 난 채로 건넌방에 가 버렸다. 다음 날도, 그 다음 날도.

달수는 덩달아 풀이 죽어서 말하기도 싫었다. 둘은 그렇게 며칠 동안 침묵으로 일관했다. 신이 나서 떠드는 건 텔레비전뿐이었다.

44. 잠자리를 같이 못하는 이유

풀로 만든 수프 사건 이후 여러 날이 지나서야 나연이는 침실로 돌아왔지만 달수는 그때부터 이상해졌다. 아니 벌써부터 이상한 조짐이 있었다.

"자기, 요즘 왜 그래."

"내가 왜?"

"자기 오늘 밤도 그냥 잘 거야?"

나연이가 눈을 살포시 감으면서 투정을 했다.

"아 글쎄, 요즘은 회사일이 너무 바빠서 그런지 온몸이 마구 쑤시고 죽게 생겼다니까."

"그런 지가 벌써 언제야. 열흘이 넘었잖아."

"왜 그런지 나도 모르겠다니까."

"자기, 나에게 뭐 숨기는 일이 있는 게 아냐?"

"숨기긴 뭘 숨겨, 내가 자기에게 숨긴 것이 뭐 있어?"

달수가 화난 듯이 다소 언성을 높여 대꾸하니 그제야 심문을 그칠 모양인지 나연이는 고개를 돌리고는 이불을 머리까지 뒤집어썼다.

달수도 별말 없이 잠을 청하였으나 웬일인지 오늘따라 잠이 쉽게 들지 않았다. 하기야 요즘 들어 잠들기가 쉬운 일이 아니었다.

달수가 침대에서 몸을 일으키니, '출렁' 하고 침대가 한번 흔들렸다. 그 바람에 나연이의 몸이 달수 쪽으로 움직이자, 나연이는 얼른 힘을 주어 벽 쪽을 향하여 몸을 뒤틀었다. 나연이도 아직 잠들지 않은 모양이었다.

정규 방송이 끝난 텔레비전은 번쩍거리는 신호만 내 보내고 있었다. 몸을 일으켜 텔레비전을 끄고 나니 둘밖에 없는 방안은 갑자기 공허감에 휩싸였다. 달수는 더욱 공허하여 무엇인가로 빈속을 채우지 않으면 안 되었다.

주방으로 나가 술 한 잔을 따랐다.

'술을 많이 드시면 안 됩니다.'

갑자기 그의 머릿속에 신의 계시처럼 어떤 목소리가 들려왔다. 엊그제 시내 약국의 여자 약사 목소리였다. 하지만 달수는 단숨에 한 잔을 비웠다. 밤늦은 시간에 술이 한 잔 들어가니 뱃속이 싸르르 했다. 또 한 잔을 따랐다.

이번에는 온 몸이 싸르르 했다. 또 한 잔. 머릿속이 싸르르 하며 사고가 자유로워졌다.

'정말 요 근래 내 몸이 왜 이러는지 모르겠다.'

달수는 매일같이 나연이 몸을 찾다가 수프 사건 이후 벌써 열흘간이나 그냥 보내야 했다. 나연이 하고 잠자리하기가 두려웠기 때문이었다.

"저 약사선생님!"

몇 군데를 돌고 돌며 약국을 찾아 들었다는 게 하필이면 여자 약사가 있는 약국이었다. 게다가 결혼을 했는지 안 했는지 앳된 모습이 영 마음에 걸렸다. 그렇다고 여기도 지나쳤다간 오늘을 또 넘길 뿐만 아니라 증세가 날로 심각해지는 이 마당에 더 이상 망설일 수도 없었다.

"네, 말씀하세요. 어디가 편찮으신데요."

"글쎄, 어디가 아프다기보다는."

"많이 편찮으신 모양인데요."

"그게 아닙니다. 그저 그게."

"혹시. 말씀하시기가 부끄러운 곳이에요?"

"네 그렇습니다."

"그러면 성병이시군요."

"예에? 그건 아닌 것 같습니다."

"아니긴 뭐가 아니에요."

젊은 여자 약사는 피도 눈물도 없는지 나오는 대로 물었다.

"……."

가슴이 치받아 오르며 숨이 턱에 차기 시작했다.

"그러면 자세히 증상을 설명해 보세요. 아니면 병원에 가 보시던가."

"병원요? 병원에 가야 합니까?"

"그러면 어떻게 하실 작정이세요?"

"아니, 뭐 그냥 잘 듣는 약을 주세요."

젊은 약사는 더 이상 묻지 않고 쪼르르 조제실로 들어갔다.

"전원 팬티 바람으로 연병장에 집합!."

갑자기 귓가를 찢는 듯한 내무반장의 목소리가 들렸다. 눈보라가
휘몰아치던 때 달수가 입대 한 훈련소의 첫날밤이었다. 내무반장은
오십여 명이나 되는 소대원을 연병장에 팬티 바람으로 집합시켰다.
그것도 남들이 한참 잠들 시간에.

단지 연병장의 둘레에 있는 수은등만이 잠든 세상을 깨우고 있었다.

"차렷."

"열중 쉬엇."

차가운 금속성의 호령 소리는 연변장의 신병들을 사시나무 떨 듯
떨게 하였다.

"팬티를 벗는다. 실시."

"실시."

"동작 그만."

"동작 그만."

"실시."

"실시."

"동작 봐라. 동작 그만."

"동작 그만."

"실시."

"실시."

동작 그만이라는 말이 떨어질 때마다 팬티를 허벅지에, 무릎에, 종아리에 걸치면서 겨우 팬티를 벗어 내렸다.

"열중 쉬엇."

이어서 내무반장은 질서 정연하게 서 있는 신병들을 위아래로 훑어보았다. 그때였다. 내무반장은 다짜고짜 맨 앞에 있는 녀석의 남근을 잡아당기는 것이 아닌가. 우리들은 모두 기겁을 했지만 들려오는 건 거친 숨소리뿐이었다.

잠시 후, 내무반장은 달수의 앞에 왔다. 그놈은 그것을 쥐고 있는 힘껏 잡아 당겼다. 머리끝이 삐쭉하게 서며 온몸에 경련이 일어났다. 아니 그보다도 나의 그것이 빠져 달아나는 줄 알았다. 아직까지 세상 구경도 못한 그것을 말이다.

내무반장은 맨손이 아니라 의사용 얇은 고무장갑을 끼고, 오십 여명의 그것을 죄다 걸터듬었다. 여기저기에서 신음소리 비슷한 소리가 들려왔다.

"이상 없다. 오초 내에 팬티를 입고 취침한다. 실시!"

"실시!"

"이 약을 잘 복용하세요."

어느 새 약사는 약을 두툼하게 조제해 가지고 나와서 달수 앞에 섰다.

"그리고 부부관계는 절대 금하시고 술, 담배도 하셔서는 안됩니다."

"담배는 안 하는데요."

"그러면 술만 하지 마세요."

달수는 몇 마디 말을 더 건네고 약사가 주는 약을 뺏다시피 하여 들고 나와 아무도 몰래 약을 복용하기 시작했다.

그렇게 또 여러 날이 지나갔지만 아무런 차도가 없었다.

달수가 나연이를 가까이하지 않으니 나연이는 자기대로 또 고민에 빠졌다. 달수가 잠든 틈에 살며시 조사를 해 봐도 아무런 이상이 없어보였다.

'신혼 초부터 과욕을 부리더니.'

나연이는 어떻게든 달수의 기력을 회복시키고자 어디서 구했는지 인삼, 녹용이 들었다는 보약을 다려 왔다. 그러니 달수는 기력이 펄펄 넘쳤지만 나연이를 가까이할 수 없었다.

"지난번에 해 먹은 보약도 아무 소용이 없는 모양이지? 비싼 인삼 녹용에다가 무슨 약인가 특별히 첨가했다고 값도 더 치렀는데 아무 소용이 없단 말예요?"

나연이의 푸념이었다.

"글쎄, 나도 모르겠어. 내 몸이 왜 이러는지."

그러나 사실은 그 반대였다. 지난번에 먹은 보약인가 뭔가 덕에 요즘 같아선 신혼 초보다도 더 기력이 왕성했다. 그걸 그냥.

이제 더 이상 방치하다가는 무슨 큰 변고를 치를 것이 분명했다.

지난 번 약국을 찾아다닐 때와 마찬가지로 중심가를 몇 번이나 돌고 돈 다음에 겨우 마음에 드는 비뇨기과 병원을 찾아냈다. 그리 넓지 않은 길에 오래되어 퇴색된 간판이 걸려 있는 것으로 보아 사람들 눈에 잘 띄지 않을 것만 같아서였다. 다만 한 가지 마음에 걸린다면 이 층에 있다는 것이었다.

달수는 현관문을 열자마자 빨려 들어가듯이 몸을 옮겼다. 몇 개 안 되는 계단이 마치 엘리베이터 없는 고층빌딩 같았다.

달수는 소리를 내지 않기 위해 뒤꿈치를 들고, 애써 힘을 내어 급히 올라갔다.

"어떻게 오셨어요?"

어떻게 된 셈인지 여기는 지난번의 젊은 여자 약사보다도 더 어린 간호사가 달수를 맞이하였다. 앳된 것이 이제 막 고등학교를 졸업한 듯이 보였다.

"……저기 저."

"어디가 불편하신가요?"

"네."

"여긴 비뇨기과인데요."

"알고 왔습니다."

"그럼, 보험 카드는 가지고 오셨나요?"

"아, 네, 아니 없습니다."

순간, 달수는 등골에 식은땀이 주르르 흘렀다. 벌써 며칠 전부터 병원에 가야겠다는 생각에 의료보험카드를 가지고 다녔지만, 만약 여기서 의료보험카드를 제출했다가는 자기가 비뇨기과에 다녔다는 사실이 기록되질 않겠는가? 그러면 카드를 같이 사용하는 아내가 알게 되고, 일이 어떤 지경으로 확대될 것인지는 불을 보듯 뻔한 노릇이었다. 참으로 위기일발의 순간을 넘겼다.

몇 가지 질문이 오고 간 후에 진료 카드가 작성된 모양이었다.

"저쪽에 앉아서 잠시만 기다리세요."

그녀가 가리키는 쪽을 바라보니 어느 남자가 의식적으로 고개를 외면 한 채, 신문지를 높게 들고 있었다. 달수 역시 고개를 그 남자로부터 외면한 채 허공을 응시했다.

참으로 길고 긴 시간이 흘렀다.

어떤 젊은 사내가 좋지 않은 표정으로 진찰실에서 나오고, 옆의 남자가 들어갔다가 떨떠름한 표정으로 나오고, 달수가 불려갔다.

"이쪽으로 앉으시지요."

"어디가 불편하십니까?"

예상했던 대로 나이 많은 의사가 부드럽게 물었다.

"네, 그저."

"병력은 있으신가요?"

"병력이라니요?"

"에, 그러니까. 비뇨기과에 다니신 경험이 있느냐는 말입니다."

"아닙니다. 처음입니다."

달수는 처음으로 목에 힘을 주어 말했다.

"그러면 저쪽 침대로 올라가시지요."

의사는 매우 친절하고 부드럽게 말을 건넸지만, 달수에겐 한 마디 한 마디가 가슴에 와 닿아 도살장에 끌려가는 소처럼 행동해야 했다.

"바지를 내리시지요."

바지를 내리라고 했지만 물어보나마나 팬티까지 내려야 하는 것이 아닌가. 달수는 의식적으로 힘주어 두 눈을 감았다.

그 다음부터는 생각조차 하기 싫었다.

의사는 훈련소의 내무반장처럼 얇은 고무장갑을 끼고 달수의 심벌을 이리저리 뒤적이고, 뭐라고 물어 보고, 게다가 뼛속까지 수치심을 느낀 것은 아주 어린 여자 목소리가 의사를 거들고 있었다는 것이다.

"자, 이제 됐습니다. 옷을 입고 내려오세요."

달수가 몸을 벌떡 일으켜 현기증이 나는 것을 참으며 의사 앞으로 다가갔다.

"여기에 앉으세요."

"……."

"생각보단 염증이 쫌 있습니다."

"……."

"부인께서도 증상이 비슷한가요?"

"……."

"부인께서도 그러시다면 함께 치료해야 합니다."

"글쎄요. 그런데 제가 무슨 성병이라도 걸렸습니까?"

"구체적인 것은 검사 결과를 봐야 알 것 같습니다."

"저, 지금은 알 수 없나요?"

달수는 죄지은 사람처럼 고개를 숙이고 모기 소리로 물었다.

"좀 시간이 걸립니다. 오늘은 안 됩니다. 내일이나 모레 오세요. 그리고 알코올과 담배를 삼가야 합니다. 부부관계도 치료가 될 때까지 삼가야합니다."

몸에 이상을 느낀 후로는 한 번도 아내와 관계를 갖진 않았으니 한편으로 다소 안심이 되긴 했지만, 또 한편으로 생각하니 아내가 먼저 이상이 있지 않았나 하는 의심이 마구 들었다.

그날 밤, 달수는 잠을 이룰 수가 없었다.

잠든 아내를 수도 없이 바라보았고, 끊임없는 의심에 자칫하면 잠든 아내의 속옷을 벗기고 손수 진찰을 할 뻔했다. 새벽녘이 되어서 의사가 삼가라던 알코올을 마시고 겨우 잠들었다.

'알코올, 그렇지. 술보다는 참으로 그럴 듯하다. 앞으론 술을 먹는 것이 아니라 알코올 먹는 거다.'

달수가 잠들며 떠올린 말이다.

"오셨습니까."

"……."

"검사 결과가 나왔습니다."

"······."

"조직 검사를 해 보니 성병은 아닙니다. 일종의 곰팡이 종류입니다."

"네에? 뭐라고요? 거기에 곰팡이가 생겨요?"

달수는 누명을 벗은 양 목청껏 소리쳤다.

"네, 곰팡이 종류지요. 몸에 꼭 맞는 옷을 입고 다니면 간혹 이런 증세가 나타나는 수가 있습니다. 꼭 끼는 바지를 자주 입고 다니시지 않았습니까?"

"네, 입었습니다. 바지도 꼭 끼고 청바지는 더 꼭 끼입니다."

달수의 목소리는 점점 커져서 나중엔 고함을 치듯 했다.

"주사 몇 대 맞고 며칠 약을 복용하면 괜찮아질 겁니다. 그리고 청결을 유지해야 합니다. 목욕도 자주 하시고."

"네, 그렇게 하겠습니다. 아이구, 감사합니다."

달수는 그 의사가 얼마나 고마운지 눈물까지 나올 뻔했다.

그로부터 며칠 후 달수는 힘센 수탉이 되어서 암탉을 대머리로 만들기 시작했다. 암탉은 밤낮없이 비명을 질러대야 했다.

45. 컴퓨터는 배우기 어려워

"자넨가? 날세. 나연이 애비네."

"네? 장인어른이 웬일이십니까?"

"왜? 전화하면 안 되나?"

"아닙니다. 전화하셔도 괜찮습니다. 전 무슨 큰일이 났나 해서 드리는 말씀입니다."

"자네 통화하기 어렵더구만. 벌써 세 번째네."

"아이구, 그러셨어요. 그런데 무슨 특별한 일이라도 있으신지요. 그동안 사무실로 전화하신 적이 없잖아요?"

"거 뭐, 특별한 일은 아니고, 거 왜 있잖아. 콤퓨터 말이야."

"콤퓨터요? 컴퓨터 말씀이신가요?"

"그래, 콤퓨터인가 컴퓨터인가 자네가 그런 회사에 다닌다 해서 이렇게 전화했네."

"말씀하세요."

"다른 게 아니라 아무래도 콤퓨터 한 대 사야겠네. 그럭저럭 정년퇴임 할 때까지 버텨 보려고 했더니 안 되겠어. 세상이 콤퓨터 세상이 된다나 어쩐다나. 하여간 그 일 때문에 자네에게 전화했네. 어떤가, 자네가 헐값에 한 대 사줄 수 있나?"

"헐값이 뭡니까. 제가 사드리겠습니다."

"허허허, 좋네, 좋아. 자네가 사 주건 내가 사건 하여간 이따가 만나 보세."

"제가 그리로 갈까요?"

"아니네. 내가 시내에 볼 일도 있고 하니 자네 회사 근처에서 만나지."

"그럼 퇴근 무렵에 다시 한 번 전화 드리겠습니다."

"아 뭐, 번거롭게 그럴 거 있나. 자네 회사 앞에 무슨 다방 같은 거 없어?"

"있습니다. 다방도 있고 술집도 즐비합니다."

"이사람 보게. 술 사달라는 소린가?"

"아닙니다. 제가 사드리죠. 그럼 저희 회사 앞 '온누리 다방'으로 오시겠어요?"

"그러지. '온누리 다방'이라, 거 이름 괜찮네. 저녁 여섯 시경이면 되겠나?"

"네, 여섯 시면 됩니다."

"그럼 알았네. 이따가 보세."

그날 저녁 '온누리 다방'에서 달수와 장인은 만났다.

"거두절미하고 아무래도 콤퓨터를 배워야겠네."

"그러서야죠. 세상이 하루가 다르게 변해 가는데 컴퓨터 없이는 생활하기가 어렵습니다."

"글쎄 말이네. 적당히 어물어물하며 정년퇴임하려고 했더니 아무래도 안 되겠어."

"그게 아버님께서 잘못 판단하신 겁니다. 그러니 남들 다 가지고 있는 운전면허증도 없지 않습니까?"

"뭐라고?"

그 소리를 듣는 순간 장인의 미간에 주름살이 생기며 다소 언성이 높아졌다.

"아이구, 아닙니다. 제가 실수했습니다. 전 그저."

"예끼, 이 사람. 말이라고 함부로 하는 게 아냐. 오죽하면 늙은 퇴물이라고 하잖나. 난 그래도 나연이는 운전면허증을 가지고 있잖은가? 자고로 세대가 바뀌면서 새로운 문물을 배우고 익히는 게 순리가 아닌가. 이 사람아."

"네, 네, 그렇고말고요. 지당하신 말씀입니다."

운전면허증 소리가 나오면 장인이 은근히 부아가 날만도 했다.

오륙 년 전에 선생들 사이에서 운전면허 시험 보는 것이 붐이 일어다들 끝내는 합격을 했는데 장인은 점잔만 빼다가 실기 시험에서 연거푸 세 번이나 떨어지고 나서는 그만 자포자기 하고 말았던 것이다.

그러니 운전 학원의 강사란 녀석은 자꾸 그런 것도 못하냐고 핀잔을 주고, 그게 그만 비위에 거슬려 그만두었던 것이다 장인은 지금도 그 생각을 하면 한편으로는 경솔했던 자신을 후회하면서도 한편으로는 괜히 낯뜨거웠던 것이다.

"그래, 그만하고 이번에 콤퓨터를 하나 사서 배우려고 하는데 자네 의향은 어떤가?"

"네, 배우셔야죠. 제가 사드리겠습니다."

"허풍은 여전하구만 그게 아직은 비싼 줄 아는데 쉬이 장만할 데가 있나?"

"네, 시중 가격의 반값이면 구입할 수 있습니다. 반값도 채 안 되지요."

"허어 그런 데가 있어?"

"저희 회사랑 거래하는 중소업체 컴퓨터 회사가 그만 부도가 나서 저희 회사가 컴퓨터 삼십여 대를 채무 정리로 가져왔습니다. 그러지 않아도 직원들에게 그걸 처분하라고 하던 차에 아주 잘 되었습니다."

"허허, 거참. 그런 일이 있었군. 부도난 회사에겐 안 되었네만 나 같은 사람에겐 호기이네."

"아무렴요. 아버님을 위해서 다 그런 일이 생긴 거지요."

"뭐? 날 위해서 콤퓨터 회사가 부도났다고? 예끼 이 사람아, 농담이 지나치네. 허허허."

"하하하, 아무튼 잘 된 일입니다."

"그럼 대금을 반만 지불하면 된다고 치고, 자네가 사준다면 거전가?"

"아닙니다, 제가 사 간다면 제 봉급에서 공제해야죠."

"뭐어? 여태껏 자네가 사 준다는 것이 그 소린가?"

"네, 그게 참."

"커허허허 하여간 자네 참 용한 사람이네. 결국 날더러 돈 내라는 소리 아닌가? 알았네. 자네 심정을 충분히 알겠네. 장인이 부탁을 하니 그저 기분 내키는 대로 사 준다고 한 게 아닌가?"

"……."

"하여간 자네 마음을 알았네. 그만하면 내가 자네한테 콤퓨터를 한 대가 아니라 열 대는 받은 기분이네."

달수는 갑자기 숙연해져서 고개를 떨구었다.

"아네, 이 사람아. 갑자기 왜 그러나. 자, 나가세. 술 한 잔 하세."

"네, 그러시지요. 이 근처는 외상 되는 곳도 많습니다."

"어허, 또, 외상술 사 준다고? 내가 내지. 내가 오늘 계속 당하는구면. 하하하."

"아닙니다, 제가 냅니다. 제가 사겠어요."

다음날 저녁, 달수는 털털거리는 고물차에 컴퓨터를 싣고 왔다.

"어디다 설치할까요?"

"여기 거실에다 놓게 방 안은 들어갈 틈이 없어."

달수는 온갖 법석을 떨며 컴퓨터를 설치하기 시작했다.

장모는 생전 처음 보는 물건인 양 호기심에 가득 찬 눈으로 바라보면서 달수에게 연신 수고한다고 치하했다.

"우리 사위가 대단한 사람이오. 이런 기계를 능숙하게 만지는 걸 보세요."

"아무렴. 요즘 신식 공부한 사람인데 이런 거쯤이야 아무것도 아니지. 사람들이 만물박사라고 부른다고 하잖나. 안 그런가, 자네?"

"별로 아는 것도 없는데 그렇게 부릅니다."

"암, 그런 소리 듣는 게 당연하지. 이제 거의 다 되가는 것 같은데."

"네, 이것만 끼워 놓고 전기만 꽂으면 됩니다. 아참! 전기는 몇 볼트 들어오지요?"

"지금은 220 볼트이네, 전에는 100 볼트였는데 전기 회사에서 나와서 모두 바꿔 주었어."

"그럼 이 스위치를 220 볼트로 바꾸고 콘센트에 꽂기만 하면 됩니다."

장인 장모는 첨단 문명의 산물을 이리저리 둘러보았다.

"자, 이제 다 되었습니다. 여기 앞에 있는 스위치를 누르기만 하면 됩니다."

잠시 후, 컴퓨터 화면에는 몇 가지 영문자가 튀어나왔다.

"이 상태에서 컴퓨터 명령어라고 하는 영문자를 입력하고 여기 조금 큰 키보드를 누르면 실행이 됩니다. 이 키를 엔터키라고 하지요. 여기 쓰여 있지요. 먼저 'dir'이라고 쳐 보세요. 그러면 화면에 파일 이름들이 주르륵 하고 나타납니다."

"아~ 그런가."

장인이 매우 서투른 솜씨로 몇 문자를 쳐대니 곧바로 화면에 영문자들이 주르르 나타나고 그 일부는 화면 위로 올라가 사라졌다.

　　"어허, 저런 저런, 읽기도 전에 올라가면 어떡해."

　　"괜찮습니다. 모두 볼 수 있는 방법도 있습니다. 이번엔 'dir'을 치고 한 칸 띄고 슬러시 'p'를 쳐 보세요."

　　"으음, dir을 치고 한 칸 띄고 무엇으로 한 칸 띄우나?"

　　"자판 아래 있는 제일 큰 거 이겁니다. 이걸 '스페이스 바'라고 합니다, 이걸 엄지손가락으로 살짝 누르면 한 칸 띄워집니다."

　　"으음 그렇게 해서 한 칸 띄고 다음은 무엇이라고?"

　　"슬러시입니다 여기 물음표와 같이 있잖아요."

　　"그렇군. 그걸 치고 다음에는 또 뭐라고 했지?"

　　"그냥 p자를 치세요."

　　장인은 떠듬거리며 여기저기를 헤맨 끝에 겨우 p자를 찾아 집게 손가락으로 꾸욱 눌렀다. 그러니 화면에 'p'자가 여러 자 나타나 '/ppppppppp' 이렇게 되었다.

　　"그렇게 하연 안 됩니다. 한 문자만 치셔야죠. 그리고 열 손가락 모두 이용하여 키보드 치는 연습을 하셔야 합니다. 이러다간 평생 배워도 못 배우겠어요."

　　"그게 어디 쉬운가. 나 같은 늙은이가 쉬엄쉬엄 배워야지."

　　"잠깐 일어나 보세요. 제가 하는 것을 보세요."

　　장인이 일어난 자리에 달수가 앉자마자, 아주 능숙한 솜씨로 열 손가락을 바삐 움직이며 알지도 못하는 여러 문자들을 쳐대었다. 그러니 장인 장모가 보기엔 사람 손 같이 보이지 않았다.

"히야, 대단하구먼. 자네 손가락이 보이질 않네."

"사위손이 신들린 사람 같아요. 어쩌면 저리도 빨리 칠 수가 있나?"

달수는 과시라도 할 양인지 한동안을 마구 휘둘렀다.

"이렇게 열 손가락을 모두 이용하여 쳐야 됩니다. 두 손가락만 사용하면 습관이 되어서 끝내 열 손가락을 쓰지 못하게 됩니다. 그러면 컴퓨터는 다 배운 거죠. 그리고 아버님께선 워드 프로세서를 먼저 배워야 하니까 이걸 먼저 연습해 보시죠."

달수는 곧바로 워드 프로세서를 작동시키고 한글 문자를 능숙하게 쳐 보였다.

"이렇게 치면 됩니다. 한 번 해 보세요."

"그러지."

장인은 벌써 어딘지 모르게 기가 죽은 목소리를 내었다.

"뭐, 외우고 계신 문장 없으세요?"

"그야 있긴 하지만 지금 그런 거 칠 형편이 못 되질 않는가."

"하기야 그렇죠. 그럼 아버지 어머니라도 쳐보세요."

"흐흠, 아버지 어머니라. 완전히 갓 입학한 국민(초등)학생이 되었구면."

"이제 곧 숙달되실 겁니다."

장인은 두리번거리며 한참만에야 겨우겨우 한 글자를 찾긴 찾아 두드리는데 여전히 두 손가락을 게 발처럼 뻗어 찍어대고 있었다.

"아버님, 비읍 자는 이 위에 있잖아요. 비읍 자는 새끼손가락으로 치셔야지, 검지손가락으로 치시면 안 됩니다."

"허어, 낸들 왜 모르나. 그게 안 되니까 그러지."

"아무래도 안 되겠습니다. 오늘은 키보드 치는 연습을 충분히 하시고 내일부터 명령어 공부를 해야 하겠습니다. 컴퓨터를 끄고도 그냥 이 위에서 글자 치는 법을 충분히 연습하셔야 합니다."

"암만해도 그래야 되겠네. 헌데 하루 저녁 가지고 이 자판을 모두 외우긴 어렵겠네. 내일이 아니라 한 삼일 후부터 와서 가르쳐 주게."

삼일 후.

그날은 토요일이었다.

달수는 예의 그 고물차에 서나연까지 태우고 왔다. 차를 골목길 저쪽에 세우자 서나연은 토끼처럼 뛰듯 하며 먼저 본래의 제집 쪽으로 사라지고 그 뒤를 달수가 따라갔다 그 동안 헤어졌던 딸과 장인, 장모는 한동안 시끌시끌 대다가 다소 잠잠해졌다.

"컴퓨터 키보드 연습 많이 하셨나요?"

"좀 하긴 했네만 그게 잘 안 되더구먼 자판을 모두 외워야 글을 쓸 텐데 그게 잘 안 돼."

"그래도 엊그제보단 많이 나아지셨을 걸요?"

"글쎄, 나아졌는지 어쨌는지 모르겠네."

"어찌되었든 오늘은 명령어 사용법을 배우셔야죠."

"좀 천천히 배워야지 늙으니깐 예전처럼 머리 회전이 잘 되질 않는 모양이야."

"상관없어요. 이리 오시죠."

달수는 망설이는 듯한 장인을 이끌고 컴퓨터 앞에 다가갔다.

"옛말에 쇠뿔도 단김에 빼라고 했지 내가 이번 기회에 못 하면 영영 못 배울 테니 마음을 단단히 먹고 배우겠네."

장인이 좀 전의 태도와는 딴판으로 말했다.

"그러세요, 아빠. 저이가 컴퓨터는 웬만큼 하니까 잘 일러 줄 거예요."

"그럼 그럼. 누구 신랑인데. 허허허."

"잘 일러 드려요. 난 시장에 갔다 올게."

"응, 그래 다녀와."

서나연이 장모와 함께 시장으로 가고 장인과 달수만 남아 컴퓨터 앞에 앉았다. 하지만 장인은 여전히 게 발가락같이 손의 집게손가락을 삐죽이 내밀어 떠듬떠듬 눌러대고 있었다.

"아버님, 그렇게 오랫동안 누르니까 저렇게 한 글자가 여러 개 찍혀 나오잖아요. 살짝 누르고 얼른 손가락을 떼세요."

"……으음, 이렇게 말인가."

"그리고 열 손가락을 다 쓰셔야죠."

"······음, 글쎄 그게 잘 안 된다니까 이 짓도 혼이 다 달아날 판이야."

"여기에 왼손을 놓고 'ㅂ, ㅈ, ㄷ, ㄱ, ㅅ'을 쳐 보세요. 'ㅂ, ㅈ, ㄷ, ㄱ, ㅅ'이 생각나질 않으면 '바지들고서'라고 머릿속으로 생각하고 'ㅂ, ㅈ, ㄷ, ㄱ, ㅅ'의 순서로 치시면 됩니다."

"으음 이렇게 하고 '바지들고서' 거 좀 났군 그래. '바지들고서'라."

장인은 몇 번을 입으로 중얼거리며 자음을 치는 연습을 했다.

"그렇게 하시면 됩니다. 그러면 집 주소를 입력해 보시죠. 서울특별시."

"으음, 서울특별시."

그러나 장인은 '서'자의 'ㅅ'자만 치고 물끄러미 자판을 내려다보고 있었다. 다음 글자를 찾고 있는 중이었다.

"무슨 글자 찾으세요? 'ㅓ'자를 치셔야죠."

"뭐어? '서'자를 모두 쳤잖은가?"

"언제 쳐요. 시옷 자만 치고 말았지."

"시옷 자만 쳐? 바지들고서의 '서'자를 쳤는데."

"그 '서'자는 시옷을 기억하기 위해 의미 없이 만든 내용입니다. 어서 'ㅓ'자를 치세요."

"에이 이 사람. 괜히 그렇게 일러 줘서 더 혼동되네. 그래 'ㅓ'자는 어느 구석에 붙었는고?"

"여깁니다, 여기."

"그래, 여기 있군."

그러나 이번에도 꾸욱하고 눌러서 'ㅓ'자가 'ㅓㅓㅓㅓㅓㅓ'하고 말았다.

"아이구 참 좀 톡하고 치고 마세요. 이걸 보세요. 이걸 지우느라 시간이 더 걸리겠어요."

끝내 달수는 짜증 섞인 목소리를 내고 말았다.

"그거 참 보기보다 쉬운 노릇이 아니네. 좀 더 쉽게 배울 수 있는 방법은 없나?"

"어차피 자판은 다 외워야 합니다. 그럼 이걸 그만하고 '윈도우'를 실행시켜 보지요. 초보자에겐 그게 좀 나을지도 모릅니다."

키보드를 차지한 달수가 능숙한 솜씨로 윈도우를 불러내었다.

"윈도우는 뭔가?"

"윈도우는 창이란 의미로 한꺼번에 여러 작업을 할 수 있습니다."

"한꺼번에 한 가지도 하기 어려운데 여러 가지를 해? 그건 더 어렵겠는걸."

"마우스를 이용하니까 아까처럼 일일이 키보드를 두드리는 수고를 좀 덜지요."

"허험, 그럼 어디 해 보게 근데 마우스는 또 뭔가?"

달수는 마우스를 보여 주며 몇 가지를 설명했다.

"이게 모양이 꼭 쥐처럼 생겼다고 해서 마우스란 이름이 붙었는데요. 여기 있는 스위치 단추를 누르면 여러 가지 일을 수행 할 수 있습니다."

"으음 그럼 배우기가 좀 쉬워지려나."

"자, 여기 보세요. 여기 아이콘이 있잖아요? 마우스를 옮기면 그것도 따라다니며 움직입니다. 자, 보세요. 움직이죠."

달수가 역시 능숙한 솜씨로 마우스를 이리저리 움직이자 화살표 모양의 아이콘이 따라 움직였다.

"자, 해 보세요."

장인도 달수처럼 따라하니 화살표 모양의 아이콘이란 게 이러 저리 움직였다.

"그렇군. 거참 신통하네. 여기서 움직이는데 화면에서도 따라 움직이니 그런데 아이콘은 무슨 뜻인가?"

"아이콘이요? 그걸 뭐라고 해야 하나 그냥 아이콘이에요."

"그냥 아이콘이라니, 그런 설명이 어디 있나?"

"그냥 아이콘이에요. 딱 맞게 설명할 말이 없습니다."

"어허 이 사람 보게 내가 모른다 하니까 그냥 무시하고 그냥 아이콘이라니."

"그게 중요한 게 아닙니다. 그냥 아이콘은 아이콘이에요."

"예끼, 내가 모를까봐 아예 꺼내지도 않는군. 알았네, 알았어. 내가 독학으로라도 알아보겠네."

"그게 아닙니다. 아이콘은 그냥 아이콘으로 알아두면 됩니다. 저게 아이콘이지요."

"글쎄, 알았다니까."

장인은 다소 언성을 높였다.

"아무래도 이것도 안 되겠습니다. 다시 아까 하던 워드 프로세서나 하시지요. 괜히 이것 저것 배우려다가 아무것도 못 배우겠습니다. 토끼 두 마리 잡으려 하다 둘 다 놓친다는 속담도 있잖습니까."

"……."

달수가 또 몇 가지를 조작하더니 다시 워드 프로세서 화면으로 돌아왔다.

"여기에서 문장을 입력하는 연습부터 해야 자판을 모두 익히게 됩니다. 다시 해 보시지요. '서울특별시'."

"……."

장인은 아무 말도 없이 '서'자를 치는데 여전히 두 손가락이 삐죽이 나왔다.

"아버님 그렇게 하시면 안 됩니다 열 손가락을 모두 쓰셔야 합니다."

"왜 안 되나. 이것도 빠르기만 하면 되지."

"하아참. 열 손가락을 다 쓰셔야 된데도요."

"……."

장인은 더 이상 대꾸 없이 한참 만에 '서울특별시'를 겨우 찾아 쳤다.

"다음은 뭔가?"

"그냥 아무거나 쳐 보세요."

"자네가 아무 말이나 해 보게. 난 지금 혼 빠진 사람이 되어 놔서."

"그럼 '나는 미운 오리'라고 쳐 보세요."

"……? 미운 오리?"

"거기 다음 줄에 있습니다."

장인이 좀 떨떠름한 표정을 지으며 또 한참 동안이나 헤매고 몇 번이나 틀려서 달수가 지워 주고 나서야 겨우 '나는 미운 오리'라고 쳤다.

"또 뭔가?"

"그냥 그거 더 연습하세요."

장인은 이마에 식은땀까지 흘리며 한 글자씩 눌렀다.

"한글 말고 영어는 어떻게 치나?"

"여기 '한/영'이라고 쓰인 걸 누르면 영문을 입력할 수 있습니다. 또 한 번 더 누르면 한글을 입력하게 되지요. 이런 걸 토글모드라고 합니다."

"토글 모드? 그건 뭔가?"

"네에? 에, 그것도 그냥 토글 모드입니다."

"그래도 뭐냐, 무슨 뜻이 있을 텐데."

"그러니까, 입력 상태가 영문과 한글로 번갈아 바뀐다는 뜻입니다."

"흐흠, 토글 모드라."

장인은 '한/영' 키를 눌러 영문 입력 상태로 바꾼 다음 아무 글자나 쳐 보았다.

"그렇게 치시지 말고 무슨 단어라도 입력하며 자판을 익혀야 해요."

그러나 장인은 여전히 두 손가락을 들고 아무거나 쳤다.

"그렇게 하시면 못 배워요."

"……."

"여기부터 'H, J, K, L'을 순서대로 누르세요. 한 번씩 톡하고 누르세요."

"……."

"이렇게 해야 합니다."

달수가 조금 짜증나는 목소리로 말했지만 장인은 이에 개의치 않고 아무 글자나 마구 눌러대니 화면에는 알 수 없는 내용이 주르르 나타났다.

"허허~참, 이리 하니 빨리 되는구먼."

"그렇게 하는 것이 빨리 치는 것이 아닙니다. 원칙대로 쳐가며 단어나 문장을 쳐야지요."

"어허, 잘 친다."

"그렇게 하시면 어떻게 배우세요? 어떻게 애들을 가르치세요? 아버님이 가르친 애들은 전부 멍텅구리가 되었겠네요."

드디어 달수가 화를 냈다.

"뭐어? 자네 지금 뭐라고 했나? 내가 가르친 애들은 모두 멍텅구리가 됐겠다고?"

"아이구, 아닙니다. 실수했습니다."

달수가 급히 정신을 차리고 정색을 하며 변명을 했지만 이미 엎질러진 물이었다.

"그래, 내가 늘그막에 이걸 좀 자네에게 배우려고 하네만 내가 애들을 잘못 가르쳐 멍텅구리가 되었다고? 자네 말이면 다 하는가?"

"아닙니다. 아네요. 말이 헛 나왔습니다."

"이제껏 자넬 좋게 보았더니 그게 아니구먼. 내가 가르친 애들이 지금 기업체 사장도 있고 판검사도 나왔고 대학 교수도 있네. 다들 자네보다 나아."

장인이 점점 역정을 내기 시작했다.

"진정하세요. 제가 실수했습니다."

"좋아, 자네가 콤퓨터에 얼마나 박사인 줄 모르지만 자네보다 더 나은 사람을 불러다 개인 교습이라도 받겠네."

"아이구, 아닙니다. 제가 일러 드리지요. 제발 고정하세요."

46. 소마미끼

장인이 의자를 뒤로 빼며 상기된 얼굴로 달수를 쳐다보니 달수는 쥐구멍이라도 찾을 양으로 고개를 외면했다.

"좋아, 자네 말이지. 자네가 콤퓨터에 박사라고 치세."

"아닙니다, 아녜요. 무슨 박사예요, 그냥 조금 아는 거지."

"흐흠, 그래. 조금 안다고 치세. 헌데 자네 바둑은 둘 줄 아나?"

"네에? 바둑이요? 조금 둡니다."

"바둑으로 하세. 자네 실력이 얼마나 되나?"

"조금 밖에 못 둡니다. 그런데 웬 바둑이에요. 바둑으로 컴퓨터 배우시려고요? 컴퓨터 바둑 프로그램도 있긴 있는데 여기엔 없어요."

"그게 아냐. 나랑 진짜 바둑을 두잔 말일세."

"……그럼 그렇게 하시지요. 머리도 식힐 겸 그것도 좋겠습니다."

장인은 달수의 대답이 떨어지기도 전에 일어나더니 곧바로 바둑판을 가져왔다.

"자 여기 있어 그런데 자네 급수는 있나?"

"조금 둡니다. 한 칠팔급이나 되는지 모르겠습니다."

"칠팔급이라, 내가 삼사급 실력은 되니 넉 점만 깔게나."

"넉 점을 깔아요. 석 점만 깔아보죠."

"그건 상관없지만 이건 내기 바둑이야."

"내기 바둑이요? 무슨 내기인데요 가진 돈이 별로 없는데요."

"미리 죽는 소리를 하는구먼. 돈 내기가 아냐 벌칙이지."

"벌칙이요? 무슨 벌칙인데요. 아버님과 똑같은 벌칙이요?"

"암만, 똑같지. 지는 사람은 의자를 들고 서 있기야."

"네에? 의자를 들고 서 있으라고요? 하하하!"

달수가 어의가 없어서 장인 얼굴과 의지를 번갈아 쳐다보며 웃어 제꼈다.

"왜 웃어. 벌은 그게 최고야, 의자가 무거워서 그렇지. 어때, 해보겠나?"

"하겠습니다."

"벌칙은 한 집당 일분이야. 그러니 스무 집을 지면 이십 분간 들고 있어야 돼 됐지? 남아일언 중천금이야."

"그런데 아버님 실력이 삼급이 더 되면 어쩌지요?"

"아, 이 사람 보게. 내가 거짓말 한 줄 아나? 그러고 보니 자네가 급수를 속이는 거 아냐?"

"아닙니다. 제 급수는 그렇게 될 겁니다. 아무래도 아버님 실력이 월등할 테니 한 점 더 깔겠습니다."

"그럼 다시 넉 점 깔겠나?"

"아닙니다. 넉 점에서 한 점 더 깔겠다구요."

"흐흠. 좋아, 다섯 점 깔아 보라고 이제부터 장난이 아니라 실제상황이란 걸 명심하게."

"네, 알았습니다."

이리하여 달수와 장인은 바둑으로 한판 대결을 벌이게 되었다.

처음에는 무엇이 급한지 또각또각 빨리도 두더니 바둑알이 여기저기 지도처럼 무늬를 이루기 시작하자, 달수는 점점 장고에 빠지기 시작했다

"뭐 하나?"

"⋯⋯."

"하 이거, 자네 빨리 두게."

"⋯⋯."

달수는 오랫동안 생각한 끝에 두긴 두었지만 이미 대세가 기울기 시작했다.

"거기다 두연 어떡하나 실리를 추구해야지. 그 대마가 죽을 것 같아?"

"혹시 알아요, 죽을지."

"예끼, 이 사람. 대마불사란 소리 들어보지도 못 했어?"

장인이 한 말씀 하시며 어디다 한 점을 두니 점점 세력이 불리해지기 시작했다.

그 때쯤 달수가 외마디 소릴 질렀다.

"소마미끼!"

"소마미끼? 그게 무슨 말인가?"

"작은 말이 미끼가 된다는 뜻입니다."

"뭐어? 작은 말이 미끼가 된다고. 낚싯밥 미끼 말이야?"

"네."

"커허허허, 소마미끼라. 하하핫."

승세를 굳힌 장인이 호탕하게 웃었으나 달수는 점점 인상이 찌푸려지기 시작했다.

"아, 이 사람아. 뭘 그리 생각해 소마미끼면 내가 그 미끼를 먹을 줄 알았어? 이렇게 하면 이 대마가 죽게 되는데."

"하이구, 그 대마가 죽으면 저도 죽어요."

"왜, 이 대마가 자네 명하고 생사를 같이하기로 했어?"

"하여간 그게 죽으면 안 됩니다."

"하하, 그렇지. 이게 다 죽으면 몇 집인가 삼사십 집은 될 테니. 그만큼 의자 들고 있게 생겼단 말이지. 하하하."

"……끄응, 이거 큰일 났네."

달수는 앉은 자세를 몇 번이나 바꿔가며 큰 고민을 했으나 별 신통방통한 수는 없었다.

몇 점을 더 놓아가며 살려낼 궁리를 했지만 그럴수록 목은 점점 더 죄어들어왔다.

"이제 죽었네. 여기가 단수야. 아다리란 말이야."

"……."

달수가 포기한 듯 고개를 떨구고 아무 곳에나 한 점을 놓았다.

"커허허. 여기다 한 점을 놓으면 이게 다 죽지."

장인은 끝까지 한 점을 놓고 삼십여 점이나 되는 바둑돌을 들어내기 시작했다.

"이런 맛에 바둑을 둔다니까."

장인이 바둑돌을 들어낼 때마다 달수는 살점을 한 점 한 점 뜯기는 듯 아파왔다.

"자, 이제 계가하세."

"계가는 무슨 계가예요. 다 죽었는데."

"그래도 계가를 해야 몇 집이나 졌는지 알 거 아닌가."

탈수는 힘없이 계가를 하지 말자고 했으나 장인은 더욱 힘이 나서 바둑알을 이리 저리 치워가며 계가를 하기 시작했다.

"자. 이거 보게 서른일곱 집이나 졌네, 다섯 점을 깔고도 서른일곱 집이나 졌네."

"졌습니다."

"그럼 약속대로 의자를 들게. 벌칙은 벌칙이니까."

47. 벌칙은 의자 들기

마른하늘에 날벼락 떨어진 격으로 달수는 의자를 집어 머리 위로 올렸다.

생각보다 팔에 힘이 가득 들어가는 게 삼십칠 분은커녕 삼 분도 있기 어려울 듯싶었다.

"자네, 사나이 대 사나이의 약속이니까 확실히 벌서게."

"……지키겠습니다."

"그 동안 난 TV나 보겠네. 에, 지금이 다섯 시 반이니까 여섯 시까지만 들고 있게."

"아닙니다. 여섯 시 칠 분까지 들고 있겠습니다."

"뭐어? 하하핫. 좋도록 하게나."

장인은 껄껄 웃으며 방안으로 들어갔고 거실에 혼자 남은 달수는 의자를 들고 있었다.

잠시 후, 대문 열리는 소리가 나더니 장모와 서나연이 들이닥쳤다.

"어머나! 이게 뭐야! 어머나!"

"에구! 사위 이게 무슨 짓인가!"

달수는 고개를 떨구고 아무 말 없이 의자만 들고 서 있었다.

"자기! 이게 무슨 짓이야. 빨리 의자 내려."

"……안 돼."

달수가 풀죽은 목소리를 내고 팔에 힘을 주어 의자를 추켜올렸다.

그 때, 방 안에서 텔레비전을 본다던 장인이 나왔다.

"걱정들 말아. 나랑 내기 바둑 둬서 졌지. 그래서 벌칙으로 의자 들고 있는 거야."

"어머나! 아빠! 그런 법이 어디 있어요?"

"왜 없냐? 여기 있지."

"여보, 이게 무슨 망령이에요. 사위에게 의자 들고 벌세우는 법도가 이 세상 어디에 있어요. 어서 빨리 그만하세요."

사위 사랑은 장모라더니 장모가 역정을 내가며 만류했다.

"아냐, 사나이끼리 약속이야. 한 집 당 일 분 동안 들고 서 있기로 했어."

"몇 집이나 졌는데요?"

서나연이 안타까운 듯 외쳤다.

"서른일곱 집이다."

장인이 남의 말 하듯 태연하게 말했다.

"그럼 삼십칠 분이나 되어요? 지금 몇 분이나 지났어요?"

서나연이 달수에게 붙었다

"지금? 한 칠팔 분 되었을 걸. 다섯 시 삼십 분부터 시작했으니까."

달수는 힘이 드는지 얼굴이 벌겋게 상기된 모습으로 애쓰는 모습이 역력했다.

"자기 얼굴에 땀나잖아. 그냥 내려놔. 아빠가 뭐라고 하시겠어?"

"아냐, 끝까지 들고 있을 거야."

서나연이 어쩔 바를 모르고 수건을 가져와 달수 얼굴을 닦아주었다.

"내버려 두어라. 사나이가 약속을 지켜야지."

장인은 조금도 후퇴할 의사가 없었다.

"아빠! 정말 그러실 거예요? 그러면 아빠도 컴퓨터 배울 때 틀릴 적마다 의자 들고 서 있으시겠어요?"

서나연이 본격적으로 달수를 두둔하고 나섰다.

"암만, 그래야 하겠지만 이제 네 신랑에게 안 배운다. 개인 교습을 받을 거다."

"이이가 지금 정신 나간 소리 하시네. 여기가 국민(초등)학교 교실인줄 아슈? 여보게, 사위. 어서 의자 내려놓게."

장모도 사위를 두둔하면서 장인에게 역정을 내니 장인은 무안한지 더 이상 말이 없이 방안으로 다시 들어갔다.

"아닙니다. 끝까지 들고 있겠습니다."

그렇게 말한 달수는 벌써 팔에 힘이 빠져 얼굴에 송글송글 땀이 배어나오기 시작했으며 의자는 흔들거리기 시작했다.

"어머나! 큰일이네."

서나연이 두 손을 들어 달수의 의자를 빼앗으려 하자, 달수는 의자를 든 채로 몇 걸음 옆으로 움직였다.

"이리 내 놔요. 빨리 내려 놔요. 저러다가 쓰러지겠네."

"사위, 장난 그만하고 어서 빨리 내려놓게, 어서."

장모와 나연이가 안타까운 듯 빨리 내려놓으라고 했지만 달수는 땀을 흘리면서 의자를 들고 서 있었다.

그 때였다 나연이가 벌에 쏘인 듯 용수철처럼 튀어서 현관 밖으로 뛰쳐나갔다. 곧바로 나연이는 손에 무엇을 들고 왔다. 접는 낚시 의자였다.

"자기, 이걸로 들어."

"에엥? 이건 낚시 의자 아냐?"

"그래, 벌칙으로 의자 들고 있기로 약속했지, 어떤 의자를 들고 있기로 정한 것은 아니잖아."

"어엉? 그랬지."

"그래, 어서 빨리 이걸로 바꿔."

"에헹~ 그래도 될라나?"

"그래도 되겠네. 사위 그러면 약속은 약속대로 지키고 벌칙도 벌칙대로 다 받는 거야. 안 내리려면 그거라도 바꾸게, 어서."

하기야 달수는 더 이상 버틸 힘도 없었다.

낚시 의자로 바꿔든 달수는 '휘유~~' 하고 한숨을 내쉬는데 그 소리가 어찌나 큰지 기적 소리 같았다.

"아이구, 이제 좀 살 것 같다 괜히 내기 바둑 두었다가 죽을 뻔 했네."

"울 아빠 꼭 애들 같을 때가 많다니까. 앞으론 내기 바둑 두지 말고 그냥 둬요."

나연이도 다소 안심이 된 듯 수건으로 달수의 얼굴을 닦아 주며 거들었다. 의자를 들고 있던 달수는 나연이의 얼굴이 바로 코앞에서 어른거리자 그 입을 '쪽' 하고 맞추고 싶었다.

장모도 안심이 되었는지 안방으로 들어갔다.

"여보. 이게 무슨 주책 망령이요. 다 큰 어른을 의자 들고 벌서게 하고."

"어른은 벌 안서나? 크게 잘못하면 징역도 가는데."

"그럼, 사위가 징역 갈 정도로 큰 잘못을 저질렀단 말이에요?"

"아니, 그렇다는 게 아니라 예를 들면 그렇다는 게지."

"아무튼 잘 했수다. 사위를 의자 들고 서 있게 했다는 것은 동서고금을 통해 처음이오."

"뭘 그리 대단하다고. 내기 바둑 두어서 졌으니 약속대로 하는 거지."

"그럼 그 약속은 누가 정했어요. 분명 당신이 정한 게 아니요?"

"그야 내가 정했지."

"잘 했수다. 잘 했수. 고집 센 사위도 끝까지 의자 들고 있겠답디다."

"허험, 삼십칠 분이면 꽤 오랜 시간인데. 대마만 잡히지 않았어도 십여 분도 채 안될 걸. 내가 좀 심했나. 흐흠."

"그래도 딱한 생각이 들긴 드는 모양이지요."

"······나가 볼까?"

"······"

거실로 나온 장인은 두 눈이 휘둥그레졌다.

낚시 의자를 들고 서 있는 달수에게 입을 맞추고 있는 서나연을 본 것이다.

"에쿠! 내가 잘못 나왔군."

깜짝 놀란 서나연이 고개를 숙이고 얼른 한 발 물러섰고, 달수도 고개를 떨치고 의자만을 더 높이 들었다.

"에이크! 내가 잘못 봤나?"

"······"

"자네, 그게 뭔가 그게 의자인가?"

"네, 의잡니다. 낚시 의자."

"뭐어? 낚시 의자?"

"네."

"누가 그 의자 들고 있으라고 했어?"

"제가 갖다 주었어요. 아빠."

"뭐어? 네가 가져 왔다고?"

"그럼요. 의자 들고 있기로 한 벌칙이지 어떤 의자를 들고 있으라고는 약속하시지 않으셨잖아요?"

나연이가 고개를 조금 외면한 채 말했다.

"어엉? 그랬던가? 그래. 어떤 의자를 들고 있으란 약속은 없었지.

그래서 네가 낚시 의자로 바꾸었단 말이냐? 카하하핫."

　장인이 벼락 치듯 큰 소리로 웃었다

　그 바람에 달수와 서나연도 히죽거리며 웃다가 서나연은 급기야 '호호호' 하고 크게 웃기 시작했다.

　"에구 팔 아파라."

　달수가 두 팔로 들고 있던 낚시의자를 한 손으로 잡고 한 손을 내려 이리저리 움직였다.

　"어어? 그건 반칙 아닌가?"

　"웬 반칙이요? 아닙니다. 의자는 여전히 들고 있잖아요. 팔도 쉬어가며 들어야지요, 에구 좀 살 것 같다. 히유."

　"뭐어? 그도 그렇구먼. 하하하하."

　"하하하."

　"호호호."

48. 도둑이 웬 말이냐

그런 일이 있은 지 며칠 후, 퇴근 무렵에 장인에게서 전화가 왔다.

"자넨가? 날세."

"네, 안녕하셨어요? 컴퓨터는 잘 배우시나요?"

"그놈의 콤퓨터 때문에 전화했네, 이게 도무지 화면이 나오질 않네그려."

"어떻게 화면이 아주 안 나와요?"

"아주 안 나와. 뭐 달리 만진 것도 없는 것 같은데. 선무당이 사람 잡는다고 내가 콤퓨터를 잡아먹은 모양이네."

"하하하, 걱정 마세요, 컴퓨터를 어떻게 잡아먹어요. 아마 조작을 잘못해서 그 안의 프로그램이 조금 망가졌든가 아니면 바이러스에 걸렸을 거예요."

"바이러스? 컴퓨터에도 바이러스가 있어?"

"네, 사람에게 걸리는 바이러스하고는 좀 달라요. 일종의 나쁜 프로그램이지요. 혹시 누가 또 컴퓨터 쓰지 않았어요?"

"흠. 그런 게 있던가. 지연이가 리포트 작성한다고 켜는 걸 보았네만. 그 녀석이 망가트리지는 않았을 건데 아무튼 지금은 아무것도 안 되네. 아무래도 내가 미숙해서 이것저것 만지다가 어디가 망가진 모양이야."

"어쨌든 걱정하실 것 없습니다. 제가 이따가 퇴근해서 그리로 가보겠습니다. 아참! 처제가 컴퓨터에 대해서 잘 알면 처제에게 배우셔도 되겠습니다."

"요즘 대학생들이야 컴퓨터는 기본이라니까 알고 있겠지만 그 녀석 얼굴 보기도 힘들어 용돈 떨어지면 얼굴이 닳아빠지라고 찾아다니나 더니 이젠 아르바이트를 한다나. 그나마 구경하기도 힘들게 됐어. 용돈 떨어져 봐. 학교까지 찾아오는 놈이야. 그러면 낸들 별 수 있나. 대낮 강도 만난 격으로 꼬박꼬박 상납해야지. 그놈은 우리 집안의 돌연변이야."

장인은 묻지도 않은 말을 일사천리로 했다. 결론은 달수더러 봐 달라는 얘기였다.

"하하하, 그러실 겁니다. 너무 걱정 마십시오. 제가 가 볼 테니 대신 내기 바둑 두기는 없깁니다."

"뭐어? 내기 바둑? 하하하, 알았네, 알았어. 내기 바둑 두어야 무슨 소용인가? 또 낚시 의자 들고 있으려고."

그날 저녁.
"이거 아무래도 이상합니다. 별다른 이상이 없는 것 같은데 안 되네."

달수가 이상하다는 표정을 지으며 아무리 동작을 시켜 보려고 해도 컴퓨터는 실행되지 않았다.

"글쎄. 자네도 모르겠나? 콤퓨터 박사가."

"허어참, 거 이상하네요. 이런 경우가 없었는데."

"본체 내의 퓨즈가 나갔나."

"자네 혹시 회사 통해서 싸게 사 준다고 하더니 하자 있는 제품 아냐?"

"네에? 무슨 말씀을 그리 하세요. 하자가 있다면 통째로 바꿔 드립니다."

"아냐, 아냐, 그냥 농담해 본 거야."

"허허참, 이거 큰일 났네. 왜 안 되나, 아무래도 아는 컴퓨터 상가로 가져가봐야겠습니다."

"그러게나, 속이 고장 났다면 병원에 가봐야지. 포장했던 박스 가져올까?"

"아닙니다. 본체만 가지고 가면 되니까 보자기 하나 있으면 주세요."

달수가 여기 저기 플러그를 분리하는 동안 장인이 허름한 보자기를 가져왔다.

"이거면 되겠나."

"네, 충분합니다."

"그럼 언제쯤이면 될까?"

"별거 아니면 오늘 저녁내로 됩니다만, 만약 특별한 고장이라면 하루 이틀 걸리겠지요."

"큰 고장은 아닐 걸세, 내가 조작 미숙이지."

"아무튼 일단 가봐야겠습니다."

달수는 컴퓨터 본체만을 보자기에 싸든 채 처가를 나와 골목길로 들어섰다. 처음엔 한쪽 손에 들고 오다가 무거워 어깨에 둘러메고 골목길을 빠져 나와 고물차 쪽으로 발걸음을 옮겼다. 그렇게 차에 다가간 달수가 차의 문을 열려는 순간이었다.

"이보시요! 형씨!"

"?"

달수가 고개를 돌려 보니 순경 두 명이 달수에게로 급히 다가서고 있었다.

"왜요? 무슨 일이요?"

"잠시 검문 좀 하겠습니다."

"갑자기 무슨 사건이 터졌습니까?"

"주민등록증 내 놓으시죠."

달수는 다소 의외라는 듯이 순경들을 쳐다보며, 더 이상 군말 없이 주민등록증을 꺼내 주었다.

"왜 그러슈? 여기 운전면허증도 있습니다."

두 명의 순경은 주민등록증을 이리 저리 살펴보는 듯 하더니 근엄하게 한마디 한다.

"잠깐 조사할 게 있으니 파출소까지 갑시다."

"뭐요? 파출소요? 내가 무슨 죄인이라도 됩니까?"

"가보시면 압니다."

"하참, 기가 막히네, 내가 무슨 중범죄라도 저질렀소?"

"가보시연 알 게 아닙니까."

달수가 짜증나는 목소리로 말하니 순경은 더 큰 소리로 꾸짖듯이 명령했다.

"……?"

"갑시다."

"좋아요. 난 죄 없는 사람이요."

"그럼 빨리 갑시다."

"잠깐만요. 이것 좀 차에 넣어 놓고 갑시다."

"안 됩니다. 가지고 가시죠."

"뭐요?"

"가보면 압니다."

순경이 점점 명령조로 얘기하니 달수는 왠지 모르게 기가 질리고 말았다. 안 따라 갈 수도 없었다. 주민등록증을 가지고 앞서가는 순경 때문이었다. 몇 발자국 그렇게 따라가다 보니 한 순경은 달수의 뒤에서 걸어오고 있었다. 그 사이에 끼여 달수는 공연히 겁먹은 얼굴로 보자기에 싼 컴퓨터를 들고 가보는 수밖에 없었다.

"이리 와보세요."

"?…… 무엇 때문에 그러십니까?"

"골목 어귀에 주차해 놓은 차가 형씨 겁니까?"

"네, 주차위반인가요?"

"그게 아닙니다."

"그럼 뭐요. 내가 무슨 죄를 지었단 말입니까?"

"이 보자기 안에 든 물건이 뭐요?"

"이거요? 컴퓨터요."

"이거 어디서 가져왔죠?"

"뭐라고요? 이제 보니 나를 절도범으로 몰아세우는군."

"이게 뭐냐니까요?"

"컴퓨터라니까 그러네."

달수의 목소리가 점점 커지기 시작했다.

"컴퓨터? 어디서 가져왔냐니까?"

순정도 지지 않고 목소리가 커졌다.

"처가에서 가져왔죠. 왜요? 내가 도둑으로 보이오? 으엉?"

"목소리 낮추고 이 보자기를 풀어 보시죠."

그때 한쪽에서 이런 소리가 들렸다.

"분명해, 목소리 높이는 놈들은 틀림없다니까."

그 순간 달수는 피가 역류하듯 온통 세상이 빨갛게 보였다.

"뭐라고? 이 자식들이 내가 도둑이란 말이야?"

큰소리를 친 달수는 씩씩거리며 보자기를 풀어 컴퓨터 본체를 확인시켜 주었으나 그들은 막무가내였다.

"여어, 최 순경. 여기 주민등록 조회해 봐."

그 말에 최 순경인지 최가 놈인지가 전화통을 붙잡고 씨부렁거리기 시작했다.

"전과는 없는데요, 수배 명단에도 없고."

"그으래? 아무래도 수상한데."

"뭐요? 당신들 선량한 시민을 붙잡아 놓고 이게 뭐요. 이런 개자식들 같으니."

달수가 목에 힘을 주어 악을 썼다.

"이 사람 이거 안 되겠는데, 철저히 조사해 봐야겠어. 안 되면 잡아 넣어."

그 말에 달수는 약간 주춤했다.

잡아넣으라니, 죄 없이 유치장 신세를 지란 말이 아닌가.

"아닙니다. 제가 화가 나서 그랬습니다."

"그럼 이 컴퓨터 어디서 났냐니까? 사실대로 얘기하면 간단한 걸 가지고 그래. 발뺌한다고 되는 줄 알아. 너 같은 놈들을 수백 명 치른 나야."

사십대 초반으로 보이는 고참 격인 순경인지 뭔지가 염라대왕 같은 소리를 했다.

"이거 뭔가 오해하시는 것 같습니다, 이건 요 골목 안 에 있는 장인 댁 컴퓨터인데요, 고장이 나서 고치려고 가져가는 것입니다."

"흐음 달변이군. 그러나 빠져 나가진 못 해 당신, 직업도 없지?"

"직업이요? 왜 없습니까. 컴퓨터 회사의 영업부 직원입니다. 여기 명함도 있습니다."

일진이 나빠 잘못 걸렸다고 판단한 달수는 즉시 태도를 바꾸어 지갑속의 명함을 꺼내 주었다.

"흐음 역시 완벽해 컴퓨터 회사라 어디 확인해 볼까?"

고참 격인 순경이 명함에 적힌 번호로 손수 걸었으나 받을 리가 없었다. 지금 시간에 누가 남아 있단 말인가.

"지금은 모두 퇴근하고 아무도 없습니다."

"그럴 줄 알았다니까. 당신 오늘 밤은 여기 호텔에서 묵게."

"뭐요? 호텔?"

직감적으로 놀란 달수가 눈을 탁구공만 하게 뜨고 되물었다.

"왜 호텔이라니까 겁나나. 이놈이 알 건 다 아는구먼."

"이보십시오. 뭔가 오해하고 계신가 본데 난 선량한 서울 시민이오."

"허험, 계속 우기는구먼. 밥맛을 보면 알게 되겠지."

순경은 계속 몰아부쳤다.

그때 달수의 뇌리에 번개처럼 스치는 것이 있었다.

'음. 저들은 나를 절도범으로 몰아세우고 있다. 내 신분을 확인하려고 하는데 더 이상 확인할 길이 지금 이 순간에는 없다. 그러면 대책이 뭐냐. 으음, 그렇지. 컴퓨터를 어디서 가져왔냐고 처음부터 물었

지. 그러면 이 동네 터줏대감인 장인어른이지.'

궁지에 몰린 달수는 급히 생각을 바꾸었다.

"호텔인지 밥맛인지 모릅니다만 이 컴퓨터를 가져온 곳을 대면 될 것 아니요?"

달수가 자신 있게 외치다시피 말했다.

"흐흠. 그래, 진작 그렇게 나오면 간단한 걸 가지고 그래."

"이쪽 골목 끝에 사시는 신라국민(초등)학교 교감 선생님 댁이요."

"뭐어? 교감 선생님? 교감 선생님 댁에서 가져왔다고?"

"그래요, 확인해 보시죠. 지금 계시니까 전화번호는 586-0000입니다."

"뭐라고? 586-0000라고?"

고참 순경이 다소 의외라는 듯 놀라며 전화번호를 눌러댔다.

"아, 여보세요 거기 서 교감 선생님 댁이죠?"

"네, 맞습니다만 뉘시요?"

"안녕하세요? 파출소에 강경위입니다."

"아, 예, 안녕하세요. 요즘 사건이 많아 바쁘시죠."

"네, 항상 그렇죠. 그런데 수상한 사람이 있어서 확인해 보려고 하는데요."

"수상한 사람이요? 누구길래요?"

"다른 게 아니라 어떤 꺼벙한 사람이 교감 선생님 댁에서 컴퓨터를 가져왔다고 하는데 그게 사실인지요?"

"뭐요?"

장인어른이 얼마나 크게 소리를 질렀는지 달수의 귀에까지 들렸다.

"글쎄, 그놈이 자꾸 교감 선생님 댁에 컴퓨터를 고치려고 가져간다고 합니다."

"아하, 이거 큰일이군. 그 사람이 내 사위요, 내 사위, 내 그리로 가리다."

"네에? 사위라고요?"

그 순간부터 고참 순경은 언행이 오그라들기 시작하여 쥐새끼 꼴이 되었고 달수의 언행은 커질대로 커져 공룡처럼 되었다.

"거, 보슈. 왜 멀쩡한 사람 붙잡아 놓고 시비요?"

달수와 고참 순경이 몇 마디 건네는 사이에 장인이 득달같이 달려왔다.

"이보게, 이게 무슨 봉변인가?"

"봉변은요, 재수가 없어서지요."

"강 순경, 이 게 무슨 꼴인가."

"하이구, 이거 실례했습니다. 동네에 하도 좀도둑들이 많다 보니 큰 실례를 했습니다. 너그러이 양해하십시오."

고창 순경이 몸 둘 바를 몰라 하고 있을 때 달수가 살펴보니 자기를 끌고 온 젊은 두 순경은 보이질 않았다. 벌써 삼십육계 줄행랑을 놓았던 것이다.

"이거 큰 망신이로군, 자네. 어서 가세. 남들이 보면 큰 죄나 지은 줄 알겠네."

"에이 참, 컴퓨터만 고장이 나지 않았더라면."

달수가 볼 멘 소리를 하자 장인은 더욱 미안해서 손수 보자기에 컴퓨터를 싸들고는 파출소 문을 나섰다 뒤에서는 연신 '죄송합니다, 안녕히 가세요' 하는 소리가 들려 왔으나 달수는 속으로 그놈들의 따귀를 보기 좋게 올려치지 못한 게 끝내 아쉬었다.

"이보게 사위, 이거 본의 아니게 미안 하게 되었네 그려."

"……"

"그거 이리 주게, 내가 들고 가겠네."

"……괜찮습니다."

"거참 그게 고장만 나지 않았더라도 이런 봉변은 없었을 텐데."

"……"

"참게, 운수 사나운 날이려니 하고 말이야."

"운수 사나운 게 다 아버님 덕입니다."

"허허, 그렇게 생각하게. 그 콤퓨터 그냥 내가 가져가겠네. 다른 사람 시켜서 고쳐보지."

"……괜찮습니다. 어차피 망신을 당한 마당에 액땜했다고 쳐야지, 그냥 갔다가는 또 무슨 망신을 당할 줄 알아요."

"……거참, 이거 사위 보기 말이 아니네."

"그거 보세요. 사위를 의자 들고 벌서게 하니까 저런 놈들도 우습게 알지요."

달수가 볼 멘 소리로 대꾸했다.

"하여간 내가 사과하네. 앞으론 절대로 의자 들고 벌서는 일이 없도록 하겠네."

"그럼 다른 벌을 서라고요? 다신 아버님과 바둑 안 둬요."

"아니, 그러면 쓰나. 심심풀인데."

장인은 달수를 달래려는 듯이 몇 마디 건넸지만 화가 날대로 난 달수는 쉽게 풀어지지 않는 모양인지 건성건성 대답하고 고물차에 컴퓨터를 싣고 휑 하니 가 버렸다. 장인은 한참 동안이나 그 자리에 서서 달수가 가는 모습을 물끄러미 쳐다보았다.

졸지에 수모를 겪은 달수는 너무 늦어 컴퓨터 상가에 가지도 못하고 손바닥만 한 보금자리로 향해야 했다.

"자기, 왜 이렇게 늦었어."

"……."

"이건 뭐야?"

"……."

별로 늦지도 않았건만 나연은 미소를 지으며 달수에게 접근했다. 언뜻 보니 오늘따라 나연은 밤화장까지 했다.

"이게 뭐냐니까?"

"뭐긴 뭐야, 보면 알 거 아냐."

"뭔데 그래."

나연은 별말 없이 보자기를 풀었다.

"이거 컴퓨터 아냐?"

"그럼 그게 컴퓨터지, 깡통으로 보여?"

달수가 조금은 신경질적으로 말했다.

"왜 그래요? 무슨 일이 있어요? 이게 누구 건데, 사 왔어?"

"사 와? 누구 거냐고? 댁의 부친 거지."

"뭐예요? 아빠 거라고? 그게 벌써 고장 났어요?"

"고장인지 뭔지 낸들 아나. 아무것도 모르면서 북 치듯 아무거나 두드리니 망가진 거지."

"뭐예요? 북 치듯 아무거나 두드려 망가졌다고? 키보드 아무리 쳐 대도 망가지지 않던데. 그거 혹시 불량품 아냐?"

"뭐어? 야! 너 말 다했냐?"

"왜 그래 내가 뭐 잘못했어?"

달수가 큰소리를 치자 영문을 모르는 나연이가 눈을 동그랗게 뜨고 반문했다.

달수는 더 이상 대꾸하지 않고 주방으로 갔다.

"뭐 찾아요?"

"……"

소주병을 찾아든 달수는 식탁 의자에 털썩 앉더니 술 한 잔을 따라 안주도 없이 벌컥 들이켰다.

"왜 그래요, 아빠가 또 무슨 벌을 주었어?"

"장인어른이 벌을 주기 시작하니까 순경들까지 나서서 벌주려고 했지."

"순경이요? 뭐 잘못한 것도 없잖아요."

"언제는 잘못해서 벌을 섰나."

"자기, 아빠에 대해 오해하고 있나 봐. 우리 아빠 어린애 같다고 몇 번이나 말했잖아요. 평생 국민(초등)학교에만 있다 보니 아직도 사고 방식이 어린애 같다니까. 자기, 이래도 이해 못 하겠어요?"

"그것도 그렇지만, 까딱했다간 오늘밤 호텔에서 잘 뻔한 줄로 알아."

"호텔? 호텔에서 만나기로 한 애인 있어?"

"애인 좋아하시네. 그래, 애인 있지."

달수는 화가 북받친 듯 컵을 들고 와서 가득 따르더니 한숨에 입 안으로 부어 버렸다.

"자기. 화났어? 아빠 때문에?"

"……."

달수는 급작스럽게 올라오는 취기에 숨을 가쁘게 쉬기 시작하더니 말까지 어눌해졌다.

"화났지, 화가 뭐야, 열 받아 터질 뻔했지, 호텔에서 잘 뻔했다니까."

"왜 그래요, 진정해요. 호텔에서 누굴 만나기로 했는데."

"누굴 만나. 호텔이 어딘 줄도 모르는구먼. 하기야 나도 몰랐지."

"그게 어딘데?"

"어디긴 어디야. 경찰서 유치장이지."

"옴마나! 자기가 유치장엘 왜 가. 무슨 죄 지었어?"

"죄 지어, 그래 죄긴 죄지. 똑똑한 장인어른 모신 죄지."

"왜 그래요. 아빠가 무슨 실수했어요?"

나연이 영문도 모르고 다소 고분고분해 졌다.

"그려."

"컴퓨터 배우시려다가 또 무슨 일이 있었어요?"

지레짐작한 나연은 일어서서 달수를 쳐다보았고, 취하기 시작한 달수가 또 술 한 잔을 따르려고 하자 얼른 달수에게로 다가갔다.

"……자기, 아빠 때문에 그래?"

"……왜 이래, 저리 가."

"그래도 울 아빠 좋은 사람이야, 술 더 먹을 거야."

"더 먹어야지."

달수가 그 말을 끝내기도 전에 서나연은 달수의 얼굴을 양손으로 감싸 안고 입을 맞추었다.

"으읍, 으음."

달수가 신경질적으로 나연이를 밀어제쳤지만 나연은 쉽게 물러나지 않았다. 물러나기는커녕 적극적으로 달수에게 깊은 키스를 퍼부었다.

나연이 겨우 숨을 돌리려고 입을 떼자,

"왜 이래, 저리 가."

"자기 술 먹고 싶다고 했잖아, OK 경양식집 생각나? 술중에서 입

술을 먹고 싶다고 했지."

"……."

나연이가 결혼 전 데이트하던 경양식집 사건을 꺼내자 달수도 타임머신을 탄 듯 기억이 과거로 돌아가기 시작했다.

"자기."

서나연이 다시 입을 대더니 먼저 더듬기 시작했다.

"으읍."

잠시 후 둘은 서로가 서로의 신체를 검사하기 시작했다. 그것도 원시적인 방법으로.

다음날.

"이보게, 날세. 어제 일은 잊어 버렸겠지?"

"잊어버리긴요. 잊으려고 하면 할수록 생각이 더 납니다."

"허허허, 좌우지간 이해하게. 운수 사나운 날이라고 말이야. 파출소 강 순경에게 전화가 왔었네. 과잉 행동을 해서 죄송하다고 사과드린다고 말이야. 자네에게 꼭 전해 달라고 몇 번이나 부탁 하더군. 그만하면 됐을 테니. 그만 화 풀게."

"아무튼 아버님 동네에 가기가 부담스러워요. 또 무슨 봉변을 당할 줄 알아요."

"어허? 이 사람 보기보다 속이 좁구먼. 그런 핑계대고 아예 발길을 끊으려는 건가 뭔가. 이제 파출소 사람들 모두가 자네를 알아 모실

걸세. 지네들이 실수한 걸 다 인정한 마당인데 무슨 봉변을 당해."

"글쎄, 그 사람들은 그랬다 쳐도 다른 걸로 봉변당할 걸요?"

"뭐 또 봉변당할 일이 있나?"

"왜 없습니까? 동네 개들도 많던데."

"뭐어? 크하하하, 이 사람 농담이 지나치군. 하하하."

"하하하."

"예끼! 이 사람아! 자넨 어찌 늙은이를 농담 상대로 삼는단 말인가?"

"그래서 아버님께서 저를 좋아하시는 거 아녜요?"

"뭐어? 암 그렇기도 하지 하하하, 그럼 이걸로 화 푼 길로 하세. 에, 그리고 그놈의 콤퓨터는 다 고쳤나?"

"아무 이상이 없대요. 뭐 다른 거 때문에 동작이 안 된 것 같다고 하던대요."

"아무 이상이 없어? 그럼 무슨 따로 생길 일이 있다는 겐가?"

"글쎄요, 혹시 전기를 100볼트에다 꽂은 거 아녜요?"

"100볼트? 그 콤퓨터는 220볼트에 맞추어 놓았다고 했지?"

"네."

"그래서 자네와 연습을 하지 않았는가. 전원이 맞지 않으면 타버린다고 하던데. 220볼트를 100볼트에 연결하면 죄다 타는 게 아닌가?"

"아닙니다. 100볼트 용 제품을 220볼트에 연결하면 타버려도, 220볼트 용 제품을 100볼트에 연결하면 아무 동작이 되질 않습니다."

"그래? 이거 또 내가 실수하는 거 아닌가 모르겠네. 그럼 이따 퇴근하고 콤퓨터 가져오겠나?"

"그래야죠, 뭐 뾰족한 수가 있어요?"

"그럼 나연이에게도 연락하여 집으로 같이 오게. 내가 사과할 겸 술상 잘 봐둘 테니."

"그렇게 하겠습니다."

그날 저녁 달수는 나연이와 함께 장인 댁에 컴퓨터를 가지고 갔다. 과연 예상대로 220 볼트에 맞추어 놓은 컴퓨터를 100볼트에 연결했던 것이었다. 장인과 달수는 박장대소를 하지 않을 수 없었다. 그 집 식구들은 그날 저녁 무지하게 많은 엔드로핀이 생겼으며 장인과 달수는 대취했다.

한편, 제 집에 돌아온 나연이는 갑자기 딴 사람이 된 듯 달수의 신체검사를 하느라 한참 동안 실랑이를 해야 했다.

49. 야학 선생님이 되는 달수

"자기, 부탁 하나 들어 줄래?"

"어, 그래, 뭔데?"

저녁 식사를 하려고 달수가 식탁 의자에 앉자마자 나연이가 하는 말이다. 그러지 않아도 각종 엉뚱한 사건으로 나연이에게 미안하던 차에 달수는 무턱대고 승낙했다.

"자기 교원자격증 있어?"

"응, 그거, 대학교에서 교직 과정 이수하고 받은 거 있지. 근데 왜 어디 교사 자리라도 났냐?"

"그게 아니고. 꼭 교원자격증이 필요한 것도 아냐 그냥 실력이 좀 있으면 돼."

"뭔데 그래."

"꼭 들어주지 않아도 돼 그냥 물어 보는 거니까."

"하참, 이랬다저랬다 그래. 처음부터 말을 꺼내지 말든가."

"사실은 말이야."

"?……"

"야학이라고 들어 봤어?"

"으응, 그래 밤에 여는 학교, 야간 학교 말이지?"

"야간 학교는 야간 학교인데 정식 야간 학교가 아니라 배움의 기회를 잃은 사람들을 가르치는 곳이야 그러니까 정식 학교도 아니고 학원도 아냐 그냥 뜻 있는 사람들이 모여 배우고 가르치고 그러는 데야, 이름은 이랑학교라고."

"거기서 날 오래? 날더러 뭘 가르치라는 건가. 보수는 두둑이 주나?"

"보수가 어디 있어. 무료 봉사지. 주로 대학생들 자원 봉사야. 그 학생들이 돌아가며 저녁마다 틈틈이 가르쳐."

"그런 데가 있다고 들은 적이 있지만, 지금도 그런 데가 있나 자긴 어떻게 거길 알아?"

"나? 나도 전에 자원 봉사 했으니까 알지."

"그래?"

달수는 의외라는 듯이 다소 놀라 나연이를 쳐다보았다.

"근데 그 학교에 자원 봉사 나오던 대학생이 외국 유학을 가게 되었대. 그래서 나에게 연락이 왔어. 급히 선생님을 구한다고. 그래서 자기에게 해 본 소리야. 마음에 안 들면 안 나가도 돼. 학교 후배들 중에 찾아보면 있을 거야. 요즘 애들은 약아서 아르바이트다 과외다 하고 빠져나가니까 찾기야 좀 힘들겠지만 그래도 있긴 있을 거야. 자기가 한번 경험 삼아 나가보는 것도 괜찮을 텐데."

"히야, 그거 참, 내가 실력이 있어야지."

달수가 어색한 표정을 지으며 한 손을 뒤통수에 댔다.

"만물박사라면서 뭘 못해."

"그게 공부하곤 관계없는 박사라니까 잡학박사. 히히히."

"어쨌든 가 볼 용의가 있어요? 없어요?"

"글쎄, 썩 구미가 당기진 않지만 이달수가 선생님이 된다. 그거 괜찮은데 그럼 과목이 뭔데?"

"지금 당장은 생물이라는데 몇 과목을 해야 할 걸. 그러다가 진짜 자원 봉사자가 오면 자기는 나와도 돼, 임시니까."

"생물이라, 그건 골치 아픈 과목인데. 원형질이 어떻고, 미토콘 드리아, DNA, RNA가 어떻고. 또 뭐 있더라."

"에유, 그것만 해도 가르치겠어."

나연이가 말을 마치고 입을 삐죽거리자 달수는 그 모습이 귀여워 온몸이 찌르르했다.

"아냐, 생물이 어렵다고. 그래도 가르치려면 많이 알아야 할 거 아냐."

"그렇긴 하지만 학생들이 독학을 하고 선생님이 거들어 주는 격이니 큰 부담은 갖지 않아도 돼. 학교로 따지면 학년이 없는 셈이지. 말이 고등학교 과정이지 때에 따라 중학교 내용도 가르쳐야 하는 걸. 수학이나 영어가 특히 그래."

"그럼 졸업장은 없겠네."

"졸업장이 어딨어. 교육 기관으로 인정받은 곳도 아닌데 그냥 자체

내에서 만든 수료증뿐야."

"수료증 받으러 다녀?"

"수료증도 수료증이지만 배워서 검정고시 봐야 돼 그래야 자격이 생기지."

"야아, 그럼 더 어렵겠는 걸. 잘 가르쳐야 시험에 붙을 거 아냐. 한 번 가 볼까, 말까."

"잘 생각해서 결정해. 평생 나가는 것도 아니고 공부도 할 겸, 실력도 쌓을 겸 한두 달만 해 보든지."

"한두 달 하면 매일같이 나가야 하나. 시간이 없을 텐데."

"아니, 토요일 일요일 빼고 수업 있는 날 이틀 정도면 될 거야. 가서 두 시간 정도만 하고 와도 되고 좀 남아 있다가 끝날 때 같이 와도 되고."

"자기가 나가 보지 그래, 전에도 했었다면서."

"영어 과목은 가르치는 학생이 지금 있어. 그리고 이렇게 가정주부가 되었는데 저녁 시간을 낼 수가 있어? 자기가 있는데 밥도 해 줘야 하고 집안일도 많고 남자들이야 잠깐 짬을 내도 별 표시 안 나지만, 내가 며칠만 없어 봐요. 이 집안은 거지꼴 못 면할 테니."

"점점 내가 해야 한다는 소리 아냐. 좋았어. 한번 해 보지 뭐. 이번 기회에 선생님 소리 듣지 언제 듣겠어.

"선생님 소리 들어도 어색할 걸."

"왜?"

"마흔 된 사람도 있다던데."

"뭐어? 그런 사람들이야. 아이구 난 기권이다."

"이그, 남자가 변덕은 오뉴월 감주맛 변하듯 하네. 걱정 말아. 사십 대 남자는 한 사람뿐이고 나머진 모두 여자라니까."

"엥? 여자? 여학생들?"

"그래, 이번엔 구미가 딱 당기고 입안의 침이 다 마를걸?"

나연이가 눈을 곱게 흘겨가며 달수를 쳐다보았다. 그 눈길에 달수의 마음이 녹아 내려기 시작했다. 달수는 그 학교의 여학생보다 지금 당장 옆에 있는 여자를 어떻게 해야 했다.

"그럼 또 가봐야지."

"갈 거야, 안 갈 거야? 확실히 말해요. 내일 아침까지 전화 연락을 해주기로 했으니까."

"간다니까 그러네. 간다고. 그런데 그 여학생들은 예뻐?"

"예쁘지, 적어도 이달수 씨가 보는 견지에선 다 예쁠 거야. 통나무에 치마만 둘러도 여자라고 덤벼들 테니, 호호호홋."

"뭐야, 하하하 농담이 지나치도다."

달수가 사극에서 나오는 왕 같은 목소리를 내었다.

"여자애들도 나이가 많아, 아마 모르긴 몰라도 스물 대여섯까진 있을걸."

"히야 그렇게 나이가 많아 이거 진퇴양난이군. 나하고 몇 살 차이도 나질 않는데 어떻게 가르쳐."

"뭘 어떻게 가르쳐 나이 보고 가르치나 사람보고 가르치지. 아무튼 자기가 봉사한다고 내일 연락할게."

"야, 이거 걱정이 태산 같은데, 자기 혹시 내가 그 여학생들과 바람나면 어떡하려고 그래."

"바람나? 바람나면 좋지 골칫덩이, 말썽쟁이, 사건 제조기인 엉뚱한 사람 이달수 씨가 없으면 내 인생은 새로 시작하는 거야."

"뭐야! 그 말 정말이야."

달수가 벌떡 일어나 나연이에게 다가서며 따졌다.

"그럼, 그렇잖고, 자기 같은 사람이 이 세상에 어딨어? 멀쩡한 사람이 맹인 행세를 하다가 파출소에 끌려가질 않나, 그 때도 내가 아니었다면 그길로 아예 징역 갔을 걸."

"또 그 소리, 그만해."

달수가 짐짓 화내는 척 나연이의 말을 저지했지만 나연이는 또 무슨 말인가 쫑알거리려고 한다. 그러나 달수는 두 손으로 나연이의 얼굴을 감싸면서 그 쫑알대는 입에 '쪼옥' 하고 입맞춤을 했다.

"으읍, 왜 이래. 저리 가."

나연이가 달수를 밀쳤지만 달수의 한 손은 벌써 나연이의 블라우스 속을 더듬적거렸다 곧 이어 포동포동한 젖가슴이 만져지면서 잠자고 있던 젊음이 깨어나기 시작했다.

"아이, 그만 해. 밥도 다 안 먹었는데, 이게 뭐야."

나연이가 저녁상을 핑계로 전과는 달리 마구 밀쳤다 달수도 그만 무안한지 '또 그런 소리 했다봐라'하고는 못 이기는 체 자리로 돌아왔다.

저녁을 다 먹고 설거지를 하는 나연이는 가끔 뒤를 돌아보아야 했다. 전에도 저녁 먹고 설거지를 하다가 불시에 달수의 공격을 받고는 봉변 아닌 봉변을 당한 경험이 있기 때문이었다. 다행히도 달수는 거실 소파에 축 늘어지게 앉아 양팔을 큰 대자로 벌려 소파에 처억 걸쳐 놓고 텔레비전을 보고 있었다.

뉴스가 언제 끝났는지 연속극이 나오고 있었다. 나연이가 마침 텔레비전 화면을 보니 주인공인 젊은 남녀가 마악 키스를 하려는 참이었다. 나연은 얼굴을 돌리고 하던 설거지를 마저 끝내고 커피 두 잔을 타서는 달수에게 가져갔다.

"커피 한잔하세요."

"으응, 그래 입안도 텁텁한데. 아무리 생각해도 걱정돼. 야학도 학교는 학교고 학생은 학생인데 내가 과연 가르칠 수 있을지. 더군다나 고등학교 과정을 대학도 재수해서 겨우 들어 갔는데, 하아, 이거 난국인데."

"참 자기도 나도 했다니까 재수를 했건 삼수를 했건 거기 학생들보다 나을 거 아냐, 실력 있고 배짱만 좀 있으면 앞에 나서서 가르치는 건 어렵지 않아 왜 교생 실습도 안 해 봤어?"

"그때는 엉겁결에 하긴 했지 걔들은 나이라도 어렸지만, 야학 학생은 나이가 많다면서."

"에유, 노래방 들고 맹인 행세하던 배짱은 다 어디 두고 그러시나."

"키익 키익 크크, 그땐 정말 요렇게 되었던 모양이야, 하하하."

달수가 손가락으로 원을 그려 보이며 웃었다.

"배짱은 그렇다 치고 실력이 있어야지. 고등학교 졸업한 지가 언젠데."

"괜찮아, 조금만 공부하면 다시 생각이 날 거야."

"히유, 나도 모르겠다. 가게 되면 가서 해 보고, 안 가게 되면 안가고."

달수는 다 마신 커피 잔을 탁자에 '탁' 소리가 나도록 내려놓고는 소파에 길게 누워 나연이의 넓적다리를 처억 벴다. 물컹하고 푹신했다. 하지만 그 틈에 나연이가 들고 있던 커피 잔이 출렁 거렸다.

"엄마야! 이 커피 엎지를 뻔했잖아."

"뭐 ! 아직도 안 마셨어?"

"그래, 큰일 날 뻔했네, 자기 얼굴에 쏟을 뻔했어. 아유 놀래라, 가슴이 마구 뛰네."

"어엉 그래, 가슴이 마구 뛰어, 정말로?"

달수는 누운 채로 나연이를 올려다보면서 나연이의 블라우스 속으로 손을 넣어 젖가슴을 더듬었다. 이번엔 나연이가 몸을 조금 비틀 뿐 가만히 있었다. 포동포동하고 한없이 부드러운 촉감이 온몸으로 전해져 왔다.

"어어, 정말 뛰네. 심장이 뛰어, 암. 살아 있으니까. 심장이 뛰어야지."

달수가 또 장난기 있는 말로 히죽거리며 주절거렸다.

나연이는 달수의 모습을 그냥 보고 있다가 갑자기 점잖은 표정을 짓고는 한 마디 근엄하게 했다.

"자기 왜 그래, 꼭 어린애처럼."

"나? 내가 이때서 자기가 좋아서 그러는데 내가 정말 어린애 같아?"

"그럼 꼭 젖 달라고 보채는 어린애지."

"좋아, 그럼 자기 젖 줘."

나연이가 간지럽다는 듯이 달수의 손을 빼려고 했다.

"아유 장난 그만 해. 이 뜨거운 커피 얼굴에 쏟을까 보다."

"쏟아 봐, 쏟으려면 쏟아."

달수가 아까보다 좀 거칠게 손놀림을 하면서 대꾸했다.

"진짜다. 진짜!"

나연이도 지지 않고 커피 잔을 쏟는 시늉을 했다. 그러자 달수는 또 엉뚱한 제안을 한다.

"나 커피 좀 줘."

"다 마셨잖아."

"그 커피 달라니까."

"이거, 그럼 일어나요. 누워서 어떻게 마셔. 아직 뜨거운데 흘리면 어쩌려고."

"자기가 주면 되잖아."

"내가 어떻게?"

"자기 입으로."

달수가 호기심 어린 눈으로 쳐다보며 요구했다

"뭐? 내 입으로?"

"그래, 자기 입으로 전해 주면 되잖아."

"어머나! 창피하게."

"창피는 무슨 창피야, 우리 둘뿐인데, 빨리 줘."

"……."

달수가 정말로 보채니 나연이는 얼굴이 상기된 채 옷 이기는 척 커피를 한 모금 입에 담아 달수에게 그대로 전해 주었다. 달수의 손길은 점점 아래로 향하고 있었고, 곧 이어서 나연이도 소파에 쓰러져야 했다. 알싸한 꽃향기가 코로 스며들었다.

50. 꼬리학 강의

아무튼 그 때부터 달수는 공부를 해야 했다. 다음 주 화요일부터
라니까 아직 시간은 며칠 남았지만 어떻게 공부해서 가르쳐야 할 것
인지 도무지 막막했다.

시내에 나가 책도 여러 권 사 왔지만 언제 그 두꺼운 책을 다 본단
말인가. 하지만 달수는 포기하지 않고 입시 공부하듯 열중했다. 나
중에는 궁금한 것이 많은데 마땅한 책이 없다고 하여 나연이의 도움
으로 처가에 가서 백과사전을 비롯한 여러 책들을 수북이 실어왔다.

달수의 실력이 늘었건 안 늘었건 시간은 흘러 드디어 야학에 출강
하기로 한 전날이 되었고 달수는 들떠서 잠도 제대로 이루지 못하고
뒤척이며 무엇을 가르쳐야 하나 고민을 했다. 나연이는 뭐하느냐고
빨리 자라고 했지만 잠을 청할수록 점점 정신은 말똥거렸다. 어찌되
었든 그렇게 하룻밤을 간신히 보내고 나니 그 다음날 아침엔 온몸이
천근만근 무겁기만 했다.

그 날 회사를 퇴근하고 달수는 곧바로 나연이가 일러 준 건물로
찾아갔다. 골목 한편에 있는 오 층짜리 허름한 건물 지하였다. 형광

등도 많이 달지 않아 좀 희미한 불빛 아래 '하면 된다' '목표를 갖자' '지금부터 시작이다' '늦었다고 생각한 순간 시작해라' 등의 군대 구호 같은 문구가 눈에 띄었다. 복도의 끝을 막아 놓은 곳에 '교무실'이라고 매직잉크로 쓴 종이가 붙어 있었다. 달수는 거기로 가서 문을 노크했다.

"들어오세요."

점잖은 여자 목소리였다.

'?…… 남자가 아니라 여자라고 나연이가 그랬나.' 달수가 혼자 중얼거리며 문을 열었다.

"안녕하세요? 소개 받고 온 이달수라고 합니다."

"아유! 예, 이달수 씨군요. 어서 들어오세요."

점잖던 여자가 반색을 하며 일어나 의자를 끌어당겨 달수에게 앉으라고 했다.

"여기 앉으세요, 그러지 않아도 이 선생님이 오늘부터 나오신다고 해서 기다렸어요."

그 여자는 보자마자 이 선생님이라고 불러서 달수는 송구스러워 어쩔 줄을 몰랐다.

"아이 뭐, 제가 아는 것도 없는데 집사람이 가보라고 해서."

"아유, 오셔서 감사합니다. 서나연 씨도 전에 여기서 자원 봉사를 했었지요."

첫 인상이 점잖아 보이던 그 여자는 보기보다 약간은 수다스러웠다. 그래서 달수는 '가르치려면 당연히 말이 많아야지, 나연이가 안 다던 사람이 이 여자인 모양이다'라고 생각했다.

"네, 얘기 들었습니다."

"여기 야학은 정식 학교가 아니지요. 배움의 기회를 잃은 딱한 사람들을 위해 배움의 길을 열어주고자 이런 자리를 마련하여 우리가 자원 봉사를 하고 있습니다."

"그렇다고 해도 매달 관리비가 꽤 들어갈 텐데요."

"들어가지요. 하지만 이 건물주가 여기 지하층을 무료로 내놓았어요. 전에는 무슨 가라오케인가 술집인가를 한 모양인데 우리에게 내준 지 벌써 오년이나 되었어요. 그래도 매달 들어가는 전기세, 수도세, 전화세 등은 여러 사람에게 도움을 받지요. 학생들도 낮에 직장다니고 밤에만 나오지만 돈이 생기면 조금씩 찬조금을 냅니다. 그래서 겨우겨우 운영해 나가요. 저도 낮엔 직장에 다니고 저녁에만 여기로 출근합니다. 호호호. 그리고 학교 이름은 처음에 설립할 때 여럿이 지은 건데 이랑학교라고 해요. 주경야독(晝耕夜讀)이란 말이 있잖아요. 낮에는 밭을 갈고 밤에는 책을 읽는다 라는 뜻 말이에요. 거기에서 착상을 해 이랑을 간다는 의미로 이랑 학교라고 했어요. 그러니까 낮에는 밭이랑을 갈고 밤에는 글이랑을 갈아야 한다는 의미예요."

"이랑학교요? 괜찮은 거 같습니다. 자원 봉사자는 많은가요?"

"웬걸요. 처음엔 많았는데 요즘은 대학생 자원 봉사자 찾기가 하늘의 별따기예요. 오죽하면 여러 군데 연락하다가 안 되어서 서 선생님에게 연락을 했을까요. 서 선생이 그러는데 자기는 바쁘지만 부군 되시는 분이 저녁에 시간이 좀 날 거라고 해서 제가 부탁을 드렸던 거예요."

"아, 그러셨군요. 근데 전 아는 게 별로 없어서 걱정인데요."

"모르셔도 같이 배우면서 가르치면 될 거예요 여기 학생들은 연령차이도 많이 나고 학생마다 실력 차이도 많아서 고등학교 일학년 수준에서 삼학년 수준까지 모두 섞여 있다고 보면 돼요. 그러니 어느한 학생에게 맞추어 가르치기도 힘들지요. 대강 기준을 정해 놓고 가르치고 학생들 스스로 공부해야 됩니다. 그렇게 해야 하나라도 시험을 보게 되지요 그리고 이 선생님께서 지도하실 과목은 우선 생물인데 때에 따라 몇 과목 준비해 주시면 고맙겠고요."

"집사람에게 듣기론 자원 봉사자가 나타날 때까지 임시로 해보라고 하던데."

"아이 뭐, 지금 꼭 정할 것도 없습니다. 그러셔도 되고 그냥 계속나오셔도 됩니다. 차차 지내보며 생각해 보는 게 어떨까요. 아이구참, 이름을 소개 안 했네. 제 이름은 홍민숙이요. 여기에선 교장 교감 겸 학생들 담임도 하고 상담원도 하고 사무도 보면서 학생들에겐국어를 가르치고 있어요. 그렇게 통반장 다 해요. 호호호."

"엄청 바쁘시겠어요. 낮엔 직장에 다니신다면서."

"그냥 그렇게 지내다 보니 데이트 할 시간도 없고 해서 아직 시집도 못간 노처녀예요. 호호호."

"그러시겠네요. 이제 좋은 사람 나타나겠지요. 그리고 저기, 오늘부터 수업을 해야 합니까?"

"그럼요, 조금 있으면 학생들이 올 겁니다. 수업은 저녁에만 하는데 하루에 네 시간이죠. 그런데 한 시간 수업이 사십 분 밖에 되질 않아 실제론 세 시간 밖에 되질 않아요. 일곱 시에 시작해서 열 시면 모두 끝납니다. 그 때 집에 가서도 많이 늦지는 않겠지요."

홍민숙 선생은 혼자서 물어 보고 혼자서 대답까지 다 해 버렸다.

"학생들은 모두 삼십오 명인데 백두반, 한라반으로 나눴어요. 백두반은 이십오 명이고 한라반은 열 명이에요. 백두반 학생은 조금 수준이 나은 고등학교 이상 학년 과정이고 한라반은 고등학교 일학년 과정인데 실제 실력은 일반 학교 학생들과 차이가 많이 납니다. 그렇게 나누긴 했지만 수학이나 영어 빼고는 대부분의 과목은 백두반에서 같이 해요. 백두반 교실이 조금 크기도 하고요, 그러고 백두반 학생 중 사십 세 된 봉제업체 사장님도 계세요. 그 분만 남자고 나머지 학생은 모두 여학생이에요. 호호호."

"백두반, 한라반 하니까 꼭 국민(초등)학교 같은데요."

"처음엔 우리도 그랬는데 이젠 습관이 되어서 이렇게 부르는 게 편해요. 일반, 이반보다 부르기도 쉽고 알아듣기도 쉬워요."

"그러면 백두반의 반장은 백두장사라고 하고 한라반의 반장은 한라장사라고 합니까?"

"에에? 어머나! 호호호. 유머 감각이 굉장하시네요. 서 선생님도 그런 얘기 한 것 같은데, 호호호호. 백두장사, 한라장사."

홍민숙 선생은 뭐가 그리 좋은지 웃음을 참지 못했다.

잠시 후, 수업 시간이 되어 홍 선생은 달수에게 교실에 들어가 보라고 했다. 달수는 옷을 매 만지면서 홍 선생을 따라 교실로 들어갔다. 학교 교실의 반 정도밖에 되지 않는 크기에 식탁으로 쓰이는 작은 탁자가 책상대신 쓰이고 있었다. 그리곤 여대생 같은 아니, 조금은 아줌마 같은 여자들이 일제히 달수를 쳐다보았다. 달수는 그 눈길을 피하여 고개를 숙였다. 잠시 후 홍 선생은 새로 오신 선생님이라며 이달수를 소개하였다.

"안녕하세요, 여러분 오늘부터 여러분을 가르치실 이달수 선생님이십니다. 이분은 대학생이 아네요. 지금 컴퓨터 회사에 다니십니다. 그러고 만물박사라고 소문이 나신 분입니다. 앞으로 많은 것을 배우게 될 것입니다."

그러자 일제히 또 달수를 쳐다보며 여기저기서 수군대기 시작했다. 사람의 눈길이 이렇게 강렬한 줄은 몰랐다. 조금 외면했던 달수가 고개를 들어 뒤쪽을 바라보니 점잖게 생긴 중년 남자가 점퍼 차림으로 앉아 있었다. 그 사람이 바로 봉제업체 사장인 모양이었다. 같은 남자가 있다는 데 조금은 위안이 되었다.

홍 선생은 소개를 끝내고 나가면서 달수에게 수업을 시작하라고 정중하게 말했다.

"안녕하세요, 방금 소개 된 이달수라고 합니다. 아는 것은 별로 없지만 같이 배우면 될 겁니다."

그러자 여기저기서 동시에 '선생님'을 부르며 묻기 시작했다.

"선생님, 결혼하셨어요?"

"첫사랑은 해 보셨어요?"

"첫사랑 얘기 좀 해주세요."

"선생님, 선생님이 만물박사예요?"

불시에 다 큰 여자들로부터 선생님이란 소리를 들은 달수는 혼이 다 달아날 지경이었다.

"아 네, 그냥 남들이 그렇게 별명처럼 불러요."

"선생님, 결혼하셨어요?"

아까 들었던 질문이 또다시 강렬하게 튀어 나왔다. 정신이 아득해진 달수는 그 소리를 듣고 무의식적으로 늘 하던 대로 '아닙니다' 하고 말았다. 그러자 또 여기저기서 킥킥대고 웃는 소라가 나며 소란스러워졌다. 한동안 소란을 피우고 나서야 달수는 조금 정신을 차리고 책을 펴 들었다.

그때 또 질문이 들어왔다.

"선생님 성함을 적어 주셔야지요."

"네에? 아까 소개했는데요."

"아이, 칠판에다 써주세요."

"그럼 그러지요."

달수는 애써 태연한 척 칠판에다 한자로 '李逢秀' 라고 쓰고는 그 밑에 한글로 '이달수' 라고 썼다. 잘 쓴다고 쓴 글씨가 영 마음에 들지 않았다. 어른 여학생들은 그걸 보고 쓰는지 일제히 펜을 들었다.

"주소는 안 쓰세요?"

"주소도 써야 하나요?"

달수가 영문을 몰라 잠시 잠깐 어리둥절해 있을 때 기억이 과거로 돌아갔다. 전에 학교 선생님도 이름만 쓰셨다는 기억을 떠올리곤 '주소는 지금 안 씁니다' 하고 변명조로 말했다.

겨우 겨우 진정을 하면서 달수는 생물책을 펴 들고 어디서부터 공부를 해야 하냐고 물었다. 달수는 유전에 관한 공부를 하긴 했지만 생물 교과서는 처음이어서 다소 생소한 느낌이 들었다.

"121 페이지에요."

어느 여학생이 공부를 하려고 했는지 얼른 진도 나갈 페이지를 말했다.

달수는 속으로 '유전에 관한 내용이라던데, 거기가 맞나' 하고 책을 폈다 하지만 거긴 생식에 관한 내용이 나와 있었다. 첫 제목부터가 매우 난처한 것이어서 달수는 공으로 서너 장을 넘겨보니 거긴 더 심한 내용이었다 .사람의 생식이 나오질 않나, 임신과 분만이 나오질 않냐, 이게 도대체 생물 교과서인지 가정 교과서인지, 아니면 성교육 교과서인지 가름을 할 수 없었다.

달수는 얼굴까지 화끈거렸으며 교실에 있는 학생들은 달수의 일거

수일투족을 감시하고 있다가 달수의 속마음을 알아차렸는지 여전히 수근대며 킥킥대고 있었다.

"아, 조용히 하세요. 그럼 여기부터 공부하겠습니다. 생식이란 남성과 여성의 유전인자가 만나서 그 다음 세대에 전달되는 것을 말합니다."

"유전인자가 어떻게 만나는데요?"

"에 그건 짝짓기를 통해서 만나지요."

"선생님, 짝짓기는 뭐예요?"

이번에는 여러 명이 질문을 했다. 야학교 학생들이라 얌전한 줄 알았는데 질문을 보니 대담하기만 했다.

달수는 속으로 '이보쇼 학생들, 스무 살아 넘었으면서 그걸 여태껏 몰라요?' 하고 되씹었으나 당장 할 말이 없었다. 자칫하다 그들의 말에 이끌려 공부는커녕 농담만 하다 끝나고 말 것 같았다. 그래도 책임감 때문에 달수는 표정을 바꾸며 한 마디 했다.

"학생들, 질문을 그렇게 말꼬리 이어가기 식으로 하면 안 됩니다. 지금 질문한 내용은 차차 다 알게 됩니다."

그래도 학생들은 여전히 킥킥대며 수군거리니 달수는 참으로 난처했다. 그래서 달수가 궁여지책으로 생각해 낸 것이 저 학생들이 듣거나 말거나 진도를 나간다는 것이었다. 그러나 아무리 교과서를 들여다보아도 생식에 관한 내용은 공부를 제대로 하질 않아서 아는 것도 없었거니와 아는 것이 있다 해도 어떻게 그런 내용을 낯 뜨겁게 어른 같은 여학생들에게 술술 얘기한단 말인가. 달수는 드디어 온몸에서 땀이 배어나오기 시작했다.

"에, 생식이란 남성과 여성의 유전인자가 만나서 후손에 전해지는 것입니다. 이에 따라서 모든 동물들은 개체의 특성을 유지하고 있습니다. 호랑이는 호랑이의 유전인자를 후손들에게 물려주며, 토끼는 토끼의 유전인자를 후손들에게 물려주며, 여름에 날아다니는 모기들도 그 유전인자를 후손에 울려주며, 돼지도 그 유전인자를 후손에 물려주며……."

이렇게 나오니 또 어떤 학생들이 말꼬리를 이어 붙인다.

"개는 개의 유전인자들 후손에 물려주며, 사자는 사자의 유전인자를 후손에 물려주며."

이건 달수가 한 말이 아니라 어떤 여학생이 큰 소리로 말한 것이었다. 달수는 뒤통수를 한 방 얻어맞은 듯 했지만 잠자코 있었다. 그러니 그 짓궂은 여학생도 입을 다물고 말았다. 그 때 어떤 괴이한 질문이 들어왔다.

"선생님, 그렇다면 사람은 원숭이로부터 진화했다고 하는데 왜 지금은 원숭이하곤 달라요? 그럼 사람도 원숭이 유전인자를 가지고 있겠네요?"

"그렇다고 볼 수도 있고 아닐 수도 있습니다. 인류학자들의 연구에 의하면 오래 전에 인간은 원숭이의 한 부류에서 갈라져 나와 인간답게 진화되었다고 합니다. 너무나 오랫동안 인간만으로 진화되었기 때문에 지금은 원숭이의 특성이 거의 없습니다."

"그럼 원숭이하곤 유전인자가 전혀 다른가요?"

"글쎄요, 그것까진 세부적으로 잘 알 수는 없습니다. 하지만 인간의 조상이라는 흔적이 아직도 남아 있습니다."

달수는 드디어 혀가 돌아가기 시작하는지 친구들에게 떠들던 버릇대로 조끔씩 말이 청산유수로 나오기 시작했다.

"그게 어디에 있는데요?"

"엉덩이에 꼬리뼈의 흔적이 아직 있지 않습니까?"

"?"

"?"

"?"

잠시 동안 조용해지던 학생들이 달수에게 얼굴을 돌렸다 달수는 뜨거운 시선을 온몸에 맞으며 다음 말을 이어나갔다. '에라 모르겠다, 미친 척하고 떠들어 보자'

"여러분들 엉덩이 부분을 잘 관찰해 보면 골이 패인 조금 위쪽에 약간 쑥 들어간 자리가 있을 겁니다. 손으로 만져 봐도 알지요. 거기에 꼬리뼈가 있습니다. 엑스레이 사진을 보면 꼬리뼈가 분명히 보입니다."

학생들은 신기하다는 듯이 달수의 말을 들으면서 여전히 웃음을 참지 못하는 표정을 지었다.

"그런데 왜 꼬리뼈가 없어졌는지 모르겠어요. 학자들에 의하면 인간이 진화하는 오랫동안 앉아 있었기 때문에 점차 쓸모가 없어져서 꼬리도 없어졌다는데 아무래도 이상합니다. 꼬리가 있으면 얼마나 좋겠어요. 우리들의 말에도 꼬리가 있었다는 흔적이 있습니다. 꼬리가 길다. 꼬리가 길면 잡힌다. 꼬리 친다 그런 게 있잖아요? 만약 꼬리가 있다면 인간은 지금보다 더욱 발전했을 겁니다."

거기서부터 달수는 목에 힘을 주어가며 '꼬리학'을 강의하기 시작했다. 달수가 진지한 모습으로 꼬리학 강의를 하니 학생들도 조용해지면서 달수의 말을 귀담아 듣기 시작했다 그런 모습에 자신을 얻은 달수는 더욱 꼬리로 빠져 들어갔다.

"동물원에 가 보셨죠. 원숭이 무리들을 보세요, 꼬리로 이리 저리 옮겨 다니고 꼬리로 물건도 집고, 꼬리는 손과 발을 떠난 제삼의 손이나 마찬가집니다. 인간이 오늘날 이만큼 발전한 것도 손을 잘 사용했기 때문이라는데 꼬리까지 가세했다고 가정해보세요. 얼마나 발전했겠는가를. 인간은 하루 빨리 꼬리를 재생시켜야 합니다. 꼬리가 있다면 새로운 산업도 생길 것입니다. 머리를 자르고 다듬는 이발소나 미장원이 있듯이 꼬리를 자르고 다듬는 꼬리 미장원이 생길 것입니다. 에, 그러니까 헤어샵이 아니라 테일샵이 되겠군요."

이런 말을 해대니 학생들은 좋아라하고 웃으며 어떤 학생들은 손뼉까지 쳤다. 그러나 달수는 이에 아랑곳 하지 않고 '꼬리학' 강의를 계속했다.

"저기 나가보면 애견 샵이 있잖아요, 거 주먹만 한 강아지를 데려다 발톱 소제를 하질 않나, 온몸의 털을 손질하질 않나, 그 중에서도 빼놓을 수 없는 것이 꼬리 손질입니다. 인간의 꼬리도 그렇게 손질해야 합니다."

"선생님 그러면 지금 입고 있는 옷들은 모두 못 입게 되잖아요."

"그렇지요, 옷도 모두 바꿔야 합니다. 오늘날 여러 산업이 정체된 원인 중 하나가 공급 과잉입니다. 이 말이 무엇이냐, 쓸모 있는 물건들을 너무 많이 만들어서 사 갈 사람이 없다는 뜻이지요. 그런데 인간에게 꼬리가 있어서 지금의 옷들을 못 입는다고 합시다. 기존에 만든 모든 옷들은 못 입게 됩니다. 꼬리가 들어갈 새로운 옷을 만들어야 합니다. 새 옷이 없지요? 그러면 그건 공급 부족입니다. 모든 산업은 바뀐 인간의 모습에 맞춰 새로운 물건을 만들어야 합니다. 옷을 만드는 섬유업체나 봉제업체는 큰 호황을 맞게 되지요. 그뿐인가요, 당장 의자를 보세요. 꼬리가 있다면 모두 구멍을 뚫어야 할 것입니다. 그러니 의자도 새롭게 만들어야지요."

달수가 진지한 표정으로 꼬리의 필요성을 강조하니 대부분 봉제업체에 다니는 야학생들은 다들 그런 모양이다 하고 주의 깊게 들었다. '산업이 발전하지 위해선 꼬리가 꼭 있어야 한다.' 라고 믿을 지경이었다.

"선생님, 그래도 꼬리가 있다면 불편한 게 무지 많을 것입니다."

"불편해요? 안 그렇습니다. 내가 동물원에 갔을 때도 유심히 관찰했지만 원숭이들이 꼬리 때문에 불편하다는 점은 전혀 발견하지 못했습니다. 오히려 그들에게 꼬리가 없다면 크게 불편할 것입니다. 생각해 보세요. 양손에 물건을 가득 들고 버스나 전철을 탈 때 버스표나 전철 표를 꺼내기 위해 고생해 본 적이 있을 것입니다. 그럴 때 꼬리가 있다면 꼬리로 버스표나 전철 표를 꺼내어 주고, 친한 친구와 작별 인사를 할 때도 꼬리를 좌우로 흔들면 되고, 얼마나 좋습니까. 참, 강아지를 보세요. 반가운 사람들을 만나면 얼른 꼬리부터 흔들지 않습니까. 꼬리란 참으로 중요한 것입니다. 유전공학자들은 무얼 하는지 모르겠습니다. 하루 속히 인간에게 사라진 꼬리를 재생시키지 못하고. 꼬리가 있다면 첨단 시대는 더욱 가속화될 것입니다."

달수는 열변을 토하다 보니 목이 뜨끔한 게 갈증이 나서, 침을 한 번 꿀걱 삼킨 달수는 다시 떠들기 시작했다.

"꼬리가 있다면 시험 볼 때 문제가 많이 생길 것입니다. 지금까지는 커닝이라는 부정행위를 단속하기 위해 눈과 손만 관찰했지만 꼬리가 있어 보세요. 꼬리로 쪽지를 이리 저리 옮길 것이 아닙니까. 그것도 책상 밑으로 말입니다. 책상 밑에서 여러 개의 꼬리가 엉킬 수도 있습니다."

그러니 학생들이 또 '와르르' 하고 자갈더미가 무너지는 소리를 내며 웃었다.

"그땐 할 수 없지요. 의자를 모두 박스형으로 만들어 꼬리가 밖으로 새어나오지 못하게 하든지 아니면 꼬리를 혁대 같은 걸로 몸에다 묶어 놔야 할 것입니다."

여전히 학생들의 웃음소리 때문에 달수의 말이 제대로 들리지 않았다.

"여러분들, 클리프 행어란 영화를 보셨지요?"

"네!"

"그 영화 시작될 때 한 여자가 로프에서 떨어지는 장면이 나옵니다. 실베스타 스탤론이 그 여잘 잡으려고 안간힘을 썼지만 어디 그게 됩니까. 힘이 빠지면 떨어져 죽지요. 난 처음부터 그 여자가 떨어져 죽을 줄 알았습니다. 이럴 때 꼬리가 있었다면 그 여잔 꼬리를 휙 올리고 스탤론은 꼬리를 처억 내려서 꼭 붙잡으면 그냥 올라오게 되어 있지요. 하여간 인간에겐 하루 속히 꼬리가 생겨야 합니다. 그래야 그런 불의의 조난 사고도 막을 수가 있습니다."

달수가 사십 분이나 되는 시간을 꼬리학으로 모두 때우니 나중에는 거기 있었던 학생들은 모두가 인간에게 꼬리가 생겨야 한다고 믿게 되었으며 어떤 여학생은 꼬리뼈가 있다는 엉덩이 쪽이 자꾸 간지러워 슬그머니 엉덩이를 만져 봐야 했다. 그 여학생은 곧 자기 엉덩이에서 꼬리가 생겨 첨단 시대를 살아갈 것이라고 생각했다.

그때쯤 해서 수업이 끝났다는 차임 벨 소리가 났고, 누군가 일어나서 '차려, 경례'를 하곤 '감사합니다'라고 말했지만 달수는 잘 듣지도 않고 허둥지둥 빠져나왔다 뒤에선 아까보다 더욱 큰 소리로 떠드는 웃음소리가 요란했다.

"아유, 이 선생님, 무얼 그리 재미있게 가르치세요. 학생들이 어떻게나 웃어대는지 여기까지 크게 들렸습니다. 오늘 합반 수업을 했으니 망정이지 한라반을 따로 수업시켰으면 그 반은 공부 하나도 못 했을 뻔했습니다."

"글쎄요, 뭐, 생물에서 유전을 가르쳐야 한다고 하길래 그것만 공부해 왔는데 교과서를 보니 그게 아니더군요."

"그래요? 그 다음이 생식 편이지요. 그래서 거길 수업하셨어요?"

"수업하긴요, 그냥 엉뚱한 얘기만 하다 나온 셈이죠."

"어머나, 호호호, 그래도 대단한 실력가이신 모양이세요. 학생들이 저렇게 좋아하는 걸 보니 그리고 여학생들이라 남선생님들에게 관심이 많아요. 더군다나 지난번 생물을 지도한 자원 봉사자가 여학생이었는데 생각보다 고지식해서 한 시간 내내 웃음소리 한 번 없었지요. 그런데다 이 선생님 같으신 분이 오셔서 열강을 하니 학생들이 얼마나 좋아하겠어요."

홍 선생은 또 스스로 문제를 제기하고 풀어내고 있었다.

"생각보다 힘이 많이 듭니다. 얼떨결에 수업을 하긴 했지만 아직까지 정신이 얼떨떨하고 다리까지 후들후들 떨립니다."

"어머나, 큰일 났네, 다리까지 후들거린다니 호호홋."

홍 선생은 말만 수다스러운 것이 아니라 웃기도 잘하는 여자였다. 하지만 밉진 않았다. 달수는 홍 선생의 말에 하마터면 이런 말을 할 뻔 했다.

'가운데 다리까지 후들거려요.'

달수는 홍 선생의 말에 동조하듯 같이 '하하하' 하고 웃고 말았다. 그러곤 앞으론 모든 언행에 신중을 기해야겠다고 다짐했다. 그런데 아까 한 꼬리학 강의는 잘한 짓인지 못한 짓인지 분간을 할 수 없었다.

"이 선생님, 오늘은 피곤하실 텐데 그만 들어가세요. 다음 시간은 제 시간입니다."

"끝까지 혼자서 수업하세요?"

"아니요, 제가 두 시간 한 다음 자원 봉사 대학생이 나옵니다. 그 학생은 아르바이트를 하고 밤늦게 나오지요. 일주일에 세 번이나 나오는데 고마운 학생입니다."

"아, 그러시군요. 전 일 주일에 두 번만 나오면 된다고 들었는데요. 언제 언제 나오나요?"

"이 선생님은 우선은 화요일하고 목요일에 나오세요. 혹시 시간이 나시면 하루 정도 더 나오시면 좋겠어요."

"?⋯⋯"

"아니 뭐, 그냥 해 본 소리예요. 아무튼 오늘 수고를 너무 많이 하셨어요. 출강료가 없어서 죄송스럽기만 한데요."

"그건 처음부터 알고 왔습니다."

"아유, 정말로 무지 미안합니다. 옛말에 십시일반(十匙一飯: 열 숟가락을 모으면 한 사람 몫의 분량이 된다는 뜻)이라고 하잖아요. 우리가 조금씩 시간을 덜어 주면 그들에게 그게 평생을 살아갈 귀중한 자양분이 되지요. 여기 수료하고 검정고시에 합격하여 대학에 진학한 학생도 있습니다. 그 학생도 자원 봉사를 나오다가 요즘은 비싼 등록금 때문에 아르바이트에만 치중하고 있어요. 그래서 여기 신경 쓰지 말고 학업이나 열심히 하라고 했지요. 그 학생이 대학교에 합격했다고 했을 때 여긴 완전히 울음바다가 되었어요. 너무나 반가워서."

말 많은 홍 선생이 그칠 줄을 몰라 달수가 제지해야 했다.

"선생님, 수업 시작할 시간이 다 되었을 텐데요."

"어머나, 벌써 지났네. 그래요, 오늘 수고 많이 하셨어요. 서 선생에게도 안부 전해 주시고요. 그럼 전 들어갑니다. 안녕히 가세요."

홍 선생이 책 몇 권을 들고 교실로 들어가고 달수는 혼자 덩그러니 남아 있다가 지하실에서 올라왔다.

밤하늘이 오늘따라 밝아 별들이 여기 저기 보이기 시작했다. 참으로 보람 있는 날이라고 생각하긴 했으나 잘 가르쳤는지는 알 수 없었다.

집에 오니 나연이가 저녁을 준비하고 기다리고 있었다.

"어머나! 자기 왔어요? 수업은 했어?"

"응, 그냥 했지."

"어땠어?"

"어땠긴. 그냥 얼빠진 채로 엉뚱한 소리 하다가 왔지."

"호호호, 또 허풍이나 치고 온 거 아냐?"

"허풍은 무슨 허풍. 허풍은 정신 있을 때나 떠는 거지, 아예 정신이 빠져 있었다니까."

"에이구, 정말로 서방님 뺏기겠네, 온통 꽃밭에 있다 보니 얼빠졌다니."

나연이가 또 입을 삐죽거렸다. 달수는 나연이가 입을 삐죽거릴 때

마다 최면에 걸린 듯 온몸에 전기가 왔다.

"아이구, 다리가 후들거리고 신경이 어떻게나 쓰이는지 죽는 줄 알았네. 난 또 나이 많은 여학생들이라 점잖은 줄 알았더니 이건 뭐 중고등학생이나 똑같아. 중고등학생이 뭐야, 국민(초등)학생 이지."

"다 그래. 학생들은 어딜 가나 마찬가지야. 대학은 안 그랬어? 자긴 더 했을 걸."

"그렇긴 해도 거긴 대학생들보다 나이가 많잖아. 그런데도 그러니 도대체 세상이 까불이 세상이 되는 모양이야."

"아유, 말씀 잘 하시네 댁이야말로 까불이 세상의 까불이 세대지. 안 그래?"

"히유, 하긴 그래 아무튼 죽을 뻔 했어. 하필이면 가르칠 대목이 유전이 아니라 생식이잖아."

"그래서 어떻게 했어? 그러니까 학생들이 별의별 질문을 다 했지."

"그래서 그냥 그렇게 했다니까."

"뭘 그냥 그렇게 했어?"

"그냥 생식은 유전인자를 후손에 전한다고 하다가 어떻게 나온 얘기가 꼬리가 나와서 인간에게도 꼬리가 있어야 한다고 웅변을 하고 말았어. 키히히히."

"뭐? 꼬리 달린 인간 얘기만 했다고. 내 그럴 줄 알았지. 또 무슨 엉뚱한 얘기나 늘어놓고 오지 않나 하고. 호호호. 걔들은 좋았겠네, 엉뚱한 얘기를 진짜처럼 신나게 들었을 테니 호호호. 다시 한 번 나한테 말해 봐, 꼬리학."

나연이가 자꾸 꼬리학 강의를 해 달라고 하는 바람에 달수는 밥을 먹으면서 못 이기는 체 대강 요약해서 꼬리학 강의를 다시 한 번 해야 했다. 나연이도 배꼽을 잡고 웃다가 입안에 있던 밥풀까지 튈 뻔하여 두 손으로 입을 막고 낄낄대고 웃었지만, 달수 생각엔 그게 그렇게 우스운 얘기인가 의아했다.

"아무튼 자기는 끝까지 웃기는 사람이야 그런 걸 어떻게 생각했어?"

"생각하긴, 그냥 상황이 그렇게 되어서 입에서 나오는 대로 줄줄 말했지."

"아무튼 축하해. 선생님이 되신 거. 정식 선생님은 아니지만, 우리 축배 들까?"

"어엉? 그거 좋지. 술 없잖아."

"사 왔어. 따지 않은 양주도 있고요. 양주로 칵테일 만들까?"

"칵테일? 재료도 없이 어떻게 만들어."

"칵테일 만드는 거 별거 아냐. 술 몇 가지 섞고 주스도 넣고 흔들면 되지."

"자긴 술 먹을 줄도 모르면서 어떻게 그런 걸 알아?"

"그러니까 여자지. 학교에서도 배우고 여성 잡지엔 툭하면 나오는 걸."

"아, 그렇지. 여성 잡지엔 그런 자질구레한 것들이 단골 메뉴더군.

사랑이 어떻고 저떻고, 충격 실화에다 비화, 연예인 특급정보, 그것뿐
야. 그야말로 툭하면 엑스터시가 어떠니 저떠니. 에유, 두 눈 뜨곤 못
봐. 한쪽 눈으로만 봐야지."

달수는 그러면서 한쪽 눈을 찡긋해 보였다.

"호호홋, 보긴 많이 보셨군. 어때, 칵테일 만들어 와?"

"좋지, 저녁 먹고 마셔 보자고. 서나연 씨의 솜씨가 어떤가. 자기
마실 것도 만들어?"

"내건 사이다 넣고 약하게 만들어 볼까 말까. 술 냄새만 맡아도 취
하는데."

51. 칵테일은 너무 취해

저녁을 먹고 나서 달수는 샤워하러 들어가고 나연이는 칵테일을 만들기 시작했다. 몇 가지 양주를 작은 물병에 넣고 오렌지 주스를 더 넣더니만 여러 차례 흔들었다. 어디서 보긴 본 모양인데 매우 서툴렀다.

나연이도 이를 아는지 혼자서 키득대며 칵테일을 만들었다. 그리고 나선 길쭉한 잔에 반이 조금 넘게 따르고, 똑같은 잔 하나에는 칵테일을 약간 따르고 거기에다 사이다와 주스를 부었다. 나연이가 달수 몫의 칵테일을 조금 맛보더니 얼굴을 찡그렸다. 술이 독해서인지 맛이 없어서인지 하여간 그랬다.

나연이는 식탁을 말끔히 치운 다음 칵테일 잔을 받침까지 받쳐 제대로 놓았다. 마침 달수가 머리를 털며 욕실에서 나오는 중이었다.

"자기, 이리 와."

"어, 벌써 만들었어?"

"벌써가 뭐야. 이깟 거 만드는데. 자기야말로 벌써 샤워를 끝냈어?"

"응, 소나기 지나가듯 했지. 자긴 샤워 했어?"

"벌써 했시유, 이 선생님."

나연이가 농담조로 말했다.

"자, 자기건 이거, 내건 이거."

"똑같아 보이는 데?"

"그래도 이전 술이 많이 들어가고 내건 주스와 사이다가 많이 들어갔어. 자, 건배해. 이달수 씨가 선생님이 되신 거."

"히야, 이거 뭐 대단한 사람이 된 거 같은데. 자, 싸랑하는 우리 서나연 씨. 건배!"

"치잇. 그냥 건배가 뭐야, 좀 멋진 말 없어?"

"멋진 말?…… 브라자!"

달수는 혼자서 구호를 외치고 술잔을 들었다.

"에구 또 시작이다 못된 소린 골라서 하네."

"그게 왜 어때서 브라보와 지화자의 합성어인데."

"아무튼 못 말려. 그렇다고 그걸로 축배 해. 눈치 없게."

"이러다가 술 다 날아가서 못 먹겠다. 좋아, 이건 어때? 나연이와 달수를 위하여."

"너무 긴데."

"그럼 나달을 위하여. 아니 나달위, 어때?"

"호호호호, 나달을 위하여? 수달을 위하여가 아니니 다행이네, 그냥 해."

"하하하, 좋아, 그냥 해. 나달위!"

"나 달위!"

달수는 한숨에 잔을 거의 다 비웠으며 나연이도 목이 말랐는지 반쯤 비웠다.

"히야, 그거 괜찮은데 이거 한 잔 더 만들어야겠어."

"정말 맛 괜찮아요? 난 쓰던데."

"원래 알코올은 쓴맛이 기본이야, 그 쓴맛을 이렇게 칵테일해서 적당히 감추는 거지. 한 잔만 더 만들어 봐."

"그거 그래 봬도 양주가 많이 들어가서 독할 텐데 그래."

"아냐, 이 정도는 괜찮아."

"정말 괜찮아요? 한 잔 더 만들어?"

"더 만들라니까 그러네. 이것 가지곤 간에 기별도 안 가."

나연이는 할 수 없이 일어나서 아까처럼 칵테일을 만들기 시작했다.

이틈에 달수는 나연이의 잔에 있던 묽은 칵테일을 홀딱 마시고는 자기 잔을 나연이 자리 앞으로 옮겨다 놓았다.

"카아악! 맛좋다."

곧바로 나연이는 칵테일을 만들어 달수 앞에 있던 빈 잔을 가져다 아까보다는 조금 많이 칵테일을 따랐다.

"야, 재주 좋다. 이렇게 초특급으로 만드니, 칵테일 바를 차리면 당장에 떼돈 벌겠다. 요새 원샷바가 유행이라던데, 우리도 원샷할까?"

"나야 괜찮지만 자긴 무리일 텐데."

나연이가 달수를 걱정했다.

"괜찮아, 이 정도는 원샷할 수 있어. 이것만 마시고 그만 마시면 돼. 나야말로 지기가 걱정인데."

"뭘 그래, 그냥 마셔. 얘기하면서, 오늘 수업한 얘기나 해봐."

"아까 다 얘기 했잖아. 참 거기에 봉제업체 사장이라는 남자 말이야. 마흔 살 먹었다던 그 사람. 오늘도 나왔대."

"그럼 그 분이 얼마나 열성적인데 자기 아들도 고등학생인데 아빠를 위해서 많이 도와주는 모양이야. 그리고 그 분은 나이 어린 대학생들 보고도 꼭 선생님이라고 부르며 인사를 먼저 한대."

"하여간 대단한 사람이야. 나이 사십에, 그 투지 한 번 굉장하군."

"그 분은 아마 검정고시 합격하면 곧바로 야간대에 진학할 거야."

"그럴 거야. 나이는 들었지만 남자가 딱 한 명이라 왠지 모르게 친근감이 가더라고."

"다행이네. 참말로 다행이야. 난 또 꽃밭에 빠져 허우적대는 줄 알았더니."

"꽃밭에도 빠질 뻔했지. 히히, 근데 오늘 강의를 제대로 했는지 나 원참, 에이 모르겠다. 자, 원샷 할 거지?"

"좋아요. 안 하면 벌칙?"

"벌칙 있지. 뭘로 할까. 으음."

"아유 알았어, 또 괴상한 벌칙 정하려고, 이러다가 항상 내가 당한다니까. 그냥 해. 자, 원샷!"

"원샷!"

나연이는 자기 잔에 있던 칵테일이 왠지 모르게 매우 쓰고 술 냄새가 났으나 얼굴을 조금 찌푸리고 그냥 꿀꺽꿀꺽 삼켰다.

"아휴, 이 게 왜 아까와는 맛이 다르지."

달수도 역시 얼굴을 찌푸려가며 꿀꺽거렸다.

"하이구, 술 먹다 사람 죽겠다. 뭐 안주 좀 없어?"

"안주는 없는데, 이 맛이 왜 이런지 모르겠네. 잘못 만들어서 가라앉았나."

"그럼 거기 사이다 줘. 원래 양주는 소다수라고 사이다 같은 것하고 함께 먹는 거야."

나연이는 사이다를 따라 벌컥벌컥 마셔댔고 달수도 벌컥거렸다. 독한 양주가 몸 한 바퀴 도는 데는 많은 시간이 필요치 않았다. 잠시 후 나연이는 어지럽다며 거실 소파로 가 버렸다. 엉뚱한 인간 달수도 뒤따라서 소파로 갔다.

"왜 그래, 취해?"

"그런 거 같아, 내 잔엔 술을 조금밖에 안 부었는데. 아무래도 몸이 안 좋은것 같아."

"그게 생각보다 독한거라고. 나도 지금 마악 취하는데 양주가 얼마나 독한데. 더구나 칵테일은 예측할 수 없어. 입안에선 달착지근하지만 속에 들어가면 불붙는 거 같다니까."

"내가 지금 그래. 몸이 화끈거려."

"거 봐, 돌팔이가 양주 만들더니. 그깟 거 마시고 인사불성 되겠네."

달수는 벌써 말이 약간 어눌해지기 시작했다. 나연이는 말은 똑바로 하고 있었지만 얼굴이 붉게 상기되기 시작했다.

"아유 이거 큰일 났네. 하늘이 빙빙 도는 것 같애."

"오늘같이 기분 좋은 날, 좀 취했다 깨면 어때."

"난 모르겠어. 들어가 누워야겠어."

"여기 좀 있다가 보면 깰 거야. 낮에 수업했던 얘기 해 달라면서."

"으응, 그것도 그런데, 내가 지금 정상이 아냐. 이런 적이 없는 데."

나연이가 심각하게 그런 말을 하자 달수는 은근히 걱정이 되었다.

'장난이 지나쳤나. 얼마 안 될 텐데. 어떡하지? 괜찮겠지.'

달수는 은근한 걱정 속에 나연이를 쳐다보았다. 나연이의 얼굴은 아주 잘 익은 복숭아 빛이 되었다. 그 볼을 꼭 깨물어 주고 싶었다.

"자기, 어지러워?"

달수가 그윽한 목소리로 물었다.

"으응, 그래, 내가 왜 이러는지 모르겠어, 암만해도 잘못 만든 모양이야."

"괜찮을 거야. 나도 좀 취하는데 괜찮아, 조금만 참아 봐. 이쪽으로 내게 기대."

달수가 나연이의 어깨를 감싸며 이끌었고, 나연이는 달수에게 기대려고 몸을 움직였으나 곧 중심을 잃고 달수의 무릎을 베고 누워 버렸다.

"아유, 큰일 났네, 어지러워서 나 잠드나 봐."

"……."

달수는 아무 말 없이 나연이의 볼을 만져 보았다. 따스한 온기가 손으로 퍼졌다. 발그스레 상기된 얼굴은 전보다 백배는 예뻐 보였다. 달수는 나연이의 머리를 한 손으로 쓸어 올렸다. 나연이는 아무 말도 하지 않은 채 눈을 감고 숨만 쌔근거렸다. 달수가 몸을 굽히고 나연이에게 입을 맞추어도 별다른 반응조차 없었다.

"……? 잠자는 백설 공주?"

이어서 달수는 조심스럽게 나연이의 블라우스 단추를 하나씩 풀어 벗겨 내었다. 백옥 같은 살결이 취기가 올라 발그스레했다.

마지막 남은 껍질은 뒤로 손을 돌려 가만가만 벗겨내었다. 나연이가 몸을 몇 번 뒤척였지만 잠이 들었는지 눈도 떠보지 않았다. 드디어 당당한 모습의 쌍두봉이 태고적 모습을 드러내고야 말았다.

달수는 크게 한숨을 내어 쉬고는 몸을 굽혀 쌍두봉 중 한 봉우리에다 입을 대고 한 봉우리는 부드럽게 감쌌다.

"왜 이래……."

나연이가 몸을 한번 움찔하며 잠결에 말하듯 칭얼대었다. 달수는 조심스럽게 자기의 무릎을 베고 있던 나연이의 머리를 소파에 살며시 내려놓으며 작은 쿠션으로 베개를 대신해 주고는 빠져나왔다. 그러곤 무릎을 꿇고 앉더니 오케스트라 지휘자처럼 조물주의 피조물, 삼라만상 중의 최고의 걸작품을 지휘하기 시작했다. 나연이는 자주 왜 이러냐고 했지만 그 이상의 반응은 없었다. 곧 이어서 나연이는 원시인을 드러낸 채 원시인의 모습으로 되돌아갔으며, 달수도 자신을 감쌌던 포장을 벗기어 내고 원시인이 되었다. 그들에겐 인간이 만든 문화가 더 이상 필요 없었다. 그러고는 목마른 사람이 물을 찾듯 태초의 계곡을 찾았다.

52. 하청 대금 받아 줘요

그 다음 날은 서나연이 홍 선생에게 전화를 하여 생물을 다른 과목으로 바꾸어 달라고 했다. 홍 선생은 그렇게 한다고 하고 과목을 정치경제로 하는 것이 낫겠다고 했다. 나가야 할 진도는 정치 편 법률이던가 아니면 경제편 처음부터라고 했다. 그리고 어제는 무지 수고하셨다는 인사를 덧붙였다. 그래서 달수는 정치경제 과목을 공부해야 했다.

또 그 다음날, 목요일이 되었다. 달수는 부지런히 공부를 하는 체하며 야학에 갈 준비를 했다.

나연은 이번엔 엉뚱한 얘기는 하지 말라고 신신당부하며 물가에 애 내보내는 어미처럼 온갖 귀찮은 설교를 했지만 달수는 듣는 둥 마는 둥 하고 갔다.

"안녕하세요?"

"오셨군요. 엊그제는 마음고생이 많으셨죠?"

"네, 처음이라 그런지."

"그러실 거예요. 뭐든지 이력이 나야지 그렇지 않고선 힘만 들어요."

"저기, 오늘부턴 정치경제를 가르쳐야 한다고 들었는데."

"아유 참, 이 선생님은 초보자나 마찬가지인데 생물 지도 내용이 좀 그렇더군요. 서 선생에게 얘기 다 들었습니다. 생물은 제가 할 테니 제가 하던 정치경제를 하시는 게 좋을 거 같아요. 정치편의 법률을 제가 할 차렌데요, 아마 많이 들어 보신 내용이라 쉬울 겁니다. 그리고 경제 편은 아직 하나도 진도를 나가지 않았는데 경영학에서 많이 나오는 내용이라 그냥 하셔도 될 것 같은데요."

"홍 선생님께서 하려던 정치편을 이어서 하는 것이 낫겠습니다."

"그럼 그렇게 하도록 하세요. 오늘은 이 선생님 시간이 둘째 시간으로 잡혀 있는데, 여기에서 좀 기다리시다 들어가시죠. 저기 책꽂이에 교과서도 있고 참고서도 몇 권 있어요. 그리고 저쪽에 보면 커피나 율무차가 있어요. 물도 거기에 있고요. 근데 혼자서 자작하셔야 해요, 호호호."

"아네, 그러겠습니다. 둘째 시간이연 다음부턴 목요일엔 조금 늦게 나와도 되나요?"

"그럼요, 시간 닿는 대로만 오셔도 감지덕지죠. 출강료도 못 드리는데."

홍 선생은 출강료 때문에 매우 송구스러운 모양이었다. 지난번에도 그러더니 이번에도 똑같은 발언을 했다.

홍 선생이 먼저 국어책을 들고 들어갔고 달수는 정치경제 교과서를 꺼내 들고 이러 저리 넘겨보았다. 대충 보니 대학교 때 많이 배운 내용인데 이것도 체계적으로 가르칠 수 있을지 걱정이 되었다. 참고서도 뒤적거렸지만 아는 것도 같고 모르는 것도 같았다.

이런저런 생각을 하다 보니 벌써 수업 시간이 끝났는지 홍 선생이 들어왔다.

"학생들이 오늘 이 선생님 들어오시냐고 묻잖아요. 인기가 대단해요. 옷들도 깔끔하게 입고 오고, 꼭 어린애들 같아요. 학교 운영상 화장은 못 하게 하는데도 어디 그러나요 일반 사회인인데 그냥 협조사항이지요. 근데 오늘은 달라요. 얼굴들이 매끄름한 게 다들 조금씩 찍어 바르고 온 모양이에요. 호호호. 이게 모두 이 선생님 때문이에요. 전 이제 큰일 났어요. 호호호홋."

"아이 뭐, 그러려고요."

달수는 조금은 반가운 마음이었지만 내색을 않고 태연하게 말했다.

"아참, 지금 이 시간부터 법률 편을 들어가야 하나요?"

"네 배운 데 또 배워도 상관없어요. 특별히 진도를 정해 놓고 가르치는 게 아니니까 중요한 곳은 반복해서 가르치지요. 좀 더 익숙해지면 검정고시에 출제되었던 문제 풀이를 해 주면 됩니다. 학생들도 그런 방향으로 공부하니까요."

"그럼 혹시 검정고시에 출제되었던 문제가 있어요?"

"저기 책장에 보면 과목 별로 다 있어요. 집에 가지고 가서 보셔도 됩니다."

"그래야겠군요."

"그리고 있잖아요. 검정고시 과목은 필수 과목이 일곱 과목이고 선택 과목이 두 과목이에요. 거기서 과목 당 육십 점 이상을 맞으면 합격이죠. 그리고 과락 접수도 있어서 과목당 사십 점 미만이면 과락이에요. 과목만 합격하연 다음 시험에 면제받게 되고요. 그래서 학생들 가르치는 게 두서가 없어요, 호호호. 이 선생님처럼 만물박사나 되면 쉬울까."

"아이참, 과찬의 말씀을 하십니다. 시작 시간이 다 되었지요?"

"네, 시작종과 끝 종은 저 벽에 붙어 있는 스위치를 누르면 차임벨이 울리는데 제가 여기에 있으면 그래도 때 맞춰 시종을 알리지만 여기에 아무도 없으면 그 짓도 못해요. 그냥 시계 보고 알아서 해야지."

"어쩐지. 그럼 들어가 보겠습니다."

"네, 너무 긴장하시지 말고요. 학생들의 요구에 무조건 응해 주어도 안 됩니다."

홍 선생은 일어서서 나가는 달수의 등 뒤에 대고 끝까지 한 마디 덧 붙였다.

교실 안이 지난번보다 훤해졌다. 홍 선생의 말마따나 매끄름한 게 뭘 찍어 발랐는지 화장품 냄새가 코를 찔렀다. 학생들은 달수를 보자 또 수근거리며 히죽거리기 시작했다. 곧 이어서 인사를 하는데 학생들은 우렁차게 '안녕하세요' 하고 외쳤다 달수는 깜짝 놀랐다.

"오늘은 생물이 아니라 정치경제를 배우도록 하겠습니다."

"왜요? 생물 해요."

"생물 가르치세요."

여기저기서 생물을 배우자고 소란스러웠다.

"아, 조용히 하세요. 생물은 홍 선생님이 가르치실 겁니다. 정치경제 책을 꺼내세요."

여전히 학생들은 소란을 떨며 시끌벅적했다.

"자 어디부터 할 차례인가요?"

"법률할 차례예요."

"그럼 다들 거길 펴 봐요."

달수가 제법 근엄하게 말을 하니 학생들은 더 이상 대꾸하지 않고 교과서를 펼치기 시작했다. 달수가 고갤 들어 학생들을 바라보니 모두들 교과서를 펼치느라고 고개를 숙였는데 맨 뒤에 앉아 있는 사장이라는 남학생은 고개를 들고 있다가 달수와 눈길이 마주쳤다. 달수는 공연히 무안하여 먼저 눈길을 피했다.

'에유, 저런 사람들 앞에서 무얼 가르친 담. 하던 말도 멈추겠다. 내가 아무래도 고생길을 자초했지.'

달수의 근심 걱정이 또 시작되었다.

"자, 다들 준비가 되었습니까?"

"네."

"에, 법을 배우려면 먼저 가장 기초적인 것부터 알아야 합니다. 우리가 지금 쓰고 있는 법(法)이란 글자는 약어이고 원래의 글자는 법입니다. 이렇게 쓰죠."

달수는 칠판에 고어(古語)의 법(灋)자를 커다랗게 써 놓고는 말을 이었다.

"이 글자는 물 수(水)자와 해태 치(廌)자와 갈 거(去)자로 이루어진 것입니다. 물은 수면과 같이 평평해야 한다는 뜻으로 공평함을 뜻하며, 해태는 전설적인 동물로 옛날 중국의 고사를 보면 재판을 할 때 재판석 앞에 해태를 내세우면 해태는 옳고 그름을 판단하여 반드시 죄지은 자에게로 가서 뿔로 떠받는다는 전설이 있습니다. 그래서 오늘날도 중국의 법복(法服)에는 해태의 모양이 수놓아져 있다고 합니다. 그리고 거(去)자는 악(惡)을 제거한다는 의미입니다."

달수는 여기까지 설명하고 잘 듣나 하고 주위를 돌아다 봤다.

모두들 눈을 또렷이 뜨고 달수를 주시하고 있었다.

"그리고 지금 쓰이고 있는 법(法)자도 그 의미를 보면 물이 흘러간다 라는 뜻이지요. 물은 높은 데서 낮은 데로 흘러서 평평하게 되지요. 이런 이치로 모든 일이 순조롭게 진행되어 평평하게, 즉, 공평하게 되도록 한다는 의미로 볼 수 있습니다. 혹은 물을 다스린다는 치수(治水)를 의미하기도 합니다. 에, 그리고 옛 문헌을 보면 법과 유사한 의미로 예(禮), 의(義), 율(律), 이(理), 칙(則) 등의 글자가 쓰였습니다. 지금도 같이 혼용해서 쓰는 경우도 많고요. 법률(法律)이란 글자도 그렇지요."

"선생님 아까 말씀하신 해태가 광화문에 있는 돌 조각상 해태와 같아요?"

누군가 용감하게 질문을 했다. 순간적으로 달수는 놀랐지만 다행히 아는 내용이었다.

"네, 그게 바로 전설적인 동물 해태입니다. 아참, 그리고 우리가 먹는 김도 한자로 쓰면 해태(海苔)라고 합니다. 그리고 또 있습니다. 법률 용어로 쓰이는 해태(懈怠)도 있는데 이는 몹시 게으르다는 의미로 쓰입니다."

달수가 일목요연하게 해태에 관해서 설명을 하니 모두들 고개를 끄덕이며 달수의 실력에 감탄을 했다 달수는 이제 그만 하고 다른 설명으로 들어가야 했다.

"법에는 크게 육법이라고 하여 헌법, 민법, 상법, 형법, 민사소송법, 형사소송법이 있어요. 이 중 헌법은 육법 중에 가장 우두머리 법이며 민법은 우리 국민들이 살아가는 데 필요한 각종 법입니다. 호적 관계니 주민등록 관계 등도 모두 민법에 속합니다. 상법은 상거래 하는 데 필요한 법이고, 형법은 잘못한 사람 잡아가는 법입니다. 그리고 민사소송법과 형사소송법은 절차법이라 하죠. 소송을 하려면 그냥 편지 쓰듯이 하는 게 아니라 법의 격식에 맞게 해야 하는데 이에 관한 순서를 정해 놓은 법이라고 보면 됩니다. 이들을 줄여서 그냥 민소법, 형소법이라고 합니다."

달수는 점잖은 목소리로 법을 설명하면서 간간이 칠판에다 요점을 써주었다. 달수가 생각하기에는 지난 번 수업에 비해 대단히 부드러운 수업이었으나, 학생들에게는 도무지 딱딱하여 저런 내용을 대체 언제 써먹나 하는 생각에 부지런히 적어가며 책을 보다가도 달수를 쳐다보곤 했다.

달수는 한참 동안 강의를 하다가 이번에는 상법에 대해서 보충 설명을 하였다.

"우리가 보통 장사하는 분들을 상인이라고 하죠, 장사는 이익을 위하여 물건을 사고파는 일을 말하는데 왜 상인이라고 하죠?"

"……."

"모를 겁니다. 장사하는 사람들을 상인이라고 하고 장사에 관한 법을 상법이라고 합니다. 원래대로 하자면 장사인, 장사법이래야 되겠지만, 이렇게 상인, 상법이라고 하는 데는 유래가 있습니다."

이쯤 얘기하고 달수는 한 번 교실을 둘러보았다. 모두들 달수를 쳐다보고 조용히 경청하고 있었다. 달수는 이제 수많은 시선에 어느 정도 익숙해진 모양이었다.

"이 얘기를 하자면 옛날의 중국시대로 돌아가야 합니다. 옛날 중국에 '하(夏)나라' 라고 있었습니다. 이 하나라가 한 오백 년간 통치를 하다가 상(商)나라가 하나라를 무너뜨리고 나라를 세웠습니다. 이게 상(商)나라이지요."

달수는 분필을 들어 '商나라' 라고 썼다.

"이 상나라는 그 뒤에 도읍지를 은(殷)이라는 곳으로 옮기고 나라 이름도 은이라고 바꾸었습니다. 그러니까 상나라가 은나라로 이름만 바뀐 것이지요. 은나라는 약 오백 년간 존속했는데 그 후에 주(周)나라에 의해 멸망당하고 말았습니다. 그러니 많은 은나라 사람들 즉, 전의 상나라 사람들은 여러 곳을 떠돌며 장사를 하고 먹고 살았습니다. 근데 이 상나라 사람들이 장사 솜씨가 얼마나 뛰어난지 장사하면 상나라 사람들을 지칭하게 되었습니다. 그래서 장사를 잘하는 사람들을 상인(商人)이라고 부르게 되었으며 이에 따라 법도 상법(商法)이라고 짓게 된 것입니다."

달수가 제법 학술적인 얘기를 하니 모두들 조용히 경청을 하고 있었다. 맨 뒤에 있는 사장은 고개까지 끄덕이며 노트에 뭘 적고 있었다. 달수는 어깨가 으쓱했다. 지난번처럼 엉뚱한 얘기를 꺼내서는 안 된다고 조심하면서 학생들에게 꼭 필요한 내용을 주로 강의했다.

한 시간이 끝나고 교무실로 들어가려는데, 뒤에서 '선생님' 하고 부르는 소리가 들렸다.

"?"

달수가 멈추어 뒤로 돌아보니 봉제업체 사장이라는 사람이 겸손한 태도로 서 있었다.

"선생님."

"네, 사장님이시군요."

달수는 들은 대로 사장님이라고 호칭했다.

"아이구, 그냥 껍데기 사장입니다. 지난번에 오셨을 때 인사를 드리려고 했는데 수업 끝나고 가보니 가셨더군요. 그래서 지금 인사드립니다."

"아이 뭐, 괜찮습니다, 말씀은 많이 들었습니다. 만학을 하시느라고 얼마나 고생이 많으십니까."

"고생이야 뭐, 할 만한 고생이죠. 저기, 인사도 드릴 겸 오늘 수업이 끝나고 뵈었으면 하는데요."

"인사는 뭘요, 이렇게 해도 되지 않아요. 바쁘실 텐데."

"저는 괜찮아요. 선생님께서 시간이 어떨지 모르겠습니다."

초면에 자꾸 인사를 한다고 하며 저녁에 만나자고 하니 달수는 더이상 거절하지 못했다.

"별다른 인사는 없어도 되는데. 참, 홍 선생님에게 상의해 보죠."

"홍 선생도 모시고 나오시죠. 그리고 자원 봉사 학생도 오늘 나올텐데 같이 나오시지요."

"그럼 상의해서 그렇게 해 보겠습니다 저는 여기 온 지 얼마 안돼서 어떻게 지내는지 잘 모르거든요."

"수업 끝나고 여기에 있겠습니다."

"그럼 그렇게 하시지요."

달수는 그 사장이라는 사람의 첫인상은 괜찮은데 나이가 한참 많아서 어쩐지 부담스러웠다.

"이 선생님 수고 하셨어요. 정치경제 과목은 생물보다 수월하지요?"

"네, 그런 것 같습니다. 생물도 괜찮은 내용인데 배워야 할 내용이 워낙 그렇더군요."

"호호호, 그럴 거예요 사실 그런 내용을 남자 선생님이 가르치면 더 좋아하는데, 장난을 하려고 해서 탈이지만."

"다음 시간 가르칠 학생은 아직 안 왔어요?"

"아이 어쩌, 올 시간에 되었는데 아무 연락도 없네요."

"그럴 경우엔 어쩌나요?"

"여기 계시던 선생님이 조금 더 하시든가 아니면 학생들을 그냥 돌려보내야지요."

"운영이 아주 어렵군요."

"그래도 우린 아주 잘 되는 편입니다. 여기 말고 다른 곳도 야학이 있는데 학생 수도 적고 선생님들도 너무 자주 들락거려 어려움이 많아요. 우리 학생들 중에 다른 야학에 다니다 여기로 온 학생들이 몇 명 있어요."

"아 그렇군요, 그럼 그 학생이 못 오면 제가 다시 들어가도 되나요?"

"아유, 그러시면야 좋지만 이 선생님이 어려워서 어떡해요. 집에서서 선생이 기다릴 텐데."

"괜찮습니다. 지난번엔 얼떨떨했는데 오늘에서야 제 페이스를 찾은 것 같습니다."

그때 마침 전화가 왔다. 자원 봉사 학생인 모양이었다.

"이거 어쩌지요. 그 학생이 오늘 두 시간이나 들었는데 피치 못할 사정으로 인하여 출강을 못 한다고 보강 좀 들어가 달라고 하니, 이 선생님 시간이 나시면 한 시간만 더 하시죠?"

"그러지요."

"아유, 감사해요. 그럼 이 선생님이 한 시간만 더 해주세요. 마지막 시간은 그만둬야겠어요. 저도 오늘 좀 일찍 집에 들어가 봐야 할 일이 있어서요."

"그럼 제가 또 들어가겠습니다."

달수는 이번에 들어가서는 아까보다 진지하게 법에 대하여 강의했다. 주로 민법에 관한 내용이었다. 달수가 가르치는 내용은 고등학교 수준을 벗어나 대학교 강의하듯 했다. 하지만 학생들은 그걸 모르고 열심히 경청하고 있었다. 달수도 속으로 '저 학생들이 대학생이라면 난 대학교수인데' 라는 생각을 무심코 했다.

그날 수업은 성공적이었다. 적어도 달수에게 있어서는 학생들은 검정고시에 별 관련 없이 어려운 대학 강의를 듣는 듯 했지만 그랬기에 달수의 실력을 높이 평가하고 있었다.

수업이 모두 끝나고 아까 만나자던 봉제업체 사장이 몸을 굽혀 인사를 해 가며 달수를 찾아왔다. 같이 나가서 소주라도 한 잔 하자는 거였다. 달수는 홍 선생에게 같이 가자고 했으나 홍 선생은 집에 일이 있다며 다음에 시간을 내어 자원 봉사 학생들과 함께 자리를 마련할 테니 오늘은 둘이서 가시라고 했다. 그리고는 너무 취하지 않게 마시고 들어가라고 마치 지아비에게 하듯 주의를 주는 것도 잊지 않왔다. 참으로 그 홍 선생은 생각이 많아서 잔소리도 많을 거라고 달수는 생각했다. 학생들은 모두 왁자지껄 떠들며 책가방이 아닌 커다란 핸드백, 쇼핑백 등을 둘러메거나 들고는 '안녕히 가세요'를 줄줄이 사탕으로 소리치며 나갔다.

개중에는 달수에게 다가와 선생님은 어디로 가시냐고 묻기도 하고 같이 나가자고 하기도 하였으나 여기 사장님과 약속이 있다고 하니 그대로 물러났다.

"이 선생님, 어디로 가실까요?"

지하실에서 올라오며 봉제업체 사장이 먼저 물었다.

"제가 이 근처를 잘 몰라서요. 사장님께서 좋으실 대로 하시지요."

"아 그 참, 사장 소리 듣기가 송구스럽습니다. 학벌도 짧은데 이거 나원참."

"그러니까, 이렇게 배우러 나오시는 거 아녜요."

"아이그, 세상을 잘못 살았는지, 아니면 거꾸로 사는 건지. 거꾸로 살지요. 거 참, 가만 있자, 어디로 가나. 술은 좀 하시죠?"

"말씀 좀 낮추셔야지, 저도 듣기가 거북스럽습니다."

"안 됩니다. 저에겐 선생님이신데."

"그래도 거북한데요."

"괜찮습니다. 이 선생님보다 어린 대학생에게도 우린 선생님이라고 부릅니다."

전에 듣던 대로 그 사람은 대단히 예의를 갖추는 사람이었다. 달수는 더 이상 그 말을 하지 않기로 했다.

"술은 좀 하시죠?"

사장이 재차 물었다.

"네, 그냥 조금 합니다. 소주 한 병 정도 하지요."

"그럼 잘 되었습니다. 저쪽 골목길로 가면 곱창 찌개 잘하는 집이 있는데 그리 가시죠."

"네."

곱창 찌개 집은 비교적 많은 사람들이 북적거렸다. 뜨거운 열기가 얼굴에 확 끼쳐왔다.

"선생님, 여기 앉으세요."

봉제업체 사장은 어느 새 방석까지 준비해 달수에게 주며 앉으라고 먼저 권했다. 달수는 이런 대접을 처음 받고 보니 이게 꿈인가 생시인가 하고 어안이 벙벙했다. 직장에선 말단이라 어딜 가나 늘 상사 심부름을 도맡아하다 시피 했는데.

"아이, 괜찮습니다. 그냥 두세요. 제가 가져올 텐데."

"아닙니다. 선생님이신데."

그 사장은 선생님이란 소릴 연발하여 달수는 자꾸 낯 뜨거워졌다.

혹시 이 근처에 자길 알아보는 사람이 없나 걱정되었다.

"아참, 제 인사가 늦었어요. 노대진이라고 합니다."

그 사장은 지갑을 꺼내 명함을 주며 말했다. 달수가 받아 보니 '대진회사 대표 노대진'이라고 쓰여 있었다.

"회사명을 존함에서 따서 지었나 보죠?"

"네, 제가 그냥 그대로 지었죠. 번거롭게 작명소 찾아다닐 필요도 없고요. 대진이란 이름이 큰 대(大)자에 나아갈 진(進)으로 크게 나아간다는 뜻입니다만 그게 그만 성이 영어로 하면 노(NO) 라 일이 잘 안 되는 모양입니다. 하하하."

"하하하, 해석이 좋군요. 근데 왜 성만 영어로 해석하세요. 실제로 노자는 어떤 노자인데요."

"노자요? 그잔 노태우 노(盧)자입니다. 종씨지요. 족보로 따지고 보면 저와 같은 항렬입니다. 하하하."

"하하하, 대단하신 집안입니다."

둘은 오래 된 친구처럼 스스럼없이 말을 주고받았으며 곱창 찌개가 끓자 소주도 두세 잔씩 들이켰다. 달수는 그 술이 아주 달다고 느껴져 혹시 소주에다 설탕을 들이부어 가져온 것이 아닌가 하고 입맛을 다셔봤다.

"들어서 아시겠지만 저는 자그마한 봉제 하청업체의 사장입니다. 직원이래야 모두 삼십여 명에 불과해요. 한때는 오륙십 명까지 되었으나 지금은 일거리도 줄고 그보다 일할 사람이 없어요. 야학의 학생들 중에 내 회사에 다니는 학생도 둘이나 있어요. 그러니 사장과 사원이 같은 학교 같은 반에 다니고 있습니다."

"그러시군요. 어려움이 많으시겠어요. 사업하시랴 공부하시랴."

"하하 참, 그래서 제가 인생을 거꾸로 산다고 했잖아요. 하하하 참."

그런데 어딘지 모르게, 노사장의 웃음 속에 그늘이 져 있었다.

"제가 웬만하면 그냥 저냥 세상을 살려고 했지요. 그런데 나이를 먹을수록 그게 아니더군요. 제 자식 놈도 큰 녀석이 금년에 고등학교 1학년에 입학했는데 우선은 그놈부터 성화구요. 에휴 참. 학교에서 뭘 조사하려면 꼭 제 애비 학력을 적는 난이 있는데 다들 대학교 대학원을 적는다나요. 그런데 저만 중졸 이렇게 쓰니 창피해서 학교에 못 다니겠대요. 그놈이 전에는 그런 말을 한 적이 없었는데 대가리가 크니 이제 에미, 애비에게 반항합디다."

"사춘기에 들어서면 그렇게 됩니다. 너무 나무라지 마세요."

노 사장은 처음 대하는 달수에게 아주 친한 친구를 만난 양 신세 한탄을 늘어놓았다. 그 통에 둘은 소주를 두 병이나 비우고 한 병을 더 시켰고 노 사장은 안주도 더 시켜서 저녁 대신 먹으라고 했다.

"아무튼 늘그막에 시작했지만 끝을 보고야 말 겁니다. 저도 한다면 하는 사람입니다. 큰 놈이 매일 무얼 배웠냐고 물어 보니, 이게 참, 애비 자식이 거꾸로 되어도 유분수지."

"자제를 생각해서라도 공불 열심히 하셔야겠어요."

"그래야죠. 이렇게 술 먹고 들어가면 그놈한테 혼나요. 크하하하. 그놈이 집안의 대들보입니다. 공부도 잘해서 우등상도 여러 번 탔지요. 중학교 땐 반장도 하더니만 고등학교에 가더니 시간 뺏긴다고 일부러 출마를 안 했다나요. 그놈이 열심히 하면 아마 모르긴 몰라도 노씨 집안에 대통령 또 하나 나올 겁니다. 하하하."

"하하하. 다복하신 집안입니다."

달수는 평소에 쓰지 않던 문자를 가려서 쓰자니 술이 쉽게 오르지 않고 머릿속이 혼란스러웠다.

"이 선생님은 아는 것도 많으시네요. 어디서 그런 학문을 죄다 배우셨어요?"

"아 뭐, 그냥 조금 알지요."

"자고로 사람은 배워야 하는데, 전 그렇지 못해서 손해도 많이 봤습니다. 지금의 회사는 그래도 제가 워낙 불도저식으로 밀어붙여서 겨우 버티지만, 나쁜 놈들한테 떼인 돈도 많아요. 뭘 알아야지요."

"……?"

"이 선생님 강의를 오늘 듣고 보니 법에 대해선 박사시더군요."

"아닙니다. 법이 얼마나 많은 데 전 조족지혈입니다."

"아, 물론 판사니 검사니 하는 법 도사들도 많지만 우리 같은 사람들에겐 이 선생님은 박삽니다, 박사."

노 사장이 자꾸 달수를 추켜세워 달수는 몸 둘 바를 몰라 하여 아니라고 부인을 했다. 어찌 보면 이 노 사장이란 사람이 무슨 일인가로 의도적으로 접근하는 것 같기도 했다. 노 사장은 정말로 억울한 일이 있는 모양이었다. 소주 두 잔을 연거푸 마시고 신세한탄을 하다가 본론으로 들어갔다.

"이거 이 선생님과는 초면이나 다름이 없는데 제가 워낙 까막눈이라 한 마디 자문을 구하려고 합니다."

"뭔데요? 제가 도와드릴 일이라도 있나요?"

"이 선생님 같으신 분이야, 아시는 것도 많고 아시는 분도 많을 테니 아무 일도 아닐 겁니다."

"……?"

달수는 속으로 대단히 걱정스러웠다. 자기야말로 시골에서 올라와 연고가 없는 서울 바닥에서 근근이 살아가는데, 노 사장이 그런 말을 하다니.

"저, 다른 게 아니고, 제가 일해 주고 대금을 못 받은 게 있는데요."

노 사장은 어렵게 이 말을 꺼내 놓고 달수의 눈치를 살폈다.

"무슨 문제가 있었어요?"

"별 문제는 없는데, 그냥 안 줘요. 나쁜 자식들, 벌써 2년도 넘었지요. 하청 받아서 다 꿰매주어 넘겼더니 인건비 오백만 원을 안줘요. 난 당장 그 돈 받아다 애들 월급 주고 나도 먹고 살아야 하는데, 그것 때문에 큰 졸경을 치렀지요."

"그럼 어떻게 해야 하지요?"

달수는 이 말을 꺼내 놓고는 '날더러 해결사 노릇을 하라는 건가? 난 주먹은 없는데' 하는 망상을 했다.

"그래서 수십 번이나 찾아다니며 결재를 요구했지만 차일피일 미룹니다. 지금도 안 준단 소린 안 해요. 이런 나쁜 놈들을 그냥."

노 사장은 억울한지 주먹까지 불끈 쥐어가며 강변을 했다.

"하도 그러길래 법으로 해결하려고 마음은 먹었는데 까막눈이라

뭘 알아야지요. 내 주위에도 그런 법 아는 사람도 없고, 그러던 중 누가 변호사를 찾아가면 그런 일은 식은 죽 먹기라고 하더라고요. 그 래서 그 길로 변호사를 찾아갔는데 변호사는 낯짝도 못 보고 사무 장인가 하는 사람만 만났는데 그 사람이 그 일 해결하는데 뭐라더 라, 무슨 료인가……."

"수임료요?"

"아 맞아요, 역시 이 선생님은 아시는 게 많아서. 근데 그 수임료 삼백만 원을 당장 내라고 하잖아요. 외상은 없다나요. 그러면 당장 내일이라도 받아 주냐니깐 그건 또 넉넉잡고 서너 달은 걸린다고 하 잖아요. 이런 빌어먹을 세상에."

"글쎄, 수임료가 비싸다고는 들었지만 그 정도는 요구 안 할 텐데 요. 아마 그런 사건 맡기가 싫어서 일지도 모릅니다."

"그런 사건이라니요?"

"그 정도 금액은 소액 사건에 해당하는데, 변호사는 그런 소액사건 에 끼어들려고 안 합니다. 그러니 높은 수임료를 요구해서 내면 맡고 안내면 그만두고 하는 것일 겁니다."

"아하, 그런 수도 있어요? 하기야 오백만 원은 우리에게는 큰돈이 지만 있는 사람이야 코풀 돈밖에 되질 않을 테니. 히유 참. 그래서 이때 껏 어디다 하소연도 못 해보고 이러고 있습니다. 이 선생님 뭐 도움 이 될 말씀이라도 해 주시면 감사하겠습니다."

들고 보니 노 사장은 자기 말대로 까막눈이 분명했다. 그깟 걸로 저렇게 온갖 근심 걱정을 하고 있으니.

"선생님께서 해결 안 해 주신다면 제가 변호사에게 드리려고 했던 만큼은 못 해도 한 장은 드리죠, 한 장."

노 사장은 검지를 들어 보이며 한 장을 강조했다.

"아닙니다. 저는 아는 것도 별로 없습니다만 그런 일 봐 주었다고 돈을 받으면 변호사법에 걸립니다."

"그것도 걸려요? 걸리면 영창 갑니까?"

"그럼요, 변호사법이 얼마나 무서운데요."

"으메, 법 걸려 걸음도 못 걷겠네."

"하지만 그런 일은 의외로 간단할 수도 있습니다."

"으예? 간단해요?"

"제가 직접 해결할 수는 없고요, 직접 해 보세요."

"아, 근데 그게 저. 까막눈이라서."

"제가 서류 꾸미는 것은 봐드릴 테니, 순서대로 하시면 됩니다."

"그래도 저는 자신이 없는데요."

"아닙니다. 글은 읽고 쓸 줄 아시잖아요."

"그거 가지고 어디 문안을 드릴 수가 있어야지요. 더구나 법에 대해선."

아까까진 조금 기세가 등등했던 노 사장이 자꾸 쭈그러들기 시작했다.

"걱정 마세요. 저도 회사에 있으면서 그런 일 몇 번 겪었어요. 제

친구들 회사도 그렇고 그런 일은요, 그냥 소장만 써서 제출하면 됩니다. 아참, 무슨 근거 서류 같은 거 받은 거 없으세요. 그게 있어야 하는데."

"근거 서류요? 그런 건 없고 그냥 어음을 받았는데."

"그거면 됩니다. 어음이면 되지요. 사업하시는 분이 더 잘 아실 텐데."

"그게 또, 문방구 어음이라 하여 별 효력이 없는 모양입니다."

노 사장은 목소리까지 기어 들어갔으며 달수는 노 사장이 줄어든 만큼 목소리가 커지기 시작했다.

"괜찮습니다. 아무 쪽지에 적힌 거라도 다 받아냅니다."

"네에?"

노사장의 눈이 번쩍하고 광채를 내어 카메라 플래시 터지는 듯 했다. 달수는 취기를 애써 진정해 가며 순서를 차근차근 말했다.

어음을 복사하여 이러저러한 내용을 육하원칙에 의하여 쓰고 언제까지 해결해 달라는 내용으로 3통을 작성하여 우체국에 가서 내용증명으로 보내라고 한 다음, 기한까지 해결이 되지 않으면 민사소송으로 소장을 쓰면 소액 재판을 받게 된다고 하였다.

소액 재판은 기껏해야 한두 번 정도 받으면 될 테고 그런 일은 무조건 승소한다고 일러주었다. 그래도 하청 대금을 주지 않으면 판결문을 가지고 당장 압류를 해서라도 원금 오백만 원과 이자에다 재판 비용까지 거기서 물어야 한다고 소상히 일러주었다.

물론 이러한 모든 일은 노 사장이 직접 해야 하며 달수는 서류만 검토해 준다고 했다. 노 사장은 물에 빠진 사람이 던져준 밧줄 잡

듯이 펄펄뛰며 좋아했다. 노 사장은 이달수 선생님이 자기를 도우려고 하늘에서 보내 준 사람이라고 생각하였다. 그렇지 않고서야 생물 가르치던 여대생 선생이 갑자기 외국으로 유학을 가게 되고, 그 뒤를 이어서 이 선생이 생물을 가르치려다 내용이 좀 그래서 홍 선생과 과목을 바꾸어 법을 가르치게 되었을까. 이것이 다 하늘이 점지해 준 운에 따라 사람을 만나게 된 순서가 아니겠냐고 생각했다. 금년 토정비결에 이 씨 성을 가진 귀인이 나타나 곤궁을 면케 해 준다고 하더니 그 말이 하나도 틀리지 않다고 크게 감탄했다.

"아이구, 이 선생님은 귀인이십니다, 귀인."

"……???"

달수는 그만 가봐야 한다고 자리에서 일어서려 했지만 노 사장은 한 잔만 더 하자고 자꾸 권하여 열두 시가 다 되어서야 겨우 헤어졌다.

53. 욕실 안에서?

"자기, 왜 이렇게 늦었어?"

열두 시가 거의 다 되어서 곤드레만드레 취한 달수를 보고 나연이가 물었다. 얇은 잠옷만 걸친 나연이의 몸은 속이 훤히 비칠 지경이었다.

"어엉? 여학생들과 바람피웠지."

"히힝!"

나연이가 코를 찡긋하며 입을 삐죽거렸다.

"히힝? 말이 되었나? 자기가 말이면 난 마분가? 아냐. 자기가 암말이면 난 수말이지. 히힛."

"치잇, 또 혼자 좋아하긴. 근데 늙은 여학생들이 술을 사 줘?"

"늙은 여학생? 꽃띠 여학생."

"헤유, 또 시작이다. 그래도 오늘은 점잖게 수업을 잘 했다고 하더니만 집에 오니 다시 개구쟁이로 변하는군. 변신도 빨라."

"수업을 잘 했다고 해? 누가 그래?"

"누구긴 누구야. 자기가 하도 늦도록 안 오니까 내가 홍 선생에게 전화했지."

나연이가 고개를 까딱하며 '전화했지' 하고 강조했다.

"에잉, 그러면 그렇지, 난 또 내 뒤를 미행했다고. 그래, 내 얘기를 해?"

"하대. 오늘 봉제업체 노 사장과 저녁 먹으러 나갔다고 곧 들어갈 거라고 하던데 이게 몇 시야, 열두 시잖아. 웬 술을 그렇게 마셨어?"

"이잉, 엊그제처럼 자기가 먹으면 쓰러지니까 오늘은 대신 내가 다 먹어버렸어."

"무슨 말을 하는 거야, 지금 거기에 내 술을 따라 놓고 먹었어?"

"그건 아니지만 아무튼 그래. 나만 취해야지. 자기가 취하니깐 이건 완전히 업어 가도 모를 나무토막이더라고."

"뭐야?"

나연이가 부끄러운 듯 눈을 흘기었다.

"그래도 좋긴 좋더라. 별짓 다 해도 모르고 있으니."

"무슨 별짓?"

나연이가 항의하듯 소리쳤다.

"으으음, 그건 나만 아는 거야"

"아유 참 내, 미치겠네."

나연이가 속상한 듯 두 손으로 달수를 밀쳤다.

달수는 또 그게 귀여워 뒤로 벌렁하다가 곧바로 앞으로 넘어와 나연이의 입술을 훔쳤다.

"아유, 술 냄새 내가 술주정꾼하고 결혼했나봐."

"아, 그래도 오늘은 기분 무지 좋다. 이달수가 진짜 선생 노릇을 했으니."

"또 자기도취에 빠지셨군."

"아냐, 진짜야. 도탄에 빠진 중생을 구제한 거나 다름없지."

"뭘? 봉제업체 노 사장?"

"그도 그렇고, 서 씨 성 가진 사람도 그렇고."

"이이가 정말, 날 구제한 게 뭐 있어?"

"어어 모르는구먼. 내가 술에 너무 취해서 아무 데서나 자려고 하다가 자기 생각해서 간신히 집에까지 왔는데."

"치잇, 안 오면 어때."

"안 오면 어때? 정말?"

달수가 짐짓 화내는 척 나연이를 쏘아봤다.

"피유, 술 취한 줄 알았더니 취한 척한 거군. 그만 하고 자요. 씻고 자야지."

"아암, 씻어야지. 백설 공주에게 혹 매연 검댕이라도 묻으면 어쩌려고."

"호호호홋, 현대판시인 나셨네."

"오늘은 매연 검댕에다 분필가루까지 묻히고 왔으니 씻어도 그냥은 안 돼. 나 혼자는 못해. 암, 못 하고 말고. 가련타! 이달수여."

"히히히힛, 과연 못 말리는 사람이라니까."

"사람이니까 못 말리지, 말리는 건 빨래다."

"그만하고 빨리 샤워나 하고 자요."

달수가 못 이기는 체하면서 밀리다시피 샤워장으로 들어갔다.

잠시 후 물소리를 내면서 샤워를 했다. 나연이는 그 소릴 들으며 전에 달수가 빌려다 놓은 중국 무술 영화를 보고 있었다. 원래 황당 무계한 중국 무술 영화를 좋아하지 않으나 이달수란 작자가 하도 좋아하니 요즘은 덩달아 보게 되었다. 주인공이 훨훨 하늘을 날고 손바닥에서 장풍이 나오며 수많은 사람들이 거꾸러지는 등 현실감은 눈곱만치도 없었지만 오늘따라 왠지 그걸 보고 싶었다.

달수를 기다리며 시간 보내기가 무료했나 보았다.

"서나연 씨~."

영화 속의 비명과 더불어 서나연을 부르는 소리가 들렸다. 나연이 뒤를 돌아보니 달수가 욕탕 문을 열고 비누칠을 잔뜩 한 얼굴로 나연이를 부르고 있었다. 그 모습이 꼭 외계인 같았다.

"서나연 씨~."

"어머, 왜 그래?"

"이리 와 봐요."

"왜요. 비누거품 빨리 씻어 내고 나오지 못하고."

나연이가 궁금증에 그쪽으로 가면서 빨리 나오라고 했다.

"잠깐만 이리 와봐."

달수의 유혹에 나연이는 반신반의하면서 조심스럽게 그쪽으로 갔다.

"이 엉뚱한 인간이 또 무슨 장난을 치려고 하지."

"비누가 모자라. 한 장 더 가져 와."

"비누? 아까까지 거기에 큰 거 한 장 있었는데, 내가 썼는데."

"없어, 종잇장 같은 거밖에 없어."

"아냐, 거기 있을 거야. 내가 분명히 썼다니까."

"그럼 찾아봐, 아까부터 찾아도 없어서 자길 부른 거야."

"어머, 이상하다, 빠졌나."

"몰라, 한 장 더 가져 와."

"아냐. 내가 찾아보고. 좀 비켜 봐."

욕탕 안은 증기로 꽉 차 있었다, 달수가 아낌없이 뜨거운 물을 마구 틀어 놓았기 때문이다.

"아유, 물도 좀 아껴야지. 뜨거운 물 많이 쓰면 어떡해."

나연이는 정말로 비누를 찾으려 잠옷 바람으로 욕실로 들어갔다. 달수는 점잖게 한쪽으로 비켜섰다. 나연이가 그렇게 두어 발자국 들어섰을 때 뭔가 미끌하며 중심을 잃었다.

"어맛!"

"어어!"

그러나 그 뒤를 따라 서 있던 벌거숭이 달수가 뒤에서 덥석 안았다. 어딜 잡았는지 물컹한 게 만져졌다. 그 쌍안경 같은 옷을 입지 않았군.

"엄마나! 넘어질 뻔했네. 아휴, 숨 넘어 갈 뻔 했네."

나연이는 소스라치게 놀랐는지 금세 숨이 가빠졌다. 달수는 나연이를 뒤에서 껴안고 웬일인지 가만히 있었다.

"아유, 자기 아니었으면 죽을 뻔 했어."

"그럼, 그러니까 서방님이지."

그때쯤 해서 나연이가 몸을 바로 잡으며 일어서려고 했다.

"옴마나, 옷 다 버렸어."

비누거품 투성이인 달수 뒤에서 잡는 바람에 나연이의 옷은 벌써 물기와 거품으로 거의 다 젖었다. 온몸의 윤곽이 드러나기 시작했다.

나연이가 돌아서며 다시 밖으로 나오려 하자 달수는 그 앞을 가로막으며 힘차게 껴안았다. 나연이도 포기했는지 물에 젖은 채로 그냥 있다가 둘이서 같이 비누칠을 하기 시작했다. 이런 걸 바디 마사지라고 하든가. 샤워를 끝내고 침대로 돌아 온 나연이가 불쑥 이런 말을 했다.

"나 있잖아, 아르바이트 한다."

"아르바이트? 무슨 일인데?"

"으응, 그거 알려 줄까 말까?"

"뭔데 그래."

"알려주면 내가 손핸데. 엉뚱한 데 돈 다 쓰고 날더러 달라고 할거 아냐?"

"아냐, 내가 왜 그래. 나 이제 엉뚱한 짓 안 해."

"정말? 믿을 수 있어?"

"정말이야. 엉뚱한 짓 안 한다니까."

나연이는 걸핏하면 노래방 사건을 들먹여서 달수는 늘 곤욕을 치러야 했기에 미리부터 발뺌을 해야 했다.

"좋아, 약속하지? 자, 손가락 대."

나연이가 어린애처럼 새끼손가락을 걸자고 했다.

'에유, 귀여워 죽겠네.'

달수는 속으로 하는 말인데 어찌하여 귀엽다는 소리가 입에서 나오질 않고 하초에서 신호를 보내는지 알 수 없었다.

나연이는 새끼손가락을 걸고 엄지손가락끼리 맞대고는 '이제 도장까지 찍었다' 하고는 만족해했다.

"그래, 얼른 해 봐. 뭔데?"

"으응, 그거 번역 일."

"번역? 영문 번역?"

"으응, 그런 거 학교 다닐 때도 조금씩은 해 봤는데 이젠 생활비에 보탤 만큼 일거리를 주겠대."

"어어, 그래."

달수는 크게 감탄을 했다. 돈이 문제가 아니었다. 자기는 말로만 만물박사지 영어책만 보면 머리가 지끈거리는데 나연이가 영문 번역을 하다니 천재라는 생각이 들었다. 달수는 나연이가 새삼스럽게 대견스럽고 자랑스럽고 귀여워서 어쩔 줄 몰랐다. 그런데 그런 감정이 또 위에서 아래로 전달되었다.

"?……"

"⋮……"

"……⋮!"

"……⋮!"

"⋮~~~."

"⋮~~~."

54. 알몸으로 배우는 컴퓨터

서나연이 영문 번역을 하기 시작한 지 보름 정도 지났을 때였다.

하루 저녁은 달수에게 컴퓨터를 배워야겠다고 상의를 했다.

"아무래도 컴퓨터를 배워야겠어."

"그럼, 배워야지. 요즘 세상은 컴퓨터 모르면 컴맹이라고 하는 소리 못 들어봤어?"

"그래, 컴맹이라고 하더라고, 날더러 글쎄."

"근데 컴퓨터 배워서 뭘 하려고 그래. 게임하려고?"

"누가 게임한데?"

"그럼 뭐 할 건데. 게임도 게임이지만 그림 좋은 것도 많아."

달수는 나연이가 컴퓨터를 배워야겠다는 말에 무성의하게 아무런 말이나 했다.

"내가 지금 그런 거 하게 생겼어. 바빠 죽겠는데."

"뭔데?"

"저렇게 무관심하긴 뭐긴 뭐야, 번역 때문에 그렇지. 요즘 추세가 워드로 작성해서 디스켓 가지고 다니는 데 나만 구시대의 유물처럼 노트 들고 다닌다니까."

"아하! 그거, 진작 말하지. 컴퓨터만 있으면 당장에 배우는 건데."

"컴퓨터가 당장 있어야지."

"거 봐, 그런 걸 혼수로 가져왔어야지."

"말 다했어? 가짜 반지 준 주제에? 주제 파악 좀 하셔.

"히유 참."

가짜 반지 얘기가 나오니까 달수는 할 말이 없었다.

"컴퓨터도 그렇지. 어디 가서 배우나 아유 참, 큰일이네. 불과 몇 년 사이에 세상이 이렇게 변하다니."

"내가 가르쳐주면 되잖아. 컴퓨터만 있으면."

"자기가? 자기 참, 컴퓨터 잘하지. 워드 프로세서도 잘 알아?"

"그거야 기본이지. 쓸 말이 없어서 그렇지."

"믿거나 말거나지만 일단 자기를 믿어 보기로 하고 컴퓨터는 어떻게 하나. 당장 돈이 없으니, 외상으로 할까."

"그냥 가져와."

"어디서?"

"그냥 거기서 가져 와. 줄 걸?"

달수가 밑도 끝도 없이 가져오라고 하니 나연은 답답한 듯 달수를 빤히 쳐다보았다.

"어디서 그냥 가져 와."

"어디긴 서나연 씨 부친 거지."

"옴마나! 아빠 거 가져오라고."

"지난번에 배우신다고 사셨지만 뭘 배우셨겠어. 게 발처럼 두 손가락으로 몇 글자 연습하다가 포기하셨을 거야. 그러니 그냥 가져 와. 아니, 가져오면 안 되니까 빌려 와."

"아빠가 사용하지 않아도 지연이가 쓸 텐데."

"대학생이 뭘 그런 거 걱정해. 사용할 줄 알면 여기 저기 아무데나 컴퓨터인데, 알아서 하겠지."

"가만 있어봐, 내가 아빠한테 일단 전화를 해 보고."

나연은 전화기를 가져 왔다.

"엄마야? 나야, 나연이. 응, 잘 있었어. 아빠도 안녕하시지요. 지연이는? 학교에서 여행 갔다고요. 참, 아빠 계셔? 응, 날 보고 싶다고 그래요, 그럼 지금 당장 갈게요."

지극히 간단하게 전화를 끝내고 달수더러 당장 집에 가 보자고 했다.

"지금 갔다 언제 와. 잠잘 시간이 없잖아."

"에유, 잠깐 갔다 와도 충분해. 쇠뿔도 단김에 빼라고 얼른 가서 아빠를 잘 구슬러야지."

달수는 조금은 귀찮은 듯 느린 동작으로 옷을 갈아입고 나섰다. 나연이가 빨리 가자고 보채는 것과는 대조적이었다. 둘은 고물차를 타고 처가로 향했다.

"엄마! 나예요. 나연이."

대문의 인터폰에 대고 나연이가 반갑게 소리쳤다.

"아이구, 나연이냐."

장모님의 목소리가 가늘게 들리면서 대문이 '철커덩' 하고 열렸다. 현관에는 벌써 장인과 장모가 나오고 있었다.

"안녕하세요."

"어허, 웬일들이야. 밤에 다 쳐들어오고. 어서 들어오게."

언제 보아도 반갑게 맞이하는 내외분이다.

"아빠, 저 보고 싶었지요."

나연이가 전에 없던 애교를 부리며 아빠에게 다가갔다.

"으응, 그래. 요샌 너무 적적하다."

딸만 셋 두었다가 둘은 출가하고 막내만 남았는데 막내마저 여행을 떠나고 없어 집안이 몹시 적적한 모양인지 장모는 벌써부터 자고 내일 아침에 가라고 했다.

"아닙니다, 가야죠."

"아녜요. 엄마, 시간 없어요. 내일까지 번역해 주기로 한 게 있어요."

달수의 막연한 이유보다 좀 더 확실한 나연이의 대답이었다.

"죽도록 번역해 봐야 몇 푼 주지도 않는다면서 무얼 또 해."

"아녜요 이젠 제 실력이 조금 늘었는지 일거리를 제대로 주겠대요. 수고비도 전보다 많이 주고요."

"에유, 딱하기는 전에도 그 짓 한다고 밤을 꼬박꼬박 새더니만, 그게 무슨 아르바이트거리나 되냐. 그냥 쉬는 게 났지. 그 짓 하다 생병나 죽겠더라."

장모의 큰 걱정이었다.

"이 사람은, 뭘 그래 젊을 때 고생해 봐야 늙어서 잘 살지. 얘, 해 봐라 돈 안 줘도 해 봐. 그러다 보면 저절로 돈도 생기고 이름도 난다."

역시 장인의 남자다운 말씀이셨다.

"그래요 아빠, 열심히 살겠어요."

"흐흠, 역시 내 딸이다."

장인은 자못 흐뭇한지 어깨를 쭈욱 펴며 대꾸했다.

"아빠, 술 한 잔 하실래요? 여기 인삼주 가져왔는데요."

"그래, 그거 잘 가져왔다 그러지 않아도 출출하기도 하고 심심하기도 하여 네 에미에게 술상 봐 오랬더니 귀찮다고 그냥 눕더라. 네가 좀 봐 와라."

"에이그, 이 양반은 해만 떨어지면 술타령이야 얘 그만 둬라, 어제 마신 술 깨지도 않으셨다."

"괜찮아요. 인삼주는 몸에도 좋아요. 약이에요. 조금만 드시게 하세요."

"에유, 난 모르겠다."

나연이의 제안에 장모는 할 수 없이 동조하고 장인은 그것 보라는 듯이 '껄껄' 웃으셨다.

나연이가 부엌으로 나가 부지런히 안주거리를 장만해 왔다. 어느 틈에 샀는지 해물 끓이는 냄새가 났다. 잠시 후 나연이는 커다란 냄비에 부글부글 끓는 해물탕을 내 왔다.

"어이구야, 이게 웬 거냐?"

"아빠가 좋아하시는 해물탕 이에요."

"야아, 그거 요새 굉장히 비싸다고 하던데."

"비싸지만 시장에 가서 이것저것 싸게 잘 고르면 그렇게 비싼 게 아녜요."

"그런 걸 네 에미는 귀찮은지 뭣 좀 먹고 싶다면 무조건 비싸다고 하고 만다."

"히히힛, 엄마, 아빠 좀 잘 해 드려요."

"에그, 난 모르겠다. 몸이 옛날 같지 않고, 남들은 다 며느리 봐서 시중 받고 사는데, 난 늙도록 이게 뭐냐. 네 아빤 점점 어려지는지 뭐든지 투정이다. 밥투정, 반찬 투정. 한도 끝도 없다."

장모님은 공연히 서운한 표정을 지으셨다.

"그거야 자기 탓이지, 내 탓이요?"

장인의 항변이다. 아들 낳지 왜 딸 낳았냐는 뜻이다.

"그만하슈, 입씨름기도 어려워요. 자기 시중들기도 죽을 지경인데 자기하고 입씨름하다간 오늘 내일 가우."

"엄마, 아빠, 그만하세요. 아빠 술 한 잔 따를게요."

"그래라 사위도 한 잔 하지."

"예, 전 차를 가져와서."

"그 차 여태껏 굴러다니나. 난 벌써 폐차한 줄 알았는데."

"하이그, 그게 저."

"커허허허, 어서 빨리 성공해서 잘 살아야지. 자네 때문에 우리 나연이도 고생이네."

"하유 참, 이제 잘될 겁니다. 어서 한 잔 드시죠."

넷은 한동안 이렇게 객담을 나누었다. 달수는 차 핑계를 대고 한 잔만 마셨는데 그러다 보니 나머지는 모두 장인이 마시고 취한 목소리를 하셨다. 그때쯤 해서 나연이가 작전을 개시했다. 가만히 보니 나연이는 달수가 술 먹는 것을 어느 정도 이해했는데 그게 모두 자기 아버지에게서 영향을 받은 듯 하다고 달수는 생각했다.

"아빠, 컴퓨터 많이 배우셨어요?"

"어엉? 많이 배웠지."

"얼마나 많이?"

나연은 얼른 일어나 제 아빠에게로 가더니 어깨를 주무르기 시작했다.

"아이쿠, 시원하다. 너희들이 없으니 어깨 주물러 줄 사람도 없어. 하이구, 시원하다."

그 소릴 들은 나연이는 눈망울이 번쩍였다. 눈물이 쏟아지려는 모양이었다.

"아빠, 제가 자주 와서 주물러 드릴게요."

"얘, 그만해도 되었다. 한도 끝도 없다."

장모님이 그만하라고 제지했지만 나연이는 더욱 열심히 주물렀다.

"아빠, 컴퓨터 얼마나 배우셨어요?"

"그거 지난번에 비하면 백 프로다."

"어머나! 벌써 그렇게 배우셨어요. 이제 다 알겠네요."

"그럼, 백 프로지. 지난번엔 겨우 두 손가락으로 치던 걸 지금은 서너 손가락이 돌아다니니까."

"뭐예요, 아빠? 호호호홋."

"하하하하."

"하하하하."

장인과 나연이는 물론이고 장모와 달수도 허리가 휘어지도록 웃었다. 달수가 컴퓨터 있는 곳을 바라보니 덮개로 꼭꼭 덮어씌운 모습이 보였다.

"저기 있잖아요. 저 컴퓨터 좀 빌려주면 안 돼요?"

"왜? 또 그것까지 빌려가려고 하냐. 지난번엔 백과사전 빌려 가고서는 아직 가져오지도 않았잖냐?"

"영문 번역해야 하는데 요즘은 모두 컴퓨터로 해요. 그래서 저도 컴퓨터 배워야 하겠어요. 제가 컴퓨터 살 때까지만 빌려 줘요."

"이잉! 그놈의 핑계는 잘도 생긴다. 지난번엔 야학교 자원 봉사 때문에 백과사전 빌려 간다고 하더니만, 이젠 번역 때문에 빌려가."

장인은 별로 싫어하는 기색은 없이 말씀하셨다. 달수는 왠지 모르게 쥐구멍을 찾고 싶었다.

"아빠, 번역일 해야 살림에 보태죠."

"애야, 그거 그냥 가져가도 된다. 배운다고 사다 놓고는 열흘도 못

갔다. 가끔 지연이가 치는 시늉만 했지. 저것 봐라. 먼지가 쌓여도 사막 모래만큼 쌓였겠다."

장모가 역성을 들었다.

"호호홋, 엄마도. 그래도 아빠가 필요해서 사다 놓은 건데요."

"괜찮대도 그런다."

"아빠, 정말 그래도 돼요?"

나연이가 여전히 어깨를 주무르며 말했다.

"허허참, 내가 또 그것까지 뺏기네. 그거 비싸게 산 건데 안 그런가, 자네."

장인이 달수를 쳐다보고는 괜히 눈을 깜빡이며 통하지도 않는 텔레파시를 보냈다.

"아, 예. 그러셨지요."

"너 빌려가도 그냥은 안 돼. 알았지?"

겨우 승낙을 하시는 모양인데 무슨 조건을 내 걸 모양이었다.

"아빠, 고마워요. 근데 무슨 조건이 있어요?"

"내가 필요할 때 언제든지 가져올 수 있어?"

"그럴게요. 밤 열두 시라도 가져올게요. 저렇게 안 쓰시는 것보다 자주 써야 길이 들어서 잘 되지요."

"그리고 내가 해 달라는 건 해 주어야 되."

"그게 뭔데요?"

"서류 작성이지 뭐냐."

장인은 끝내 컴퓨터를 능숙하게 배우지 못하셨음이 분명하였다.

"그럼 아직 제대로 못하세요?"

"그게 그렇게 쉬운 줄 아니. 너도 해 봐라. 언제 배워서 써 먹을지. 네 신랑한테 해 달라고 하는 게 빠를 게다."

나연이가 온갖 애교를 부렸는데 달수는 괜스레 부아가 아닌 질투가 났다.

'저게 여우지, 사람인감.'

달수의 넋두리이다.

그렇게 한동안 부녀지간에 입씨름을 하더니 결국 컴퓨터와 프린터까지 빌려오기로 합의는 봤지만 들고 나오면서 컴퓨터 책상까지 들어내 왔다.

합의 내용은 필요하면 언제든지 가져 올 것과 장인이 필요한 서류를 대신 워드로 쳐 오기로 한 것이다. 서류라는 것은 주로 학교에서 쓰일 연수 자료로, 대여섯 장이면 충분하다고 하였다. 이런 조건에 아직 컴퓨터를 배우지도 않은 나연이가 마음이 급해 선뜻 나서서 대답을 하고 말았다.

잠시후,

가지 말고 자고 가라면서, 가지 말 것을 극구 만류하는 장모를 뒤로 하고 처가를 나섰다.

"에이그, 큰 놈은 전축 가져가더니 저 놈은 더 비싼 콤퓨터를 가져가네."

장인이 뒤에서 하시는 혼잣말이 귓가에 들렸다.

어찌 되었든 컴퓨터를 빌려오는데 대성공을 한 달수와 나연은 고물차 속에서 노래까지 불렀다. 아무 노래나 그들이 부르니 승전가가 되었다.

개선장군처럼 도착한 달수와 나연은 컴퓨터를 들고 들어 와서 이리 놓을까 저리 놓을까 소란을 피운 끝에 안방은 침대로 꽉 차서 놓을 자리가 없다고 하며 거실에 놓기로 했다. 벌써 한밤이 다 되었지만 나연은 자지 않고 컴퓨터를 배워야 한다고 했다.

오늘따라 만사가 귀찮은 달수는 겨우겨우 처가를 다녀왔건만 나연이가 컴퓨터를 배운다고 하니 모른 체 할 수도 없었다.

"이것 좀 일러 줘 봐요. 난 조금만 배우면 될 거야. 학교에서 영문 타자는 배웠으니까."

"그러면 쉽겠네. 자판을 다 외울 테니."

"한타는 배우지 않았어."

"그럼 그건 하나도 모른단 말이야?"

"모르지만 곧 배울 거야."

"하기야 자긴 머리가 좋으니까."

이렇게 하여 달수는 나연에게 컴퓨터를 가르치기 시작했다. 나연이는 말대로 영문은 쉽게 따라서 쳤지만 한글 자판은 열 손가락을 쓰기는 했지만 눈 어둔 사람 밤길 걷듯 했다.

"Copy 명령은 파일을 복사하는 데 쓰이는 명령이야."

"파일이 뭔데?"

"파일은 노트와 의미가 비슷해. 그러니까 실제 노트 한 권을 복사하려면 복사기에 대고 일일이 한 페이지씩 복사해야 하지만 컴퓨터는 순식간에 몽땅 복사 할 수 있어 파일 영령엔 선택적으로 복사 할 수 있는 것과 모두 복사 할 수 있는 '애스터리스크' 라는 게 있지."

"애스터 리스크가 뭔데?"

"아이그, 이거 큰일 났네. 하나를 가르치면 둘을 모른다고 하니."

"자아 자. 이거 봐."

달수는 나연이의 둥 뒤로 가서 나연이의 손을 잡아주며 직접 Copy명령과 애스터 리스크를 써 가며 파일 복사를 실습해 보였다.

"애스터리스크는 이거처럼 코스모스 모양이야. 우리말로 그냥 별표라고 해. 이걸 잘 이용하면 파일 복사가 아주 쉽다니까."

"으음, 별표. 그게 어떤 때 쓰이는데."

"하이그, 첩첩산중이군. 파일 보기나 복사할 때 별표를 이렇게 쓰면 모든 파일을 뜻한다니까. 그리고 물음표를 이렇게 쓰면 영문 한문자를 대신하고. 에그."

"어째서?"

"어째서긴 어째서야. 컴퓨터가 그러니까 그렇지."

달수는 점점 가르치기가 힘들어서 나연이의 손가락을 일일이 끌어다가 여기 저기 꾹꾹 누르며 실습을 했다.

"에유, 장인보다 나을 줄 알았더니 똑같네, 똑같아 아니, 장인보단 낫지. 장인어른은 겨우 두 손가락만 쓰다 네 손가락 썼다고 크게 배운 줄 알고 있었으니까. 히히힛."

그러면서 달수는 입으로 계속 무슨 알인가 떠들어대며 나연이에게 컴퓨터를 가르쳤다. 뒤에서 껴안다시피 한 달수의 코끝에 어느 틈엔가 향긋한 화장내와 여자 살내음이 스며들었다.

"……???"

달수는 살짝 나연이를 껴안고는 열심히 가르쳤다.

"그러니까 별표는 말이야. 이렇게 생각해 봐. 어느 공원에 남녀 중고등학생이 모두 모였다고 생각해 봐. 이럴 때 중학생만 모이라면 우리말로 그냥 중학생 나와라 하면 될 거 아냐. 그러면 중학생만 나올 테지. 별표가 그런 의미야. 어느 특정한 파일을 모두 지칭할 때 별표를 쓰면 지정한 파일을 찾을 수 있어. 아니면 모두를 뜻할 때도 쓰이고. 그리고 물음표는 이렇게 생각해 봐. 이름의 끝 자가 '자'인 사람 모두 모여라 하면 말자, 순자, 영자, 애자 등 '자' 자로 끝나는 이름은 모두 모일 거 아냐. 이게 도스 명령어의 와일드 카드문자의 기능이야."

"와일드 카드문자는 또 뭔데?"

"으이그, 지금껏 얘기한 *와 ?를 와일드 카드문자라고 해."

"으응, 그 두 가지를 와일드 카드문자라고 한다고."

그렇게 해서 겨우 겨우 복사 명령은 때웠다. 한데 나연은 이에 그

치는 것이 아니라 당장 워드 프로세서를 배워서 번역을 해야 한다고 떼를 썼다.

"이제 그만하고 자. 언제 배워. 적어도 일주일 이상 배워야 겨우 할 텐데."

"안 돼. 내일까지 저거마저 번역해서 갖다 주어야 해."

"그럼 손으로 쓰지."

"지금 언제 손으로 써. 빨리 배워서 입력만 하면 될 걸. 입력 작업이야 별거 아니잖아. 손으로 쓰는 것보다 훨씬 빠르고 어서 빨리 일러 줘."

나연이가 자꾸 보채니 달수는 도스 사용법은 대충대충 일러주고 워드 프로세서 사용법을 가르치기 시작했다. 나연이는 영문을 입력하는 것은 웬만큼 했지만 한글 입력은 매우 서툴러서 손가락이 공중에 뜬 채로 여기저기를 헤매기가 일수였다. 아까는 달수가 나연이의 뒤에서 일일이 자판 치는 법을 일러 주었지만 지금은 그럴 필요는 없었다. 메뉴 부르고, 입력하고, 저장하는 등의 몇 가지면 충분했다.

"이제 자기가 혼자서 해 봐. 이쪽에다 책을 놓고 번역이 되었으면 그냥 그렇게 입력만 하면 돼."

"글쎄. 벌써부터 혼자해도 될까."

"된다니까 그러네. 난 피곤해서 소파에서 잠깐 눈 좀 붙일게 모르는 거 있으면 날 불러."

달수는 그 말을 해 놓곤 소파에 벌렁 누워 버렸다.

나연이는 이 궁리 저 궁리를 해 가며 번역을 하고 입력을 하고 있었다. 하지만 그게 쉬운 일이 아니었는지 나연이는 툭하면 달수를 불러 뭔가 물었다.

　　"아이, 그거 메뉴를 불러서 알아봐."

　　"어떻게?"

　　"메뉴 불러서 방향키로 이리 저리 가봐. 그러면 나와."

　　"그래도 안 돼. 이리 와봐."

　　달수는 힘들게 일어나 가 봤더니 별 것도 아니었다.

　　"에유, 이딴 걸로 또 불러. 그냥 해 봐. 난 잘 거야."

　　"자기 정말 이럴 거야. 이것 좀 일러 달래는데, 이거 내일까지 다 해 줘야 되."

　　나연이가 다소 언성을 높이며 달수를 쳐다보았다.

　　"어떻게 오늘 다 해. 컴퓨터도 오늘 밤에서야 배우고선. 내일 해 가."

　　달수가 기가 질려 부탁하듯이 말했지만 나연이는 양보할 수가 없었다. 아직 일을 맡은 지가 얼마 되지 않아 첫째로 신용을 지켜야 했으며 둘째는 남들은 워드로 깨끗이 번역을 해 오는데 자기만 대학 노트에다 해 갈 수 없다는 명분이 있었기 때문이었다.

　　"난 뭐라 해도 워드로 번역 다 쳐서 내일 갖다 줄 거야. 오늘 밤을 샐 거야."

　　나연이가 단호하게 한 마디 하고는 입을 꼭 다물었다. 달수는 은근히 나연이가 딱하기도 해서 쭈뼛거리며 일어서더니 나연이 옆으로 왔다.

번역은 이미 초고를 끝낸 모양인지 대학 노트에 깨알같이 쓴 문장과 영문 서적을 비교해 가며 떠듬떠듬 입력하고 있었다. 그래도 물어 볼 말이 많았는지 달수에게 또 무엇인가를 물었다. 달수는 그럴 적마다 별거 아니라는 듯이 남의 말 하듯 무성의하게 대꾸만 했다.

"아유, 졸려 미치겠네. 나 자면 안 돼?"

"마음대로 해. 내가 부르면 일어나서 일러 주고만 자. 난 죽었다 깨나도 내일까지 이거 다 해야 하니까 이 시간을 정지시켜서라도 하고 말 거야."

"히히힛, 웬 오기야. 시간을 정지시킨다니."

"난 한다면 한다니까."

나연은 끝까지 고집을 피웠다. 그걸 보니 나연이가 공부를 잘했다는 말이 거짓이 아닐 거라는 생각이 들었다.

'그렇지, 공불 하려면 저렇게 고집을 피워야지. 나처럼 하면 공부가 되냐.'

달수의 생각이었다.

나연이를 말릴 수 없다고 판단한 달수는 무엇인가가 생각난 듯이 커다란 소파를 끌어다 컴퓨터 앞에 앉아 있는 나연이 옆으로 가져와서 쿠션을 머리에 베고 비스듬히 누웠다. 나연이가 물어 볼 적마다 바로 그 옆에서 일러 주려고 한 것이다.

그렇게 하고 질문과 대답을 하기 시작했으나, 번번이 일어서서 모니터를 들여다보며 일러 주어야 할 경우가 태반이어서 몸을 한 번 일으켰다 눕혔다는 것이 여간 고역이 아니었다. 그때쯤, 달수는 또 무엇인가가 생각난 듯 일어서더니 커다란 거울을 떼다 컴퓨터 모니터 반대편에 비스듬히 세워 놓고는 자기는 역시 쿠션을 베고 몸을 반쯤 기울여 눕다시피 하고는 거울을 통해 모니터를 바라보았다. 나연이가 부르면 거울을 보고 이래라 저래라 할 셈이었다.

"히히히힛, 이러니까 끝내준다."

"어머! 어머! 이게 뭐야 호호호호."

나연이는 참지 못하고 한동안 웃어대었고 달수도 덩달아 웃음이 나왔다. 달수는 남의 장기, 바둑판 훈수 두 듯 모니터를 바라보며 이것 눌러라, 저것 눌러라 등의 훈수를 두었다.

한동안 그렇게 훈수를 두던 달수가 우연히 위를 올려다보니 나연이가 입은 블라우스 속으로 앞가슴이 보일락 말락 비치었다.

달수는 손을 뻗어 블라우스 속으로 손을 들이밀었다.

"……? 왜 이래, 이거 하는데."

"으응, 아냐. 그냥."

나연이가 별 말이 없자 달수는 더 깊숙이 손을 넣었다.

"아유, 간지러워. 이거나 일러 줘, 급하단 말이야."

"으응, 그래. 일러 줄게. 가만히 있으면 일러 줄게."

"그러지 마, 장난하지 마. 제발. 이거 해야 돼."

나연이가 애원하듯 말했다.

"그래, 내가 어떻게 한대? 자기 몸이 하도 예뻐서 한 번 만져 보는 거지."

"……"

달수가 그러거나 말거나 나연이는 부지런히 손을 놀려 키보드를 두드려댔지만 달수가 보기엔 아주 서툴렀다.

"자긴 입력해. 난 하도 졸려서 자려고 그랬는데 만지고 있으니깐 잠이 싹 달아나네. 얼마나 좋아. 자기가 몰라서 부르면 얼른 대답하고. 가만히 있어, 나도 가만히 있을게."

"그럼 그렇게만 하고 가만히 있어. 정신 혼란하게 하지 말고. 대신, 이거나 잘 일러줘야 돼."

"그으래, 내가 그렇게 한다고 했잖아."

달수는 소파에 누운 채로 손을 들어 나연이의 몸을 더듬었으나 곧 그만두어야 했다. 손을 들고 있으려니 팔이 무척 아팠고 비좁은 옷 사이로 끼인 손이 부자연스러워 달콤한 촉감보다 고통이 앞섰다. 하지만 나연이를 그냥 두진 않았고, 나연이도 그런 것에 신경 쓸 겨를이 없어서인지 달수가 하는 대로 그냥 두다시피 했다. 번역 작업을 오늘까지 끝내야 한다는 책임감 때문에 달수가 하는 짓(?)을 거의 무방비 상태로 내버려 두고 있었다.

달수는 누운 채로 나연이의 블라우스 단추를 하나씩 풀기 시작했다. 그리곤 뒤로 돌아 쌍안경 같은 옷의 호크도 풀었다. 나연이가 그만하라고 몇 번 신경질적으로 말했으나 그 이상의 반항은 없었다.

"이제 잘 돼가?"

달수가 정감어린 목소리로 물었다.

"……?"

"잘해 가냐니까."

"아까 보단 나아 하지만 아직 멀었어. 이거 비슷한 내용을 입력하지 않고 복사하는 방법 없어? 이만큼 입력하자면 삼십 분은 걸릴 텐데. 아유, 이걸 어쩌나."

"왜, 있지."

"그게 뭔데?"

"그거야 말로 컴퓨터의 최대 장점인데 왜 없어. 있지."

"에그, 말끝마다 컴퓨터의 최대 장점이고 최대 기능이구 도대체 뭐야."

"아냐, 그것도 최대 장점이야."

달수는 얼른 일어나 나연이의 등 뒤로 가서 팔이 안다시피 하고는 아까처럼 나연이의 손을 잡고 복사하는 방법을 일러 주었다. 그리곤 다시 한 번 연습해 보라고 하고선 달수는 나연이의 옷을 벗기려 하였다.

"아유, 이거 해야 하는데 왜 이래, 귀찮게. 저리 좀 가."

"……만져 보려고 하는데."

"아까 실컷 만졌잖아."

"아깐 옷 때문에 그냥 말았어."

"그럼 어떻게 하란 말이야. 이거 빨리 입력해야 되는데."

"그냥 이것만 벗어 봐."

달수는 이미 단추를 다 풀어 놓은 옷을 벗어 보라고 했다.

"아이 그래, 그럼 대신 이거나 잘 일러 줘. 이렇게 복사하니까 삼십 분은 단축되었네. 자긴 과연 컴퓨터 박사야."

"박사는 뭐얼."

달수는 조심스럽게 천천히 나연이에게 방해가 되지 않도록 블라우스와 브래지어를 벗겨내었다. 나연이는 윗몸이 벌거숭이가 되었지만 별로 개의치 않고 열심히 키보드만 두드렸다.

"이 내용 옆으로 옮길 수 없어?"

"왜 없어. 이렇게 하면 옆으로도 가고 위아래 마음대로 가지."

그 소릴 하면서 달수는 속으로 '나연이가 옷을 벗었으니까 내 손이 이제 위아래 마음대로 간다' 하고 히히거렸다.

"……?"

달수는 다시 소파에 길게 누워 나연이를 올려다보며 여기저기를 조심스럽게 만졌다. 그러다가 또 '위? 아래?'하는 의문이 생기더니 이번엔 손길이 아래로 향했다.

"자기 정말 그럴 거야? 내가 이러고 있는데 자꾸 장난 할 거냐고."

나연이가 컴퓨터를 보다가 중단하고 조금은 강력하게 항의했다.

"아냐, 난 아무 짓도 안 해. 정말이야. 자기는 자꾸 물어 보지, 난 졸리지. 그래서 그러는 거야. 나 그러면 자러 간다."

"자러 가면 이건 어떡하고 난 어떡해."

나연이가 안타까운 듯 조금은 격양된 목소리를 내었다.

"내가 도와줄게. 걱정 마. 내가 일러줄게."

나연이는 더 이상 대꾸하지 않고 눈길을 모니터로 돌렸다. 엉뚱한 인간 달수는 또 나연이의 스커트 호크를 살짝 풀었다. '툭'하며 스커트 허리가 퍼졌다.

"?⋯⋯."

"!⋯⋯."

달수는 몸을 거의 일으켜 허리 속으로 손을 넣었다. 나연이가 움찔했다.

"자기 왜 이래. 시도 때도 없이."

"아냐, 그냥."

"자꾸 이럴 거야?"

"⋯⋯."

"자, 마음대로 해."

나연이는 엉덩이를 풀쩍 들더니 스커트를 홀떡 벗어 버리고 팬티 차림으로 앉았다. 그야말로 순간적인 일이었다.

달수는 '어어' 하다가 그 모양을 보고는 심장이 두근거리기 시작했다. 달수는 조용히 일어나 공으로 몇 가지를 더 일러 주고는 나연이에게 기대기 시작했다. 어느 틈엔가 벌거숭이가 되 가지고 달수의 손은 점점 아래로 향해 밀림을 탐험하기 시작했다. 나연이도 자포자기한 듯, 아무런 신경도 쓰지 않는 듯 하더니 어느 순간엔가 '안 돼'

를 거듭 말하면서도 한 덩어리가 되었다.

잠시 후 그들이 정신을 차렸을 때 갑자기 나연이가 울기 시작했다.

"흐으응, 흐흥."

"어어! 왜 그래?"

달수가 질겁을 했다.

"난 몰라 이거 오늘까지 다 해야 하는데, 자기 때문에 못하게 생겼
잖아."

"왜 나 때문에, 나 때문에 컴퓨터로 하는데."

"으으흐엉, 난 몰라, 내일까지 해 주어야 돼."

"그럼 어떻게 해야 되."

"해야지. 밤을 새워야지. 나도 졸려 죽겠는데 자기는 장난만 치고."

듣고 보니 달수는 참으로 잘못했다. 과연 인두겁을 쓰고 그럴 수
가 없는 노릇이었다. 저녁부터 번역 일이 많다고 걱정하다가 힘들게
처가에 가서 컴퓨터를 빌려 오고, 아니, 가져 오고, 컴퓨터를 마악 배
워서 워드 작업까지 하는 나연이를 달수는 겨우 몇 개 일러 준다는
핑계로 장난만 치고 있었으니 후회막급이었다. 그때 달수에게 번개
처럼 좋은 생각이 떠올랐다.

"자기, 울지 마, 내가 잘못했어. 근데 그거 내가 입력하면 안 돼?"

"자기가? 자긴 영어 번역엔 자신이 없다면서."

"번역엔 지신이 없지만 자기가 불러 주면 되잖아. 거기 노트에 써
놓은 것은 뭐야. 그대로 하면 안 돼?"

"으응, 그건 내가 쓴 초고야. 그것도 보고 원문도 보면서 입력하면 돼. 자긴 참 한글입력은 빠르지. 왜 진작 그걸 생각 못 했나."

나연은 회심의 미소를 지었다.

"그럼 자기가 불러. 내가 입력할 테니. 내가 이래봬도 손이 빨라 천천히 부르는 것쯤은 거의 다 친다니까."

달수가 자신있다는 듯이 과장하며 말했다.

"진작에 그럴 걸."

나연이의 울먹이던 목소리가 사라지기 시작했다.

"우선 커피 좀 끓여 와. 커피 한 잔 먹고 밤을 새워서라도 이거 해 보자고."

달수는 커피도 마시기 전에 잠이 깬 목소리를 내었다. 나연이는 급히 주방으로 가서 커피 두 잔을 끓이고는 빨리 식으라고 냉장고의 얼음까지 넣어 왔다. 둘이는 그걸 훌쩍 다 마시고는 컴퓨터 앞에 앉았다.

이번엔 달수가 컴퓨터 앞에 앉고 나연이가 소파에 기대어 앉아 조잘 조잘거리며 번역문을 불러 주기 시작했다. 달수의 손가락은 정말로 자판 위를 나는 듯 했다. 나연이는 달수의 그런 모습을 보고 놀라움을 감추지 못했다.

'저 엉뚱한 사람이 어떻게 저렇게 능숙하게 하지? 참으로 알 수 없는 사람이네.'

그들은 밤을 새워야 했다. 그들은 젊었다.

55. 방황하는 달수

"아니 이게 뭐냔 말이야. 여태껏 스펠링도 몰라서 서류를 이렇게 해 와!"

달수는 영업부장인 백정 앞에서 어쩔 줄 몰라 했다. 어젯밤 밤을 꼬박 새고 출근해선 졸아가며 서류를 꾸몄는지 부품 이름의 영문 철자가 하나 빠진 걸 가지고 백정은 사정없이 호통을 쳤다.

"……저, 죄송합니다."

틀렸으니 유구무언이었지만 그걸 고의로 한 것도 아니고 워낙 피곤하다 보니 실수로 그런 걸 가지고 벌써 삼십분이나 야단을 치고 있었다.

'아이구, 차라리 군대 같으면 기합이나 받고 말지. 사람 피 말리네. 저 백정이 오늘 또 내 살점을 뜯어 먹으려 하네. 어이구, 그냥 때려 치워야지.'

달수는 목구멍까지 올라오는 이 말을 억지로 참으려니 목에서 벌떡벌떡 열이 났다.

"이달수 씨, 이러고도 이 직장에 다닐 수 있어!"

영업부장이 한 마디 할 때마다 달수는 속으로 마구 욕까지 해가며 대꾸했다.

'야, 네가 월급 주냐, 사장이 주지 왜 그래.'

"그만큼 다녔으면 이제 회사일 알 때도 되었잖아. 언제까지 이럴 거야. 자신 없으면 때려 치우든지."

영업부장의 추궁에 달수는 이제껏 속으로 하던 말이 입 밖으로 튀어나왔다.

"때려 칩니다. 때려 쳐!"

"어어! 뭐라고?"

쥐 죽은 듯 조용하기만 하던 달수의 입에서 이런 말이 나오자 영업부장도 놀란 토끼눈을 하고 쳐다보았고, 달수 자신도 놀랐다. 하지만 입 밖으로 나온 말을 다시 주워 담을 수는 없었다. 달수는 두말 않고 사무실 밖으로 성큼성큼 나와 버렸다. 하늘이 노랗게 보였다. 당장 어디 가서 잠이나 한숨 자고 싶어졌다.

'에이 시원하다. 그놈의 백정 말에 어떤 놈이 붙어 있어. 나니까 여태껏 붙어 있었지. 에유, 그놈의 백정은 도살장이나 가지 않고.'

무겁디 무거운 멍에를 벗어던진 듯 달수는 홀가분해졌다.

발걸음도 가볍게 여기 저기 돌아다니다 보니 시내 한복판까지 왔다. 달수는 정처 없이 그냥 걸었다. 주위를 돌아보니 세운상가였다. 거기에 와 보니 전에 노래방 기계를 샀다가 다시 팔겠다고 진수와 별 짓을 다하던 추억이 떠올라 씁쓰레하게 웃었다.

'에유, 그때 생각만 해도 웃긴다. 내가 귀신에 홀려서 그놈의 노래방 기계 사 가지고 숱한 고생만 했지. 덩달아 진수도 고생만 하고. 그래도 걔는 서울역까지 가서 한 대 팔았지만 난 그대로 가져갔으니, 히힛.'

달수가 이렇게 히죽거리며 추억에 잠겨있을 때 갑자기 시장기가 돌았다.

"어어, 벌써 점심땐가"

달수는 요기를 할 셈으로 주머니를 뒤졌으나 웬일인지 돈이 잡히질 않았다. 여기 저기 보물찾기 식으로 겨우 찾아 낸 돈이 지폐 삼천원 하고 동전 몇 개뿐이었다.

'어어 이거 벌써 돈을 다 썼나? 이 돈으론 설렁탕 한 그릇 값밖에 안 되는데, 한 달 용돈 십만 원이라고 나연이에게 받은 지가 열흘도 채 안 되었는데 벌써 바닥이 났나. 그게 너무 적은 거야. 어떻게 한 달에 십만 원만 쓰나.'

달수는 전에도 늘 이런 식으로 돈을 쓰고는 나연이에게 궁한 소리를 늘어놓고서 용돈을 추가 지급 받았었다.

'에유, 이것도 다 그놈의 노래방 때문이야. 그때 그 짓만 안 했다면 여유가 있는 건데. 그것 때문에 카드도 뺏기고. 마누라가 어디다 숨겼나. 은행에 가서 분실 신고 내고 재발급 받을까.'

아직까지 달수는 자기 호주머니에 돈이 없는 것을 나연이 탓으로 돌리고 있었다.

어쩌 되었건 비어 있는 뱃속을 채워야 했다. 달수는 조금은 창피했
지만 근처의 포장마차에 들러 토스트 한 개로 때웠다. 아줌마는 다
른 거 더 드시라고 권했지만 그럴 처지가 못 되었다.

그때부터 달수는 홀가분하던 마음이 점점 무거워지기 시작해 발걸
음이 점점 힘이 없어졌다. 힘없이 걷는 발길은 자꾸자꾸 동대문 쪽으
로 가서 동대문을 지나 서울운동장을 지나고 여기 저기 기웃거리면
서 청계천 팔가 쪽으로 무심히 걷기만 했다. 거기도 노래방을 팔겠다
고 돌아다녔던 황학동 시장이었다.

56. 가진 돈은 다 털리고

해가 떨어져서 퇴근 시간이 되자 달수는 버스를 타고 집으로 돌아왔다. 오늘은 나연이 일이 잘 되었는지 싱글벙글하며 달수를 맞이하였다. 번역료를 조금 받아 왔다고 생긋 웃는데 그 모습이 귀엽기는 했지만 달수는 더 이상 대꾸하지 못했다. 그 날 저녁은 다른 때보다 진수성찬이었다. 나연이는 자기 아빠에게 하듯이 반주를 들라고 했다.

"자기, 반주 할래?"

"어엉, 그거 좋지."

"자기 오늘 왜 그래. 힘이 하나도 없어 보여."

"어젯밤 한잠도 못 갔잖아. 그래서 그래, 밥 먹고 자자고."

"이거 한 잔이면 피로가 풀릴 거야. 자, 들어요. 나도 졸려서 자기 오기 전에 잠깐 눈 붙였어."

달수는 연거푸 소주를 석 잔이나 마셨다.

"왜 그래? 무슨 일 있어?"

"아니, 아주 피곤할 땐 적당히 취하는 게 좋아."

"그럼, 마시고 자. 난 번역을 더 해야 하니까 먼저 자."

"많아?"

"몇 장만 다시 하면 돼."

"컴퓨터 혼자서 할만 해?"

"그냥 어제처럼 하지 뭐. 정 모르면 자기에게 물어 보고 자기가 일러준 대로 메뉴를 불러 보면 되잖아. 거기 다 있대."

"으응, 그렇게 하면 된다고."

달수는 건성으로 대답하고는 또 술을 마셨다, 나연이가 걱정스러워 말렸지만 더 이상 다른 말은 하지 않았다. 저녁 식사를 마친 달수는 그냥 침대에 벌렁 누웠다.

"아유, 자기, 아무리 피곤해도 씻고 자야지."

"……으응, 귀찮아서."

"샤워라도 해요."

"……그러지 뭐."

달수는 마지못해 욕탕으로 들어갔고 나연이는 설거지를 끝내고 바로 컴퓨터 앞에 앉았다. 어제보단 상당히 익숙해졌는지 '또각또각'소리가 음악처럼 들렸다.

달수는 욕탕에서 나오며 컴퓨터를 치는 나연이를 보고는 속으로 크게 감탄했다.

'히야, 과연 똑똑한 여자다. 어제 조금밖에 일러주지 않았는데 오늘은 그냥 혼자서 다 하네.'

"어머! 벌써 다 했어? 피곤하연 어서 자요. 이거 잠깐 동안 끝내고 나도 잘 테니까."

"?……."

달수는 아무 대꾸도 하지 않고 침대로 기어 들어갔다. 갑자기 온몸의 힘이 쭈욱 빠지며 깊은 늪 속으로 빨려 들어가기 시작했다. 나연이는 여전히 '또각또각' 소리를 내며 번역문을 입력하고 있었다. 웬일인지 텔레비전도 켜지 않아 고요한 적막 속에 '또각또각'소리만 들렸다.

잠시 후, 나연이는 워드 작업이 다 끝났는지 몇 장 프린트를 하곤 일어섰다. 일어서서 두 손을 크게 뻗고 기지개를 켜고는 방금 인쇄한 번역물과 책을 핸드백에다 챙겨 넣고는 바로 방으로 들어왔다.

"……? 벌써 자나?"

나연이는 조심스럽게 달수에게로 다가갔다. 깊은 잠에 빠져있는 것이 분명했다.

"어제 밤을 새더니. 피곤하겠지."

잠든 달수를 바라보나 왠지 측은한 생각이 들었다. 허둥지둥 살아가며 엉뚱한 짓이나 저지르고, 꼭 어린애 같았다.

나연이는 돌아서서 불을 끄고는 잠잘 준비를 하고 달수 옆으로 가 앉았다. 희미한 가운데 달수가 나연이 쪽으로 얼굴을 향하며 모로 누웠다. 나연이는 그냥 자려다가 무슨 생각이 들었는지 윗옷을 벗고 브래지어도 벗은 다음 달수의 옆에 마주 보고 누웠다. 그리고 나서 나연이는 달수에게 젖을 물렸다. 달수는 잠결에 그 젖을 빨기 시작했다.

다음 날, 평소보다 일찍 깬 달수는 부지런히 회사로 나가는 척 해야 했다. 나연이도 번역일 때문에 일찍 나가야 한다고 하여 같이 나왔다. 고물차가 자꾸 고장을 일으켜 아파트 주차장 구석에 세워 커버를 씌워 놓은 모습이 눈에 띄었다.

"자기, 돈 좀 없어?"

"벌써 다 썼어?"

"응, 요샌 식대가 워낙 올라서. 친구들 몇 번 만났더니 바닥이야."

"그래도 아껴야지, 헤프게 쓰면 어떻게 살아."

나연이는 늘 그랬던 것처럼 핸드백을 열고는 지갑을 꺼냈다.

"얼마?"

"그냥. 저 만원만."

"만 원 가지고 갔다가 내일 또 달라고 하려고? 귀찮게."

"그럼 한 삼만 원만 줘 봐."

달수는 힘없이 말했다.

"꼭 필요한 데 있으면 말 해. 남자가 그렇게 기죽어서 어떻게 살아. 어제 번역료 받은 것도 있으니깐 자, 여기 오만 원. 아껴 써요."

"으응, 그렇게."

달수는 그 돈을 받아서 호주머니 깊숙이 찔러 넣었다.

"그럼 자기, 난 여기서 전철 타고 갈게."

"으응, 그래 이따 일찍 들어 와?"

"일찍 와. 혹시 늦어도 저녁 전에 와."

나연이는 기분 좋은 듯 걸음도 가볍게 총총히 사라졌다. 갈 데가 없는 달수의 발걸음은 한없이 무겁기만 했다. 어제 회사 때려 친다고 호언장담을 한 후 날듯이 돌아다녔던 그 걸음은 온 데 간데없이 사라지고 말았다.

달수는 그냥 아무 버스나 탔다 가다가다 보니 강남을 지나고 있었다. 하루를 때울 장소를 찾아야 했다. 달수는 갈 데가 정해진 듯 버스에서 내려 다른 버스로 갈아탔다. 그렇게 해서 도착한 곳이 남산공원이었다.

아직 때가 이른지 사람들이 눈에 띄지 않았다. 분수대 물이 시원하게 뿜어져 나오고 있었고 비둘기들이 달수 주위를 맴돌았다. 먹이를 달라고.

달수는 근처 매점에 가서 먹이를 사서 비둘기에게 주기 시작했다. 수많은 비둘기 떼들이 동시에 달수에게로 달려들더니 나중에는 손위 어깨 위까지 올라왔다. 귀찮은 생각이 들어 먹이를 몽땅 쏟아 주고는 일어섰다. 그리곤 공원 주위를 어슬렁거렸다. 초라하게 꾸며 놓은 우리에는 작은 원숭이가 갇혀 있었는데 달수를 보고는 쇠창 틀에 매달려 쫓아 다녔다 그놈도 먹이를 달라고 하는 모양이었다.

'그래, 먹어야 사는 거야. 먹어야. 먹으려면 돈이 있어야지. 그 놈의 돈. 돈이 왕이야, 돈 아래서는 모두가 종이지. 노예야. 흐유.'

달수는 여기저기를 배회하다 식물원이 문을 열자 그리로 들어갔다. 여러 종류의 열대 식물이 있었고 커다란 선인장이 있었다.

그 선인장을 번쩍 들어다 백정에게 '콰악' 하고 던지고 싶었다.

'그러면 그 백정의 얼굴은 고슴도치처럼 되겠지, 히히힛. 밤송이가 낫겠다.'

달수는 한낮까지 거기서 그렇게 시간을 보내다 서울역 쪽으로 내려오기 시작했다. 얼마를 터덜터덜 내려오니 웬 사람들이 모여서 웅성거렸다.

"?"

박보 장기였다. 돈을 삼만 원 이상 걸고 이기면 세 배. 즉, 구만 원을 준단다. 우두커니 서서 보니 그리 어려운 문제도 아니었다.

바둑은 겨우 가는 길이나 알았지만 장기하면 시골 동네에서 제일이었던 달수는 반가운 생각이 들었다. 어른들까지 여러 차례 이겨서 앞으로 장기를 열심히 두면 국수(國手)가 되겠다는 농담도 많이 들었던 것이다.

'이크, 이거 오늘 일당은 하겠구나.'

달수는 사람들 사이를 비집고 들어갔다. 대여섯은 되어 보이는 사람들이 둘러싸고 있다가 달수가 안으로 들어가려고 하자 약속이나 한 듯 틈을 벌려 주었지만 달수는 이를 눈치 채지 못하고 맨 앞에 쭈그리고 앉았다. 방금 두던 사람은 기세도 좋게 거금 구만 원을 따고는 '수고하슈' 하고는 내빼듯이 사라졌다. 절호의 기회였다.

"저도 한번 해 봅시다."

"돈 있소?"

"있습니다."

"한 판에 삼만 원요. 이기면 세 배고 지면 그만이요. 따지고 보면 내가 손해요."

그 사람은 이 말을 하곤 곧바로 장기 알을 여기 저기 놓기 시작했다. 보아하니 아까 그 판과 비슷하기도 하고 조금 다른 것도 같았다.

"자, 다 되었소. 돈을 거슈."

"이따가 거는 것 아뇨?"

"이런 거 처음이요? 여기다 두쇼."

박보 장기꾼은 자기돈 육만 원을 내고 달수에게 받은 돈 삼만 원을 합하여 모두 구만 원을 장기판 옆에다 놓더니 널찍한 돌을 꾸욱 올려놓았다.

"자, 먼저 하슈. 거기가 선수요."

"그럼 먼저 하겠습니다."

뭐 그렇게 깊이 생각할 것도 없었다. 박보 장기꾼은 곧 난처한 표정을 지으며 혀를 쯔쯔거렸다. 얼마 안 가 그 사람은 졌는지 손을 들었다.

"내가 졌수다. 젊은 사람이 제법 하는군. 댁 같은 사람 만나면 우린 죽소. 그만 가 보쇼."

달수는 속으로 뛸 듯이 기뻤다. 거금 구만 원이 생긴 것이다.

'이런 장기 가지고 박보 장기라고 다니다니. 이이그, 아저씨들 그러다간 굶어 죽소. 먹어야 사는 거 아뇨.'

달수는 계속 쾌재를 불렀다. 달수는 오늘 일당을 벌었다고 만족해

하며 일어서려는데 그 사람이 불렀다.

"이보쇼, 아무리 실력이 있기로서니 두어 번 더 해 봐야 되는 거 아뇨."

"?…… 그럼 한 번 더 할까요?"

"해 보슈, 형씨가 지금 육만 원 땄으니깐 그 돈 다시 잃어도 별거 아니잖소."

"그럼 육만 원을 걸란 말예요?"

"그야 형씨의 마음이지요. 서운하면 오만 원만 걸어 보소. 그래도 형씨가 만 원 이문이요."

듣고 보니 그럴 듯 했다. 이기면 이번엔 십오만 원이 생기질 않는가.

"좋습니다. 오만 원만 걸지요."

이번에도 박보 장기꾼이 초장부터 여지없이 몰리더니 고전을 면치 못했다. 그렇게 몇 수만 두면 달수가 이기는 것은 불을 보듯 뻔 한 노릇이었다.

그러나 아뿔싸! 달수가 실수를 했는지 장기꾼이 잘 두었는지 전세는 급작스럽게 뒤바뀌어 달수가 지고 말았다.

"아이구, 여기서 실수했네. 다 된 밥에 재 뿌렸네."

"나야말로 큰일 날 뻔 했소. 아직 본전도 못 찾았는데 또 질 뻔 했소. 대단하오. 요새 젊은이들은 장기를 잘 못 두던데."

박보 장기꾼은 거의 본전이나 찾았다는 듯이 십오만 원을 거머 쥐고 지갑에 다시 넣었다. 언뜻 보니 만 원짜리 지폐만 수십 장은 족히

되어 보였다.

옆에 서서 구경하던 사람도 달수를 동정하듯 안타까운 표정을 지으며 수군수군 댔다.

"어유, 아까 말이 저기에 있을 때 포가 넘어가면 끝이었는데."

"왜 아냐. 그 한 수 잘못해서 졌어."

"저 사람, 이 젊은이한테는 아무것도 아니구먼. 저러다 거지꼴 되지."

귓가에 들려오는 이 말에 달수는 크게 자극을 받기 시작했다.

'그래 딱 한 번만 더 해 보자' 삼세판이란 말도 있잖은가. 처음엔 내가 이기고, 다음은 지고, 이번엔 내가 이길 차례다.

박보 장기꾼은 그만 하려는지 헝겊 장기판을 걷어 접고는, 헝겊 주머니에 장기판과 장기알을 모두 담는 일어섰다. 그러니 장기판과 장기알을 담은 주먹만 한 주머니가 되었다.

"저기, 한 번만 더 하지요."

"에? 형씨 같으면 나 굶어 죽어요, 하루 종일 해 봐야 땄다 잃었다 겨우 일당이나 떨어질까 말까 한데 생각해 보소. 잃으면 두 배로 잃고 따면 한 배로 따니 이게 쉬운 게 아니요. 난 그만 가보겠소."

"아이, 그래도 한 번만 더 해 봐요. 지금도 아저씨가 만원 잃으신 거 아닙니까."

"그럼 만 원짜리 하자고? 난 그렇게는 못 해요. 큰 고기는 큰물에서 놀아야지 만 원짜린 동네 조무래기들이나 하고 놀지. 어른들이 어디 그래요, 하여간 난 가겠수다."

"아녜요. 오만 원짜리 딱 한 번 만요."

"……."

그러자 주위에서 한 번만 하고 가라고 부추겼다.

"또 지면 끝장인데."

박보 장기꾼은 할 수 없다는 듯이 헝겊 장기판을 펴고는 장기 알을 주섬주섬 여기저기에 놓기 시작했다. 달수는 반가워서 호주머니에 있던 돈을 꺼냈다. 꺼내다 보니 아까 딴 돈 만 원과 아침에 나연이에게 받은 돈 오만 원이 집혀 나왔다.

"아저씨. 여기 육만 원 걸게요. 돼요?"

"그러슈."

그 사람은 지갑을 꺼내 손가락으로 돈을 세어 십이만 원을 꺼내고는 아까처럼 돌로 눌러 놓았다. 달수는 이번에도 역시 초반에 강했다. 그 사람이 두기가 무섭게 방어를 하고 공격을 하니 그 사람은 어쩔 줄 몰라 담배를 꺼내 '뚝뚝' 피워댔다.

담배를 피우지 않는 달수는 그게 몹시 싫었지만 돈을 따는데 무슨 상관 있으랴하며 속전속결로 끝내고만 싶었다. 과연 그 장기꾼은 점점 수세에 몰리기 시작했다. 어찌된 셈인지 아까의 상황과 유사했다. 그때 아까 훈수꾼이 하던 말이 생각났다.

'말이 여기에 있을 때 포가 넘어가면 끝이라고 했지.'

달수는 그렇게 했다. 한데 웬 걸? 이제까지 한옆에 쭈그리고 있던

상이 튀어나와 말을 잡고 '장'을 불렀다. 그 소리는 아주 나지막했지만 달수에게는 천둥처럼 들렸다.

"어어? 이게 여기로 나오네."

"......"

"어어, 이러면 안 되는데."

달수는 황급히 궁을 틀어 피신을 했지만 장기꾼이 또 한쪽 구석에 몰아두었던 차로 들이치니 더 이상 피신 장소가 없었다.

"어어어! 이거 졌네."

"......졌소."

장기꾼은 더 이상 말이 없어 얼른 돈을 집어 들고 장기판을 싸서 순식간에 일어섰다. 옆에 있던 훈수꾼들도 곧바로 뿔뿔이 사라지기 시작했다. 달수는 망연자실하여 서 있다가 가지고 있던 돈을 모두 날린 것을 알아차렸다. 달수는 그 사람에게 펄쩍 뛰어갔다.

장기꾼은 누구에게 쫓기는 것처럼 황급한 걸음으로 골목으로 들어가려고 했다.

"하이구, 아저씨, 접니다."

"왜요?"

"하이구, 아저씨, 저 차비도 없어요."

"그건 형씨 사정이지, 날더러 어쩌란 말이요. 차비가 없으면 걸어서 가면 되지."

"아저씨 한 번만 봐 주세요. 차비도 없어요. 차비라도 주세요."

달수가 그 사람의 앞길을 막아가며 비굴하게 차비라도 달라고 하니 어느 틈엔가 몇 사람들이 달수를 에워쌌다. 달수가 길을 터주지 않자, 그 사람은 바지 주머니를 뒤적여 오백 원짜리 동전 하나를 꺼내 주었다.

"아저씨, 제 돈 오만 원 다 잃었는데 오백 원이 뭐예요."

"그거면 서울 시내 다 다니고도 남소."

그러고 장기꾼은 달수를 떠다밀다시피 하고 총총히 사라졌다.

옆에 모여 있던 사람들도 몇 발자국 뒤에서 그를 따라갔다. 그제서야 달수는 방금 옆에 있던 사람들이 아까 훈수를 두던 훈수꾼이라는 걸 알게 되었다. 드디어 달수의 눈에 불이 켜지기 시작했다.

'그렇다, 돈을 벌어야 한다. 근데 뭘로 벌지? 직장도 때려 치고. 나 연이가 알까?'

아침에 받은 오만 원을 하루도 못 가서 날려버렸으니 달수는 속이 탔다. 그렇지만 음료수 한 병 사먹을 돈도 안 되었다. 하늘이 무너진 듯이 고민을 하던 달수의 눈에 구인 광고란이 보였다.

두 눈이 번쩍 뜨였다. '정수기 판매회사.'

57. 물을 먹어야 돈을 벌지

"저…… 여기서 정수기 판매원 모집한다고 그러셨나요?"

"네, 어서 오시죠."

"그거 팔면 수당 주나요? 아니면 월급 주나요?"

"이런 데 처음이세요? 수당제지 월급제가 어디 있습니까?"

뚱뚱한 남자가 당연한 걸 물어보냐는 듯이 말했다.

"얼마 주는데요?"

"삼십만 원짜리 팔아서 이십만 원만 입금시키면 돼요. 그러니까 삼십만 원을 받건 사십만 원을 받건 알아서 팔고 회사엔 이십만 원만 입금하면 된다 말이요."

"에엥? 그러면 마진이 높은데요."

"그렇죠. 잘 파는 사람은 직장에 찾아다니며 하루에 30 대까지 팔았죠. 그 사람은 단 하루 동안에 삼백만 원 수입을 올렸어요. 우리 사장 월급보다 낫습니다. 거 왜 보험 회사 사원 얘기나 자동차 세일즈맨 얘기 들어 보셨잖아요."

"네, 듣긴 들었는데 대단한 회사군요."

"그럼요. 수돗물이고 약숫물이고 온통 오염되어서 앞으론 정수기 시장이 연간 천억은 될 겁니다. 우리 회사가 그 중 십 퍼센트만 차지해도 백억이죠, 앞으로 회사가 좀 더 커지면 지금 고생했던 사람들은 모두 각 지방 지사장으로 내 보냅니다. 그때쯤 되면 회사가 안정도 되고 해서 최소한 그랜저급 이상의 상용차와 핸드폰도 기본으로 지급하게 됩니다."

"이야, 굉장하군요."

"그런데 선생님은 영업해 보신 적이 있습니까?"

"이런 거 팔아 보진 않았지만 컴퓨터 회사의 영업 사원으로 근무했었죠. 거긴 큰 데라 서류로만 영업해요. 물건 들고 다니는 건 없어요."

"그래도 잘 하실 거 같은데 한 번 해 보실래요?"

"해 보죠. 밑져야 본전인데."

"그럼 보증금을 내시죠."

"보증금요? 그런 거 내야 합니까?"

"하참, 알 만한 사람이. 보증금 없이 선생이 누군지 알고 물건을 내 줘요."

"그럼 돈 주고 사가란 말입니까?"

"꼭 그건 아니지요. 하지만 처음 보는 사람에게 수십만 원짜리 물건을 그냥 내 준단 말이오?"

"돈 준비한 게 없는데."

"그럼 할 수 없습니다. 좋은 기회를 놓치는 거죠."

"저 혹시 하루 일당거리라도 없습니까. 돈은 차차로 준비하도록 하고, 백만 원이면 다섯 대는 줄 거 아닙니까."

"백만 원이면 여서일곱 대까지 줍니다. 그리고 하루 일당이라도 벌려면 남의 밑에 들어가야지요."

"무슨 말씀이신지."

"그러니까 돈 있는 사람이 우리 물건을 잡아 가지고 두세 명을 데리고 다닙니다. 혼자선 하긴 어려우니까요. 따라다니는 사람은 그 사람 밑에서 물건도 나르고 홍보도 하고 하여 물건을 많이 팔면 하루 수고비를 받게 되지요."

"그런 판매 방법도 있습니까?"

"우리도 그렇게 하려는 것은 아니었는데 어떻게 지내다 보니 그런 게 생기더군요. 이건 피라밋 판매 방법하고 달라서 아무런 하자(瑕疵 : 잘못된 부분) 없죠. 그거라도 해 보시겠소?"

처음에는 선생님, 선생님 하더니 이제와선 겨우 존칭을 쓰다시피 했다.

"해 보겠습니다."

"그럼 내일 아침 일찍 이리로 나와 보쇼. 그런 자리도 선착순이오."

"꼭 일찍 나오겠습니다."

달수는 전보다 좋은 직장을 얻게 되었다고 만족해했다. 잘만 하면 돈도 벌고 공로를 인정받아 지사장이 되면 승용차를 지급받는다. 이제부터 운수가 트이는 거라고 생각했다.

정수기 판매 회사를 나온 달수는 그 길로 남대문 시장을 돌아다니고 명동 거리로 들어가 여기저기를 헤매다가 퇴근 무렵에 쫄쫄거리는 배를 움켜쥐고 집으로 돌아왔다 나연이도 마악 들어 온 모양이었다. 오늘도 일이 잘 되었는지 나연이는 싱글거리며 달수를 맞이했다. 어제처럼 반주까지 곁들이고 해물탕을 끓여 내왔다.

'자기 아버지가 해물탕을 좋아하니깐 신랑도 해물탕을 좋아하는 줄 아나. 소주 안주에 해물탕이면 지상에서 최고 좋은 음식인줄 아나보다.'

나연이가 하는 짓마다 사랑스럽고 귀엽기 짝이 없었지만 달수는 몸에 반응이 오질 않았다.

다음 날도 어제처럼 나연이와 같이 나온 달수는 그 길로 정수기 판매 회사를 찾아갔다. 너무 일찍 왔는지 아직 문도 열지 않았다. 얼마 후에 어제 그 사람이 나타났다.

"일찍 오셨네요."

"네."

"어제 영업부장이 들어왔는데 선생 같은 사람을 쓰겠대요."

"하이구, 잘 되었군요. 열심히 해 보겠습니다."

"여기 들어와서 기다리시죠. 곧 올 겁니다."

"몇 명이서 나갑니까?"

"그 사람은 꼭 둘만 데리고 다닙니다. 그래야 차에다 물건을 싣지요."

"차도 있어요?"

"그럼요, 차 없이 어떻게 돌아다닙니까. 이 물건들을 싣고서. 그러니까 돈 없고 차 없는 사람은 영업부장 밑에서 사원 노릇하는 거지요."

그 사람이 말하는 영업부장은 보증금을 내고 물건을 잡아간다는 사람을 말하는 것이었다. 여기 정수기 회사에선 그런 사람에게는 무조건 영업부장의 명함을 새겨 준다고 했다. 달수도 차를 가져오고 보증금만 내면 영업부장이 된다고 했다.

달수는 참으로 구미가 당겼다. 당장에 영업부장이 된다니 하지만 당장 가진 돈이 없기에 남의 밑에서 조금 일을 배우다 돈이 모이면 고물차를 수리하고 보증금을 만들어 영업부장이 되어야겠다고 마음먹었다. 그러는 사이에 영업부장이라는 사람들이 서너 명 출근했다.

"자, 차 부장, 여기 이 사람이 나가겠답니다."

차 부장이라는 사람은 첫인상이 매우 좋게 보였다.

"아, 그러세요. 여기에 근무하는 차 부장입니다."

"전 이달수라고 합니다. 회사의 전망이 좋아 한번 일을 해 보려고 합니다."

"잘 생각하셨습니다. 앞으로 정수기 회사는 전망이 매우 밝죠."

그 사람은 형식적인 인사를 나누고는 정수기 회사 직원과 몇 마디 하더니 정수기 열 대를 가져가야 한다고 했다. 달수가 그 중 네 대를 힘겹게 들고 나오는데 또 한 사람이 그걸 들고 나왔다.

그 사람이 바로 차 부장을 따라다니는 사람인 모양이었다. 문 밖에 나와서야 차 부장은 역시 형식적으로 그 사람을 소개했다. 차 부장은 그냥 김 과장이라고 부르라고 했다. 달수는 이 과장이 되었다.

"어디 멀리 가시나요?"

"좀 멀리 가야 합니다. 시내 바닥은 하도 쑤셔 놔서 갈 데가 없어요."

그 말을 들은 달수는 안도의 한숨을 내쉬었다. 서울 시내에 돌아다니다 아는 사람을 만나면 어쩌나 하는 걱정이 앞섰기 때문이었다.

김 과장과 차 부장이 교대로 두 시간 가량을 운전하여 지방 큰 도시에 도착했다. 벌써 점심때가 다 되어가고 있었다. 그들이 맨 처음 찾아간 곳은 어느 중학교였다.

"선생님들, 여기 신제품 정수기가 왔습니다."

영업부장은 여러 선생님들을 모아 놓고 신이 나서 떠들더니만 정수기에다 수돗물을 떠다 부었다. 그리곤 어느 틈에 준비했는지 세탁용 가루비누와 먹물을 꺼냈다.

"우리 회사 정수기는 전 세계 최고의 품질을 자랑합니다. 이 제품이 바로 달나라까지 갔다 온 제품입니다. 우주인들이 자기 소변을 걸러서 먹었지요. 이게 바로 그런 원리로 만든 제품입니다."

그렇게 떠들고는 가루비누와 먹물을 정수기 위에다 붓고는 나무젓가락으로 휘휘 저었다. 물은 순식간에 꺼멓게 변하고 거품이 부글부글 일기 시작했다.

"자아~ 보세요. 이래도 인체에 전혀 무해한 깨끗한 물로 정수됩니다."

영업부장은 신이 나서 떠들며 그 더러운 물이 정수된 물을 한 컵 가득히 따랐다.

"자 이 과장, 드셔 보세요. 이상이 있나 없나."

영업부장은 큰 컵에 가득 담긴 물을 달수에게 건넸다. 달수는 얼결에 컵을 받아 들고는 잠시 잠깐 얼빠진 사람처럼 서 있었다.

그러자 옆에 있던 김 과장이란 사람이 나직이 '빨리 마셔요' 하길래 여전히 들뜬 정신으로 꿀꺽꿀꺽 마셨다. 찝찔한 게 맛이 이상했다. 나중엔 목에서 턱 걸리는 걸 한약 먹듯이 목구멍을 있는 힘껏 벌리고 쏟아 부었다. 시장하던 배가 금세 터질 것 같았다.

"자, 보세요. 우리 직원이 이런 물을 매일같이 수십 잔씩 마셔도 배탈 한 번 안 납니다."

영업부장의 판매 방법이 옳았는지 아니면 선생님들이 순진했는지 그 학교서 두 대나 팔았다. 하지만 값은 깎이고 깎여서 한 대에 이십오만 원씩 밖에 받질 못했다.

영업 부장은 점심시간에 다녀야 한다고 하며 또 다른 학교를 찾아갔다. 거기서 달수는 두 잔이나 물을 마셔댔지만 아무도 사질 않아서 그냥 나와야 했다.

"부장님, 계속 이래야 합니까?"

"그러지 않으면 누가 산대요? 그렇게 해도 겨우 두 대 팔았는데."

"저기 드릴 말씀이 있는데요, 그 물 먹어도 괜찮아요?"

"그럼 괜찮지, 죽는단 말이요? 이게 미국서 발명된 건데."

"그래도 전 더 이상 물을 먹기 어렵습니다. 배가 터질 것 같아요. 교대로 마시면 안 됩니까?"

"이 사람 이거 세상물정 몰라도 한참 모르네. 신참이 마셔야지, 고참이 마셔."

부장이란 사람의 목소리가 거칠어졌다. 그때 옆에 있던 김 과장이 아무 소리 없다가 달수의 눈치를 보곤 한 마디 했다.

"부장님, 차 세우시죠."

"왜?"

"이 사람 얼굴이 말이 아닙니다."

"에잉. 시간 없는데. 빨리 해."

부장이 차를 세우니 김 과장은 달수더러 나오라 했다. 달수는 공연히 기가 질려 두 사람을 쳐다보았다. 어디쯤인지 주위는 논밭만 보였다.

"이 과장, 저기 가서 처리해요."

"뭐요? 뭘 처리해요?"

"하아참, 저기 가서 오바이트 하고 오란 말이요."

"네에?"

그들의 말은 물을 너무 많이 먹었으니 빨리 토하고 오란 소리다.

그래야 다음 영업장에 가서 물을 마실 수 있다는 거다. 달수는 눈물이 핑 돌았다. 갑자기 눈앞에 여러 사람들이 어른거렸다.

시골에 계신 아버지, 어머니, 동생들, 그리고 해맑게 웃는 나연이가 보였다. 해물탕을 끓여다 주며 술안주는 이게 최고라던 나연이. 손가락을 목구멍에다 집어넣으며 웩웩거리니 입에선 물이, 눈에선 눈물이 쏟아져 나왔다.

파김치가 되어서 달수는 차로 돌아왔다. 영업부장은 뭐가 그리 급한지 곧바로 출발했다.

"어디 가서 밥 좀 먹고 가요."

두 눈이 퀭한 달수가 애처롭게 말했다.

"그러면 영업 못 합니다."

"왜요? 먹고 하면 기운도 나서 더 잘할 텐데."

달수는 대꾸하고 싶지도 않았지만 먹어야 한다는 생각에 한 마디 했다.

"한 군데만 더 돕시다. 오늘 하루 일당도 못 벌겠소."

"먹고 해요. 토했더니 속이 쓰려요."

"하참, 그 양반. 꾀는 어지간히 부리네. 세상 살기가 그리 쉬운 줄 아슈. 한 군데만 더 뛰고 밥 먹읍시다."

"난 못 가요. 먹고 가요."

"이봐요, 밥 잔뜩 먹고 어떻게 정수기 장살해요. 물을 또 먹어야 하는데."

그 소릴 듣는 순간 달수는 정신이 아득해지기 시작하고 눈앞이 또 흐려왔다. 겨우 정신을 차려 보니 어느 커다란 회사로 들어가고 있었다. 점심시간이 끝나갈 무렵 사람들을 모이게 하는 것이 영업부장의 최대 역할이었다.

거기선 모이는 사람이 많았지만 대부분이 젊은 사람들이어서 사고 싶어도 고개만 갸웃거릴 뿐 좀처럼 선뜻 사는 사람이 없었다. 그러는 중에 광고를 들은 사람은 가고 못 들은 사람을 위해 처음부터 다시 강연을 하는 통에 달수는 자그마치 다섯 잔이나 되는 물을 마셔야 했다. 김 과장이라는 사람이 영업부장에게 은근히 얘기해 더 이상 물을 먹진 않았지만 달수는 숨을 쉬기조차 어려웠다. 나중엔 이마에 식은땀이 나면서 쓰러질 지경까지 되었다.

"아이구, 김 과장, 나 죽을 거 같아요."

"참아보쇼, 곧 갈 테니까."

"아이구, 아이구, 나 죽네."

달수는 큰 소리도 못 내고 신음을 했다.

겨우겨우 정수기 한 대를 팔긴 팔았는데 현금이 없다고 하여 카드로 결제하는 모양이었다. 영업부장은 돌아오면서 씨부렁거렸다.

"에이 씨팔 새끼들, 돈도 없나. 카드로 이십오만 원 받았으니 수수료 떼면 뭐 남아. 오늘은 허탕이다."

첫인상을 아주 좋게 봤던 영업부장을, 이제서야 자세히 보니 꼭 저승사자 같았다. 그것도 물귀신 저승사자.

'저놈은 사람을 물에 빠트려 죽일 놈이다. 아니 물 멕여 죽일놈이다.'

달수는 오다가 또 한 주전자 가량의 물을 버려야 했다. 이번에는 창자까지 딸려 오는지 배의 안팎이 뒤집히려고 했다.

"처음엔 다 그래요. 좀 지나면 이력이 납니다."

정신이 가물거리는 달수에게 김 과장이 하는 말이었다.

영업부장은 길가의 초라한 식당에 가서 된장찌개를 2인분 시키고 는 밥만 한 그릇 추가했다.

"이 사람은 환자라 잘 못 먹어요."

영업부장이란 작자의 소리였다. 달수는 오기라도 부려서 밥 한 그 릇을 다 먹어 치우려고 했으나 마음뿐이지, 두어 숟가락 들어가자마 자 구역질이 났다. 숟가락을 놓고 밖으로 나온 달수는 눈물이 앞을 가려 보이질 않았다.

"세상 살기가 다 그래요. 진정해요. 하루 빨리 돈을 벌어야지. 에 이, 그놈의 돈."

김 과장이 어느 사이에 옆에 와서 진정시켰다.

그 다음부터 달수는 정신을 잃다 시피하고 차에 쑤셔 박혔다. 영 업부장은 한 두어 군데 더 돌아다녀 보자고 하다가 달수가 초죽음이 되자 '송장치고 살인 나겠네' 하고는 그냥 서울로 오기 시작했다.

커다란 냄비에 해물탕이 가득하고 나연이가 옆에서 술 한 잔을 따 르는데 어찌 보니 나연이가 옷을 벗고 가슴을 내놓고 있었다. 달수는 해물탕을 떠먹으려다 말고 나연이의 젖을 물었다. 전에는 젖이 나오 질 않았는데 지금은 달콤하면서 진한 우유 맛 나는 젖이 샘솟듯 나 왔다.

"아, 이보쇼. 이 과장 일어나요."

김 과장이 달수를 막 흔들어 깨웠다.

"잠을 자도 이렇게 곤히 자는 건 처음이요. 휴게실에서도 흔들다 지쳐 그만두었소."

"서울에 왔어요?"

"서울요. 벌써 해 넘어갔어요. 집에 가야지요. 몸도 안 좋은데."

무사히 도착하긴 한 모양이었다. 달수는 머리까지 아파왔다. 영업 부장이란 사람은 총 판매 마진 십오만 원에서 경비 십만 원을 제하고 오만 원을 둘이 나눠 가지라고 했다. 오늘은 특별히 많이 주는 거라는 말을 덧 붙이면서.

달수에게 돌아온 몫은 이만 원이었다. 그것도 김 과장은 '전에는 이렇게 안 했는데' 하면서 인심 쓰듯 말했고 영업부장은 부장대로 카드 수수료 제하고 기름 값, 통행료에다 식대를 제하면 겨우 삼사만 원이나 될까 한다며 투덜댔다.

"아무튼 오늘 처음이라 고생이 많았어요. 내일은 잘 될 거요. 고생을 좀 해서 그렇지 잘 터지면 하루에 십여 대 이상 파는 날도 있으니 좀 참아요. 이 과장은 오늘 몸조리 잘하고 내일 일찍 나와요. 내일은 오늘처럼 고생은 안 할 거요."

"……."

"그럼 들어가겠습니다. 안녕히 가십시오."

김 과장은 인사를 정중히 했지만 달수는 자꾸 눈앞이 흐려져서 아무 말도 안 나왔다. 그런 달수를 두고 영업부장과 김 과장은 멋대로 인사를 나누고 가버렸다.

세상에 둘도 없이 귀중한 돈 이만 원을 손에 쥔 달수는 세상이 망하는 한이 있더라도 나연이를 보고 죽어야겠다고 생각했다. 그는 허우적거리며 택시를 불렀다. 모범택시였다. 평소에는 모범택시만 보면 피해 다니던 그가 무조건 올라탔다.

"가요, 우리 집으로 빨리 가요."

"?…… 어디요?"

"우리 집."

달수는 또 눈물이 왈칵 쏟아졌다. 기사는 더 이상 아무 말도 하지 않고 길 난 대로 그냥 가기 시작했다. 달수는 죽지 않고 비틀거리며 집에 돌아왔다. 길 잃은 어린 아이가 울면서 겨우 집 찾아오듯이 왔다. 현관문을 열자마자 또 코끝이 찡하더니 눈앞이 흐렸다.

"어머나! 자기 왜 그래? 어디 아파?"

나연이가 화들짝 놀라며 달수를 부축해 들어갔다.

"……."

"왜 그래, 어디 아파? 병원에 가야지."

"아니, 괜찮아. 배가 좀 아파, 머리도 아프고."

"괜찮아, 정말? 얼굴이 왜 이래."

나연이도 금세 눈물이 나올 듯 글썽이면서 두 손으로 달수의 얼굴을 매만졌다. 달수는 급기야 참지 못하고 나연이의 손을 부여잡고 눈물을 뚝뚝 떨어뜨리더니 '잉잉'하고 흐느꼈다. 나연이는 영문도 모르는 채 달수가 울어대니 같이 눈물을 흘리기 시작했다.

잠시 후 나연이는 배가 아프다는 달수를 위해 꿀물을 타 왔다. 그것도 자기 아버지에게 하는 것과 똑같았지만 달수는 이를 몰랐다. 그 날 밤 내내 달수는 신음을 내었고 나연이는 어린애 달래듯 했다.

아프다는 달수는 밤새도록 나연이의 젖가슴에 손을 올려놓고 있었다.

"자기, 어제 많이 아팠어요? 마악 울기까지 하고."

"으응, 정말로 배가 아파서 울음이 저절로 나오데."

"오늘은 괜찮아요? 아프면 하루 회사 쉬어요. 전화하고."

"아냐, 괜찮아. 나가야지."

"아참, 왜 어젠 삐삐 안 차고 나갔어요? 내가 어제 시내에 가서 삐삐 쳤더니 아무 신호가 없는데, 집에 와 보니 여기다 빼 놓고 갔잖아. 회사에서 안 찾아?"

"뭐 별로. 요샌 부르는 게 없어. 아침에 지시받고 일하니깐."

"어쨌든 오늘은 차고 가요."

나연이는 삐삐를 손수 혁대에 달아 주었다.

달수는 그러거나 말거나 무심하게 내버려 두고 먼저 시내로 나와야 했다. 나연이는 번역을 좀 더 해서 점심때쯤 나가야 한다고 했다.

달수는 회사에 갈 수가 없었다. 이미 때려치운 직장 다시는 가고 싶지 않다는 오기 때문이었다. 그렇다고 어제의 정수기 회사에 갈 마음은 눈곱만큼도 없었다.

'거기 갔다간 오늘은 진짜 배 터지려고.'

속이 쓰려 아침도 드는 둥 마는 둥 하고 나온 달수는 시내를 어슬렁거리다가 삼류 극장에 가서 첫 상영 편을 보는 것으로 일단 오전을 때워야 했다. 회사 다닐 땐 그렇게도 시간이 없고 바쁘더니 이젠 시간이 너무 많아서 탈이었다.

그 많은 시간을 보내려니 모두 돈이 들어가야 했다. 커피숍에 가도 돈, 극장엘 가도 돈, 신문을 사 봐도 돈, 차를 타도 돈, 밥을 사먹어도 돈. 시간은 돈을 써야 지나갔다. 그러니 어제 받은 일당 이만 원은 벌써 반으로 줄어들었다.

아까운 생각이 들어 점심도 굶을까 했는데 그때부턴 왠지 아픈 배가 가라앉으며 시장기가 돌기 시작했다. 시계를 보니 오후 한 시가 다 되었다.

'에라 모르겠다. 우선 먹고 보자.'

달수는 근처의 싸 보이는 식당을 찾았다. 해장국을 시켰더니 주인 아줌마는 달수의 얼굴을 쳐다보곤 '해장술을 먹어야 속이 풀려요'했다. 그 말을 듣고 보니 그럴 듯했다. 어제 술 먹은 건 아니지만 속이 뒤틀린 데는 해장술이 약이 될 것 같았다.

"술 한 병도 주세요."

"너무 많이 마시면 도리어 안 좋아요."

주인아줌마는 이런 소릴 해가면서 소주병을 땄다.

술이 몇 잔 들어가니 뱃속이 찌르르 하며 순식간에 술이 오르기 시작했다. 갑자기 세상이 너무나 평온해 보였다. 술을 남기기엔 아깝다는 생각이 무심코 들었다. 컵에 나머지 술을 모두 따라 단숨에 들이켰다. 꼭 어제 정수기 물마시듯 목구멍을 벌리어 벌컥벌컥 쏟았다. 흔들거리는 몸을 일으켜 계산을 하려는데 차고 있던 삐삐가 울렸다. 번호를 찍어보니 회사는 아니었다.

"누구지?"

달수는 공중전화로 가서 전화번호를 눌렀다.

"아, 여보세요?"

"자기야? 나야."

"엉? 웬일이야, 삐삐를 다 치고."

"그냥. 자기 목소리가 왜 그래? 술 취한 거 같아."

"어엉, 그냥 쪼끔 마셨지. 거기 어디야?"

"여기 시내야. 자긴 어딘데?"

"나도 시내. 시내지. 서울 시내."

"히힛, 왜 그래, 누구랑 대낮부터 술 마셔요?"

"그냥 그냥. 나 혼자서."

"무슨 일 있어요?"

"아니, 근데 갑자기 자기 보고 싶다."

"자기 아무래도 무슨 일 있는 거 아냐?"

"아니라니까 그러네. 거기 어디야. 내가 갈게."

"여기 자기네 회사에서 가까운데, 그럼 여기서 잠깐 만날까? 여기 메이트 커피숍이야."

"그래, 내가 그리로 가지."

"그래, 그럼 끊어, 뒷사람이 기다려."

달수는 전화를 끊고 후회했다.

'나연이더러 이쪽으로 오라고 할 걸. 거긴 회사 근처인데.'

달수는 할 수 없다는 듯이 택시를 타고 메이트 커피숍으로 갔다.

58. 평강공주가 되어야 한다

"웬일이야? 대낮부터 술을 그렇게 먹고, 어젠 아프다고 아무 것도 안 먹더니."

"그냥 쪼금 먹었어. 거래처 사람 만나서 점심 먹다가 쪼금 먹었지."

"쪼금은 뭐가 쪼금이야. 정신이 왔다갔다 하는 것 같은데. 술 냄새 좀 봐. 뭐 마실래? 난 마셨어."

"응, 커피."

"속 아프다면서 커피야?"

"괜찮아, 괜찮으니까 술도 마셨지."

달수는 점점 흐려지는 정신을 억지로 가다듬어 말했다. 술 한 병에 이렇게 취하긴 처음이었다. 여전히 배가 싸아 하며 정신이 휘휘 돌았다.

가져온 커피 한 모금을 입에 대자마자,

"어어! 나 어지러워, 쓰러지겠어."

달수가 얼굴이 하얗게 질려가고 고통스러워하니 나연은 또 질겁을 했다.

"어마나! 왜 또 그래. 큰일났네."

나연이가 발을 동동 굴렀다.

"나가자. 여기서 나가 나가서 좀 누워야겠어."

"어디로, 집으로?"

"어디든 나가."

나연이는 달수를 부축하며 밖으로 나왔다. 달수의 눈에선 정말로 하늘과 땅이 빙빙 돌았다.

"저기. 아무 데나. 여관이나 그런데 가. 나 죽겠어."

달수가 나연이에게 매달리다시피 하며 말했다. 나연은 기겁을 하며 바로 근처의 여관으로 들어갔다

남들이 웬 대낮부터 여관이냐는 듯이 쳐다보는 것 같아 어색하기 그지없었다. 그 여관은 하필이면 3층부터 있었다. 나연은 힘들게 겨우겨우 달수를 이끌고 빈 방으로 찾아들었다.

좁은 방이 침대로 꽉 차 있었다. 달수는 털썩 쓰러지며 바로 눈을 감았다. 나연이는 침대에 걸터앉아 잠든 달수를 바라보며 생각에 잠겼다. 아무래도 심상치 않은 일이 일어나고 있는 것 같은 예감이 들었다.

'혹시 회사에서 무슨 일이 있었나?'

나연이는 이런 생각이 들자마자 곧바로 밖으로 나왔다. 달수가 다니는 회사의 총무과 미스 김에게 전화를 걸었다.

"미스 김? 나야, 서나연."

"어머나! 웬일이에요, 언니 재미 좋아요?"

"재미는 뭘. 그냥 그래."

"어머, 언니 신혼 얘기 좀 들려 줘요. 여기 한번 와요."

"그래, 근데 한 가지 물어볼 게 있어서."

"그래요, 뭔데요?"

"저기 있잖아, 우리 그 사람."

"언니 신랑?"

"으응, 저기."

"달수씨 시골에 볼 일 있다고 삼 일간 휴가 달라고 해서 그렇게 했 는데 언니는 안 갔어요?"

"뭐어? 시골에?"

나연이는 소스라치게 놀랐지만 급히 냉정을 찾아야 했다.

"으응, 그래. 난 바쁜 일이 있어서."

"근데 누가 휴가 처리 하라고 했어? 달수 씨가?"

"아녜요, 영업부장님이 그러셨는데. 혹시 무슨 일 있는 거 아뉴?"

"아니, 없어."

"언니 사랑싸움 했나봐. 호호호. 그럼 달수씬 안 내려갔어요?"

"아니, 갔어."

"근데 왜. 어디 있어요. 여기 한번 와 봐요."

"그래, 갈게."

나연이는 심장이 두근거려 참을 수가 없었다. 아무 일도 없는 데 시골에 간다고, 그것도 달수가 아니라 영업부장이 휴가로 처리하라고 지시를 했다고 하고, 달수는 대낮부터 술 퍼먹고 있으니 참으로 이해할 수가 없었다.

나연이는 이러저러한 생각에 회사를 찾아가 보기로 했다. 결혼과 동시에 퇴사하고 한 번도 가보지 않아서 좀 어색했지만 슈퍼에 들러 주섬주섬 음료수와 과자 등을 사 들고 회사를 찾았다. 모두들 서나연이 왔다고 반기며 장난을 하고 농담을 하는데 건성건성 대답하며 웃음으로 대했다.

다들 예뻐졌다고 난리였다. 여자는 결혼을 해야 예뻐진다나 어쩐다나. 남자 사원들의 농담도 전보다 진해졌지만 모두 웃으며 대해줬다.

한바탕 야단법석을 떨고 나서 겨우 진정을 하고 아까 전화를 걸었던 미스 김을 찾았다.

"미스 김, 이제 일 좀 배웠지?"

"겨우 하게 됐어요. 요즘은 컴퓨터를 쓰니까 배우는 것도 훨씬 빨라요."

"그래 근데 영업부장님은 어디 가셨어? 안 보이네."

"외근 나가셨는데 들어오실 시간 되었어요. 그러지 않아도 언니가 한 번도 보이질 않는다고 서운해 하시던데."

미스 김이 벽에 걸린 시계를 들여다보며 말했다.

"그러실 거야. 괜히 하는 일 없이 바빠서 그래."

그때 영업부장이 들어섰다.

"어머나! 안녕하세요? 저예요, 서나연."

"어어! 이게 누구야. 내가 잘못 봤나. 이런 귀부인이 다 오고."

곰 같은 영업부장이 유머러스한 동작을 취했다.

'저 사람을 우리 달수씨는 백정이라고 불렀지. 하기야 백정이나 곰이나 비슷하다.'

나연이의 생각이었다.

"인사차 들렀어요. 몸 건강하신지."

"나야 잘 있지. 미스 서는 굉장히 예뻐졌는데."

영업부장까지 예뻐졌다고 하는 말에 서나연은 진짜로 얼굴이 빨개졌다.

"이야! 진짜다, 진짜. 예쁘다."

주위에 있던 사람들 모두 맞장구를 치며 웃고 좋아했다.

"아이 참 그만 놀리세요. 저 그러면 가겠어요."

"가야지, 그럼 여기서 살 거야? 가라고."

"아유 참, 아이 난 몰라."

서나연이 애교어린 목소리를 내니 이번엔 귀엽기까지 했다. 그렇게 한동안 시장에서 물건 흥정 하듯 떠들다가 잠잠해졌다. 나연은 영업부장에게 뭔가를 물어 볼까 말까하고 망설이고만 있었다. 그때 마침 영업부장이 제안을 했다.

"저기 미스 서, 나랑 잠깐 데이트 좀 하지."

"네에? 데이트요?"

"왜, 이제 유부녀가 되어서 안 되나? 내가 부탁할 게 있어서 그런데."

"어마나! 하세요. 부탁이 뭔데요? 말씀해 보세요."

"으음, 별 거 아니고 바로 요 앞 민들레에서 잠깐만 얘기해."

"그래요, 사장님께 인사드리고요."

"사장님 지금 안 계셔. 내가 왔었다고 전할게."

서나연은 마침 잘 되었다고 생각했다. 그러지 않아도 영업부장에게 물어 볼 말이 있었는데 서나연과 영업부장이 같이 나가려하니 거기 있던 사람들은 정말로 야한 농담을 서슴없이 던졌다.

그래도 서나연은 기분이 좋았다. 신혼 얘기 들려 달라던 미스 김에겐 나중에 저녁이나 같이 하자고 약속을 하곤 말았다.

"미스 서. 지금 미스터 리 어딨어?"

"네에?"

영업부장이 아까 와는 대조적으로 엄숙한 얼굴을 하곤 나연이에게 추궁했다.

"지금 어딨냐니까?"

"저기 시골에 간다고."

"에이그, 내가 꾸며 놓은 말을 미스 서가 어떻게 알았어?"

"미스 김이 그러던데요."

"하하, 참 소문도 빠르군. 그건 내가 꾸민 말이야."

서나연은 심장이 방망이질 치듯 했다.

"미스터 리가 일이 좀 서툴길래 문책을 했더니 회사 때려치운다고 하고 나가서 여태껏 나오질 않아. 그래서 내가 아무도 모르게 휴가 처리 했지만 오늘 미스 서가 나오지 않았더라면 내가 연락이라도 할 참이었는데 마침 잘 왔군."

"어머! 그랬어요? 매일 회사 나간다고 나갔는데."

"히유, 미스터 리는 꼭 애들 같다니까. 도무지 일을 배우려 하질 않아. 엊그제 아침만 해도 서류에 부품명 스펠링이 틀렸잖아. 'B'를 'D' 로 썼길래 내가 이래서 되느냐고 좀 타일렀더니 밤에 잠을 못 자서 피곤해서 그랬다나하면서 변명을 하더라고. 그래서 내가 호되게 야 단을 쳤더니 완전히 돌아섰어."

"엊그제 그랬어요? 그 전날 밤은 우리 둘 다 정말로 밤 새웠어요."

"뭐어? 둘 다 밤새웠다고. 아니, 아무리 신혼이라 해도 그렇지. 어지 간히 놀고 그만 자야지, 밤을 꼬박 새웠어?"

그 말에 나연이는 얼굴이 아주 홍당무가 되어 가지고 고개를 숙였다.

"아니에요. 그날 밤 제 일거리가 많아서 달수씨가 도와주었어요."

"뭐어? 미스터 리가 도와 줄 일도 있어?"

"그 사람 컴퓨터 워드는 잘 하잖아요."

"으응, 그런 너저분한 건 다 잘하지. 아무거나 잘 뜯어고치기도 하 고 오죽하면 사장님도 만물박사라고 부를까. 한데 내가 보는 견지에 선 해 내는 게 아무것도 없어."

"……"

"이쪽 물 먹고 살려면 국제적으로 놀아야 되는 거 미스 서도 잘 알잖아. 영어, 일어도 할 줄 알아야 하고. 그런데 미스터 리는 영어 자신 없다고 하지, 일어 좀 배우라니까 그것도 대답뿐이더라고. 내가 후배하나 잘 키워 보려고 벼르다가 지쳤다니까. 생각해 봐, 미스 서 지금 당장 일본에 보내 놓고 상담을 하라면 할 것 같아? 일본 사람만 봐도 도망갈 거야. 영업이란 게 얼마나 어려워. 회사 일 다 알아야지, 바깥 일 다 알아야지. 아까도 얘기했지만 국제적인 감각이 없으면 끝이라고, 끝이야."

서나연은 달수 대신 자기가 혼나는 것 같아 쥐죽은 듯했다.

"...그래도 착한데."

"허허 참, 미스 서도 알만한 나인데 지금 세상 착하다고 밥 먹고 살아. 닳아 빠져도 겨우 목구멍에 풀칠하기도 바쁜 세상인데. 에휴, 내 원참. 거 있잖아. 옛날 바보온달 얘기 말이야."

"?"

"내가 볼 땐 미스터 리가 능력은 있는데 목표 의식이 없어. 살아가는 것도 그냥저냥 하루 해 넘기면 그만이야. 그러니 회사에 오면 내 눈치만 보지. 또 무슨 일 시키나 하고 말이야. 보나마나 날 원수로 알고 있을 거야. 내 참. 기가 막혀서. 그러니 미스 서가 잘 타일러서 무언가 하도록 해봐. 아마 모르긴 몰라도 미스터 리는 미스 서에게 폭 빠져 있더라고. 안 그러면 그대로 낙오야. 거 왜 있잖아. 바보온달과 거 뭐냐 낙랑공주인가?"

"평강공주예요."

"어, 맞아. 바보온달이 평강공주 만나서 온달 장군 되듯이 미스터 리가 온달보단 훨씬 나으니 장래는 훨씬 밝아. 미스 서가 평강공주라고 생각하고 역할을 생각해 봐. 안 그러면 어떻게 되는 줄 알아? 기사야, 운전기사."

듣고 보니 기가 막혔다. 눈앞이 노래지는 것 같았다. 잘났거나 못났거나 자기 신랑인데 바로 코앞에서 이렇게 심한 면박을 주다니. 나연이의 가슴은 콩콩거리며 뛰기 시작했다.

"미스 서, 서운하게 생각 말고 미스터 리 잘 키워 놔야지. 그래야 이 바닥에서 살 거 아냐. 내가 이렇게 키워 줄려고 하는데 마다 해 봐. 그 땐 후회한다고."

"죄송합니다. 제가 보기에도 달수씬 어린애 같아요. 장난만 치려고 하고 뭘 해 보려는 것이 별로 없어요. 그래도 요즘은 야학교 자원 봉사 선생으로 나가는데…… 거기엔 조금 취미를 붙이는 거 같아요."

"어엉? 학교 선생님으로 자원 봉사를 해?"

영업부장은 크게 놀라는 눈으로 나연이를 쳐다봤다.

"예. 벌써 한 달이 다 되어 가는데요."

"그으래? 거기선 잘 하남?"

"처음엔 어렵다고 쩔쩔매더니 지금은 잘하나 봐요. 제가 아는 언니가 거기에 있는데 만물박사래요. 이 과목, 저 과목 다 가르치고 허드렛일도 도와준다고 고맙다고 그러대요."

"어엄, 그렇군. 어쩐지 요샌 가끔 시간이 나면 무슨 책을 들여다보는 것 같더니 아무튼 잘 되었어. 하면 할 사람이라니까. 머리도 상당히 좋은 모양인데 그냥 썩지, 썩어. 안 써먹으면 녹밖에 더 슬어. 옛말에도 있잖아. 길가의 옥도 갈고 닦아서 광채를 내봐야 장식이 되든 그릇이 되든 한다고 말이야. 사람도 배우지 않으면 돌이야, 돌. 미스 서가 나보다 더 잘 알 텐데. 부친께서 교육자시니 귀가 아프도록 들었겠지."

"네, 그래요."

"아히. 그만하지. 이러다가 미스 서 골날라."

"아니에요, 괜찮아요."

"그래. 인생 선배로서 하는 말이니 내 얘기 고깝게 듣지 말아. 귀담아 잘 듣고 내일부터 미스터 리 출근하게 해. 지금쯤 어디 가서 세상 고민 혼자 다 하고 있을 거야, 알았지?"

"네."

영업부장은 학교 선생님 같은 말만 줄줄이 늘어놓았다. 나연은 자꾸 얼굴이 화끈거렸다. 하기야 자기 자신도 결혼해서 산다는 것이 뭔지도 잘 알지 못하고 있었지만, 달수라는 사람은 어린 아이 같고, 괴상한 사건만 만들고, 장난칠 궁리만 하고 있으니 참으로 난처했다.

이러다간 정말로 운전기사로 전락해 버릴지도 모른다는 걱정이 앞섰다.

"시간 너무 많이 지체했네. 난 그만 가 봐야 해. 같이 나갈까?"

"예, 저도 가야해요."

밖으로 나온 그들은 형식적인 인사를 하고 헤어졌다. 영업부장이 가끔 놀러오라는 말에 건성으로 그러겠다고 하고 말았다.

나연은 달수가 취해 잠든 여관으로 향했다.

'날더러 평강공주가 되란 말인가. 달수씨가 바보온달이라면? 호홋, 재미있는 발상인데 어쩐지 요 며칠 수상쩍다 했지. 아프다고 하질 않나. 돈이 필요하다고 하질 않나. 오늘은 또 대낮부터 술을 잔뜩 마셔 취하고. 아유, 어떻게 달래서 저 인간을 사람으로 만드나. 남들은 애 키우느라고 고생한다던데 나는 신랑이란 작자를 키워야 하나. 난 몰라. 결혼을 취소할 순 없나.'

비가 내리려는지 하늘이 온통 흐려졌다. 나연이 마음은 흐려진 하늘만큼이나 착잡했다.

여관에 돌아와 보니 달수는 여태껏 자고 있었다. 흔들어 깨울까하다 그냥 내버려 두기로 한 나연은 침대 끝에 걸터앉아 생각에 잠겼다. 우두커니 앉아 있던 나연은 몸이 나른해지면서 스르르 눈이 감겼다. 나연은 한쪽으로 비켜서 달수 옆에 누웠다. 그렇게 깜박 잠이 들었는지 무슨 이상한 느낌이 들어 눈을 떠 보니 달수가 어느 사이에 일어나 나연이의 젖을 빨며 한 손은 벌써 스커트 속에 들어가 있었다. 나연이는 어처구니가 없었지만 좀 전까지 아프다고 한 사람을 마구 떨칠 수도 없었다.

"언제 일어났어?"

"조금 아까. 아깐 어디 갔었어?"

"그냥 바람 쐬고 왔지. 이제 술 깼어? 대낮부터 웬 술이야. 배는 안 아파?"

"조금 덜한 거 같아."

"아프다는 사람이 이게 뭐야. 빨리 집에 가."

"……."

달수는 대꾸도 않고 정해진 순서대로 제 할 일만 하기 시작했다.

나연이는 자꾸 영업부장의 말이 떠올랐다.

'바보온달 같은 사람, 어린애 같은 사람, 말썽만 일으키는 이 사람을 어떻게 키우나.'

'난 평강공주가 되어야 하는데.' 으음. 바보온달과 평강공주라는 노래가 있었는데. 바보온달과 평강공주는 서로 흠모하는 사이였지만, 바보온달은 순박한 청년 평강공주는 평원왕의 딸. 공주야, 울지 마라. 자꾸 울면 온달에게 시집보낸다. 평강공주 온달에게 정말 시집가 아내가 되었네. 또 뭐지?

'바보온달은 공주님에게 글 배우고 활쏘기 배워 고구려의 늠름한 장군이 되어 싸움터에서 용맹 떨쳤네. 그 다음은 뭐지? 이걸 어디서 들었던가. 아후~ 맞아, 대학교 때 응원가에서 나왔지. 아음~'.

깊은 생각에 젖어드는 나연이는 몸에서 보내오는 신호 때문에 생각이 자주 단절되었지만 달수를 어떻게든 잘 키워야 한다는 데에는 변함이 없었다. 단지 그 방법을 몰랐다.

'지금부터 훈시를 할까 아니면 매일 바가지를 긁을까. 화를 내볼까. 영업부장 만나고 왔다고 할까, 말까. 내가 집을 나가 볼까.'

별의별 궁리를 다했지만 해답은 나오질 않았다. 아니, 할 수가 없었다. 두뇌의 신경이 더 큰 신경에 의해 지배당하고 있기 때문이었다. 그 큰 신경을 달수가 마구 조작하고 있었다. 큰 신경이 잠잠해질 무렵 두뇌의 신경이 다시 살아나기 시작했다.

"자기 힘들지 않아? 아프다던 사람이."

"그냥, 괜찮아."

좀 전까지 기세등등하던 것과는 달리 목소리에 풀이 죽어 있었다.

"자기, 오늘 회사에 안 나갔지?"

"그걸 어떻게 알아."

"그만 밖으로 나가."

"……."

흐렸던 하늘이 비가 내리려는지 더 어두워지더니, 곧바로 빗방울이 떨어지기 시작했다. 나연은 달수의 팔짱을 끼었다. 장난치기 좋아하고 말썽꾸러기이며 툭하면 장난기 섞인 말을 늘어놓던 달수가 돌부처처럼 걷기만 하니 온 세상이 적막에 싸인 듯했다.

"왜 회사에 안 갔어?"

"그냥."

"어제도 안 가고 그저께도 안 갔지?"

"...으응."

"어떡하려고? 다른 데 나가?"

"아니."

"어떻게 살아, 우린."

"그냥 살지."

"뭐가 그냥 살아."

"어제는 어디 갔었어. 아프다고 들어오더니."

"물 먹고 왔지."

"물? 약수터에 갔어?"

"아니."

"그럼 어떤 물을 먹었는데."

"그냥 물이야."

거리엔 벌써 어둠이 깔리며 빗방울이 '투둑'하고 떨어지기 시작했다.

"비 와. 어디로 들어갈까?"

"아니, 그냥 가."

"어딜?"

"그냥 아무 데나."

"이 비 맞고?"

"그냥 가. 많이 오진 않잖아."

"그래, 그럼 그냥 가."

나연이는 핸드백에서 손수건을 꺼내 머리에 덮고는 턱 아래에서 끝을 묶었다.

"자기 그러니까 꼭 시골애 같다."

"그래서 미워?"

"아니, 더 예뻐."

"자기도 뭘 써야지."

"나? 난 괜찮아."

그렇게 한참을 걷는 동안에 비가 좀 더 내리기 시작했다. 나연이는 그만 어디 들어가자고 졸랐지만 달수는 별다른 대꾸도 없이 걷기만 했다. 우산을 사자고 해도 막무가내로 싫다고만 했다. 그러다가 달수는 덜렁 신문 한 장을 사더니 이리저리 접어서 고깔모자를 만들었다.

"어머! 이게 뭐야. 이걸 어떻게 쓰고 다녀."

"이게 어떤데. 난 세상이 보기 싫어. 난 삿갓을 써야 해."

"그럼 이게 삿갓이란 말이야, 호호호."

"이게 삿갓이지 뭐야."

"난 창피해서 같이 못 가겠어. 저것 봐. 사람들이 다 쳐다보잖아."

"그래도 난 안 보이니까 신경 쓰지 마. 저들이 뭐라고 하던 안 보고 안 들으면 되잖아."

달수는 억지를 쓰며 신문지로 만든 고깔을 썼고, 나연이는 비닐우산을 사서 받쳐 들었다. 비는 아까보다 더 많이 내렸다. 신문 고깔은 얼마 못 가 비에 젖어 흐늘거렸다.

"우리 저기 가자."

나연이가 포장마차를 가리켰다.

"응, 거기 좋지. 하지만 술은 못 먹을 거 같은데."

"못 먹으면 어때. 비도 피할 겸 들어갔다가 나오자구."

"그래."

병아리 부부는 포장마차로 들어갔다. 거긴 늙어빠진 암수탉 부부가 있었다.

"뭘 드실라우?"

"그냥 아무거나 줘요."

"아녜요, 아무거나 말고 오징어 한 마리 데쳐 주세요."

늙은 암수탉 부부는 비가 와서 손님 끊겼다고 궁시렁거리며 오징어를 씻고는 뜨거운 물에 곧바로 데쳐서 숭덩숭덩 썰어왔다. 나연이가 한 점 먹어 보곤 조금만 더 익혀달라고 주문을 했고 그들은 별말없이 뜨거운 물에 푹 익혀 주었다. 오징어는 쫄깃한 맛이 없이 물컹하고 씹혔다.

"자기 어쩌려고 그래. 나 오늘 자기네 회사 갔다 왔다."

"어엉? 거긴 왜?"

"나도 그냥 내가 다니던 회산데 왜 못 가. 안 온다고 난리지. 가니까 왔다고 난리였지. 스타 됐었어."

"가서 뭘 했어?"

"뭘 해, 그냥 웃고 떠들고 나오다 영업부장 만났지."

"뭐라고? 부장을 만났다고 그놈의 백정이 여태껏 살아서 돌아다녀?"

"아이 왜 그래, 왜 죄 없는 사람보고 왜 그래."

"왜 죄가 없어. 백정은 푸줏간으로 가야지. 왜 나같이 멀쩡한 사람 뜯어먹고 살아. 백정을 보라고. 살이 피둥피둥 졌잖아. 그게 다 내 피와 살을 뜯어먹어서 그래."

달수는 분에 못 이기는 듯 허풍을 떨어가며 억울해 했다. 그리곤 배가 아프다면서도 소주를 컵에 따라 한 잔을 모두 마셔 버렸다. 나연이가 뺏으려고 했지만 막무가내였다.

"또 쓰러지려고 그래?"

"안 쓰러져. 백정이 먼저 쓰러져야지. 난 그때까지 살아야 해."

"자기 나도 한 잔만 줘."

"자기가?"

달수는 군말 없이 소주 한 잔을 따랐다.

"난 먹으면 안 되나. 이제 직장도 없는 남자 옆에 누가 있어. 먹여 살리지도 못 할 걸. 이 술이 이별주라고 생각하고 마실게."

그 말 한 마디는 달수에게 치명적이었다. 달수의 삶에서 나연이가 없다면 곧 자기도 없는 것이나 마찬가지라고 생각했다. 달수는 순간 나연이와 결혼하기 위해 온갖 머리를 써가며 겨우겨우 힘들게 결혼하고 고물차를 타고 제주도까지 가서 벌였던 해프닝들이 생각났다.

"정말이야?"

"정말이지. 내가 왜 허튼소릴 해. 자긴 이제 뭘 먹고 살아. 나 먹여

살릴 수 있어?"

"……그냥 일하지."

"어떤 일."

"그냥 아무거나."

"마음대로 해. 아무거나 일해서 자기 혼자나 먹고 살 수 있으면 해 봐. 난 또 여태껏 자길 믿고 한 푼이라도 벌어 볼려구 여기 저기 다니며 번역 일거리를 달라고 했는데 내가 미쳤지 좋은 사람 만나서 시집 갔으면 그냥 앉아서도 편히 먹고 사는데. 이게 뭐람."

나연이가 취하는지 넋두리를 하기 시작했다.

"어어, 왜 그래. 취했어?"

"취하면 어때. 이제 끝장인데 날더러 이래라 저래라 하지 마."

나연이는 술 한 잔을 손수 더 따라 홀짝거리며 마셨다.

"헤어져도 할 말은 해야겠어."

"뭔데?"

"자긴 아무나 보고 나쁘다고 하는데 그게 잘못야."

"왜 뭣 때문에 그런 소릴 하는 가야."

"엊그제 영업 부장한테 혼나고 그냥 나와 버렸다며? 그리곤 오늘까지 출근도 하지 않고."

"……."

"그걸 누가 휴가 처리 했는 줄 알아?"

"누군데?"

"영업부장이지 누구야."

"에엥? 백정이?"

"백정 백정하지 마. 그 사람은 천사야."

"무슨 말을 하는 거야, 지금."

"이제 알게 될 거야. 내가 얘기해도 모르겠지만 부장이 자길 얼마나 생각하는 줄 알기나 알아. 자긴 뭐야, 도대체."

나연이의 언성이 점차 높아졌다. 달수는 나연이가 그럴수록 정신이 들기 시작했다

"자기란 사람은 도대체 어떻게 살아가는 거야. 부장은 그래도 자길 키워 보려고 무지 애를 쓰는데. 국제화 시대라고 외국어도 알아야 한다고 하고. 일어도 잘 배워 둬야 자기 후임으로 쓴다고 하던데. 자긴 뭐난 말야. 시키는 것도 겨우 마지못해 하고. 뭐 하나 하는 게 있난 말야. 매일 출근해서 영업부장 눈치나 살피다가 집으로 쏜살같이 와선 장난이나 치려고 하고. 내가 뭐 자기 장난감인 줄 알아. 나도 여지껏 참았지만 더 이상 못 참아. 이젠 끝장야, 이달수와 서나연은 이 시간부로 끝장이야, 끝장!"

나연이는 또 술 한 잔을 따랐다. 달수가 놀라서 술잔을 뺏으려하니 몸까지 핵 돌리며 입에 털어 넣고는 오만 가지 인상을 써 가며 맹물 한 모금을 마셨다.

"자기 술 못 하면서 왜 그래 진정해."

"왜 못 해. 누군 뱃속에서부터 술 배웠어? 마시면 되지."

"어어, 왜 그래."

"아유 세상이 돈다 돌아. 서나연이도 이제 끝장이다 끝장. 자기 잘 있어. 나 간다."

나연이는 벌떡 일어나 포장을 들추고 나갔다.

"어어! 안 돼."

"손님 ! 계산은 하고 나가야죠."

달수는 호주머니를 털다시피 하고 나연이 뒤를 쫓았다.

불빛이 밝다고는 하지만 비가 오고 수많은 사람들이 붐벼 나연이의 모습은 보이질 않았다. 달수는 비를 맞고 뛰면서 비닐우산만을 찾았다. 어떻게 빨리 뛰다보니 파란 비닐우산을 앞질러 뛰는 듯했다. 미처 못 본 모양이었다. 달수는 얼른 뒤돌아 비닐우산 속을 들여다보았다. 하늘이 도왔는지 나연이었다.

"어어, 그냥 가면 어떡해?"

"그럼 그냥가지. 한대 때리고 가나."

"나 집에 갈 차비도 없단 말야. 술값을 내고 가든가 내게 돈을 주고 가야지."

여전히 달수에게선 어이없는 말이 튀어 나왔다. 나연이는 더 이상 군말 않고 핸드백을 열어 동전을 꺼내 건네주었는데 서 있는 모습이 조금 휘청거렸다.

"어, 자기 취한 거 같은데? 술은 왜 먹었어."

"됐어요. 자 이거 갖고 가요. 난 신경 쓰지 말고."

달수는 동전 몇 개를 받고도 그 자리에 서 있었다.

"빨리 갈 데로 가요. 나도 가게."

"자길 두고 어딜 가. 누가 자기 때리면 어쩔려구."

"누가 때려. 난 아직 맞고 살지 않았으니까 걱정 말아요."

"그래두. 혹시 나쁜 깡패가 나타날지 알아."

"걱정도 팔자셔. 자기 몸이나 챙겨요. 그대로 비 맞고 있다간 감기 걸려 죽겠네."

"저기 말야. 한 가지만 묻겠는데."

"……해 봐요"

"백정이 정말 그렇게 말했어. 날 키워 보려구 했다고 말야."

"이 마당에 거짓말하게 됐어요. 난 거짓말 모르고 자란 사람이야."

"그럼, 내가 아직 퇴학당하지 않았나?"

"그럼."

어이없게도 달수는 '퇴사' 소리를 '퇴학'으로 말했다. 나연이는 갑자기 터져 나오는 웃음을 참느라고 입을 삐죽거려야 했다. 그랬더니 달수는 나연이가 자기가 좋아서 입을 삐죽거리는 줄 알고는 얼른 나연이의 비닐우산 속으로 들어갔다.

"왜 그래. 여긴 좁은데."

"추워."

나연이는 생각했다.

'이 어린 아이 같은 사람을 어떻게 키워야 하나. 내가 무슨 재주로

평강공주가 된단 말인가.'

　나연이가 더 이상 아무 말 없이 서 있자 달수는 나연이의 어깨에다 손을 올려놓았다. 다 젖은 옷에서 물이 흘러 내렸다.

　"그럼 나 나가도 된대?"

　"오늘까지 휴가로 잡아놓았대. 부장이 내일부터 나오래."

　"어, 그래! 백정이 그랬어? 백정이 사람 되었네. 히히힛. 빨리 집에 가자 추워 배고파 죽겠어. 나 어젠 물을 많이 먹었다."

　"무슨 물인데 아까부터 자꾸 그래?"

　"그냥 물이야. 그냥 물."

　달수는 괜히 눈물이 핑 돌아 하늘을 올려다보며 나연이의 어깨를 힘주어 감싸 안았다. 집에 돌아온 달수는 여전히 나연이 곁을 떠나려 하지 않았다. 마치 젖먹이 어린 아이가 제 어미를 떨어지지 않으려 하듯이. 할 수 없이 나연이는 다 큰 아이 달수에게 젖을 먹여야했다.

59. 새로운 인생

한편, 야학교에 선생님으로 나가기 시작한 달수는 새로운 인생을
시작했다. 남을 돕고 사는 것에 삶의 보람을 느끼기 시작한 것이다.
학생들을 위하여 참고서를 뒤적이고 검정고시에 출제될만한 내용을
간추려 설명을 해 주는 등 온갖 열성을 다했다.

공부뿐만 아니라 허드렛일까지 도와준 적이 한두 번이 아니었다.
희미한 형광등을 교체했으며 교실 문짝이 삐그덕 거리는 것도 고치
고, 하다못해 고장 난 커피포트도 수리하는 등 그야말로 만물박사에
걸 맞는 역할을 톡톡히 수행했다.

한번은 이런 일도 있었다. 수업 도중 갑자기 정전이 되는 바람에
순간적으로 학생들은 비명을 질러대기 시작했다 이럴 경우 원래는
벽에 붙어 있는 비상등 장치가 있었으나 작동이 되지 않아 칠흑 같
은 어둠에 휩싸였다.

그 때 달수는 벽을 짚고 더듬적거리면서 겨우겨우 전원단자를 찾
아 끊어진 휴즈를 갈아 전깃불이 들어오게 하였다. 그리고선 교실로
되돌아갔더니 학생들이 비명을 질러대며 환영하는 바람에 대 스타가

된 듯 했다. 참으로 그들은 순진했다.

그러는 동안에도 노사장의 하청 대금 건에 관한 서류를 간간히 봐주었는데 일이 의외로 잘되어 가는 모양이었다.

"이선생님!"

노사장이 교무실을 열면서 달수를 불렀다. 달수는 놀랐지만 옆에 있던 홍선생도 얼결에 놀랐다.

"아이구, 계셨군요. 안녕하세요!"

"예, 지금 마악 왔습니다."

"저도 마악 뛰어왔습니다. 이 선생님께서 봐 주시던 하청 대금이 해결 되었습니다."

"아직 재판도 받지 않았잖아요."

"예, 그렇지만 이 선생님 말씀대로 소장을 써서 접수시키고 그놈들에게 겁을 주려고 그걸 복사해다 우편으로 부쳤지요 '너희들이 안 갚으면 법으로 해결한다' 는 식으로 말입니다. 그랬는데 오늘 낮 점심때가 다 되어서 전화가 왔어요. 그놈들한테서. 오늘 해결할 테니 소를 취하하라고 하대요. 그래서 하청대금을 빨리 결제하라구만 했지요. 그랬더니 또 은행 계좌가 먼젓번과 같냐고 묻길래 그렇다고 했더니 오늘 오후에 입금시킨다고 하잖아요. 그럼 그렇게 하면 소를 취하한다고 했지요. 그러구서도 긴가민가해서 아까 은행 문 닫을 무렵에 마침 밖에 나올 일도 있고 해서 가 봤지요. 아, 그랬더니 정말로 오백만 원이 입금된 것 아닙니까. 하하참, 그놈들이 굴복을 했지요."

늙은 학생 노 사장은 만면에 웃음을 지으며 좋아서 어쩔 줄을 몰라했다. 홍선생과 달수도 이에 동조하며 기뻐했다.

"이 모든 게 다 이선생님 덕분입니다. 이거 어떻게 인사를 해야 할지 모르겠습니다."

"제가 별로 한 일도 없는데요. 노사장님 노력 덕택이죠, 뭐."

"아닙니다. 아녜요. 저 같은 까막눈이 뭘 알아서 그렇게 합니까. 다이 선생님 덕분이죠. 저놈들도 내가 까막눈인 줄 알고 고의적으로 그런 게 분명합니다. 그러다가 법적 서류를 완벽하게 꾸며 내 놓으니 겁을 먹은 것입니다. 이이그, 나쁜 놈들."

노사장은 까마귀 고기를 먹고 까마귀가 되었는지 '까막눈'을 연발했다.

"그러기에 배우셔야죠."

"암만요. 그래서 이렇게 올빼미 노릇 하질 않아요."

야학생들이 밤에만 다닌다고 속칭으로 올빼미 학교라고 부르고 자기들은 올빼미라고 불렀다. 어쨌건 노사장은 까마귀에서 올빼미로 변신했다.

"제가 올빼미 학교에 들어오길 잘했습니다. 제가 돈이 없어서 여기 온 것이 아닙니다. 시내 검정고시 학원엘 가보면 뻔히 학교에 다닐 나이 또래들이 거기 와서 쭈그리고 앉아 있어요. 학교는 안 다니고 그래야 무슨 성적인가…… 으음, 거 있잖아요?"

"내신 성적요?"

"예, 그거요 내신 성적이 좋아진다고 그러고 있으니 나 같은 사람이 있을 수가 없더라구요. 눈치도 달갑지 않구요. 그러다가 우리애들 (종업원)이 여길 다닌다는 소릴 듣고 염치, 체면 불구하고 여기 오게 되었잖습니까."

노사장은 홍선생에겐 이런 말을 이미 한 듯 홍선생과 달수를 쳐다보았다

"그러셨군요. 노사장님의 투지면 검정고시는 물론이고 대학도 진학하실 수 있을 겁니다."

"꼭 그렇게 하겠습니다 아 그리고 이거."

노 사장은 주머니에서 흰 봉투 두 장을 꺼내 들었다."

"?"

"?"

홍선생과 달수는 의아한 눈초리로 서로 쳐다보다가 눈이 마주쳤다.

"이건 이선생님이 도와주신 덕택으로 사건을 해결했으니 답례를 하는 겁니다. 그리고 이건 우리 올빼미 학교를 위해 써달라고 내놓는 것입니다. 오백만 원 다 희사할 순 없고 한 장씩 넣었습니다."

노 사장은 검지 손가락을 세워 보이며 봉투를 전하려고 했다.

"예에?"

"옛?"

"아이구 아닙니다. 그거 받을 수 없어요. 당연히 도와 드려야지요.

제가 한 일이 뭐 있어요. 서류 만드는 거나 조금 봐줬지. 그러시면 안 됩니다."

"어머나! 너무 과분해요. 주시려면 조금만 주세요."

달수는 질겁을 하며 그만두라고 했지만 홍선생은 안 받겠다고 하진 않았다. 올빼미 학교 살림이 말해주듯이.

그러나 노 사장은 그럴수록 어깨와 목에 힘이 들어가면서 무조건 주려고 해서 할 수 없이 달수가 또 무슨 말로 둘러대야 했다.

"노사장님, 제가 지난번에 말씀 드렸잖아요. 이런 걸로 사례비 받으면 변호사법에 위배됩니다. 그러면 큰일 납니다."

"영창가요?"

"그럴 수도 있지요."

"그럼 이 학교에 내놓은 것도 걸립니까?"

"그건 학교에 기부금을 내는 거니까 상관없습니다."

"아이그, 내 돈을 내 마음대로도 못 쓰는 세상이네."

노사장은 그래도 달수에게 사례를 하려고 했지만 달수는 이래서는 안 된다고 만류하며 끝끝내 사양했다.

결국은 노사장이 백만 원을 내놓으며 오십만 원은 올빼미 학교에서 쓰기로 하고 오십만 원은 여름휴가 때 경비로 쓰기로 하고 겨우 합의를 보았다. 그러나 그날 밤 수업이 끝나고 집에 가려고 하는데 노사장이 어느 사이에 준비했는지 학생들에게 빵과 음료수를 나눠주었고 홍선생과 달수에겐 묵직하고 커다란 쇼핑백을 하나씩 건네주었다.

"아이그, 선생님들 이것까지 거절하면 저 학교에 안 나옵니다."

"아유, 고집도 어지간하시군요."

"거참, 괜찮다는데두요."

집으로 돌아가는 달수는 묵직한 쇼핑백을 들었건만 몸은 날아갈 듯이 가벼웠다. 한편으로 생각하연 노사장이 주는 사례금을 조금이라도 받을 걸 하는 마음도 있었으나 그냥 받지 않기를 잘 했다고 스스로 만족해했다.

달수는 흥얼흥얼 콧노래까지 부르며 둥지로 날아갔다. 나연이는 아직 들어오지 않았는지 문이 잠겨 있었다.

"어? 지금이 몇 시인데, 번역일 때문에 바쁜가."

달수는 열쇠로 문을 열고 들어가서, 컴컴한 거실에 불을 켜려는 순간,

"캬악!"

여자의 비명이 들렸다.

순간적으로 놀란 달수는 쇼핑백을 떨어트리며 본능적으로 뒤를 돌아보았다.

"어어!"

"히힛, 나야, 나."

나연이었다.

"어이구! 깜짝 놀랐네."

나연이가 불을 켜면서 재밌다는 듯이 깔깔거렸다. 웬만해서 장난을 하지 않고 늘 달수에게 골탕을 먹던 나연이가 웬일인가 부부는

닮아간다더니.

"웬일야. 애 떨어질 뻔했잖아."

"웬 애? 요샌 남자가 애 배남?"

"그럼, 아바님 날 낳으시고 어머님 날 기르시고, 시조도 몰라?"

"또 또 아는 체하긴 이게 뭐야? 애 떨어진 게 아니고 이게 떨어졌네. 이게 뭐야?"

평소 쇼핑백을 들고 다니지 않던 달수여서 무얼 가져왔는지 궁금했다.

"으응, 그거, 나도 몰라 노사장이 주데."

"봉제 회사 노사장님이?"

"왜 내가 전에 말했잖아, 하청 대금 못 받아서 쩔쩔 매길래 내가 서류 봐준다고 했던 거."

"그래, 일이 잘 되었어?"

"그렇대."

"그럼 다 받게 되었어?"

"으응, 오백만 원 오늘 다 입금되었더래. 날더러 고맙다고 글쎄 백만 원이나 주겠다지 뭐야."

"어머나, 그래서."

"뭘 그래서야, 한사코 안 받는다고 우겼더니 끝날 때 나하고 홍선생에게 이걸 하나씩 주었어. 그래도 백만 원은 학교에 기부한 셈이야. 오십만 원은 학교 살림에 쓰고 오십만 원은 여름휴가에 쓰기로 했어."

"그 노사장 의리 있는 사람이네. 그럼 자기에겐 한 푼도 없어?"

"그럼 내가 그 돈을 어떻게 받아, 서류만 조금 봐준 것 뿐인데, 종업원들이 밤을 새다시피하며 고생해서 번 돈을 어떻게 함부로 받아. 그랬지만 집에 올 때 생각하니 한 돈 십만 원이라도 받을 걸 하는 생각이 들더라고 근데 잊어 버렸어 도와준 건 그걸로 그쳐야지 안 그래?"

웬일로 달수가 어른스러운 말을 청산유수로 했다. 나연이는 달수의 그런 일면을 보고는 적이 놀랐다.

'저 엉뚱한 사람의 본색이 뭔가. 말썽거리만 만드는 줄 알았더니.'

이번엔 나연이가 달수를 대견스럽게 여겼다.

"잘했어. 그 사람들 딱한 사람들이야. 그 노사장도 홍선생이 그러는데 시골에서 겨우 중학교 마치고 닥치는 대로 막일을 하다가 봉제회사에 취직하여 갖은 고생을 했대. 지금도 하청 받아서 그달 그달 살아가는 모양이야, 종업원이 삼십여 명이나 된다지만 큰 실속이 없나 봐. 아무튼 자긴 엉뚱한 줄로만 알았는데 너무너무 의리있고 착해."

나연이가 역시 어른스럽게 한 마디 했다. 평소 같으면 돈 몇 푼 아끼라고 바가지 긁다시피 하는데 오늘따라 그런 거에는 초연하다니 도무지 알 수 없었다.

"자긴 착한 일 많이 해서 이담에 큰 보답을 받을 거야."

나연이가 한 마디 덧붙였다.

"히힛, 그럴 걸, 위선자는 천보지이복하고 위불선자는 천보지이화

(爲先者는 天報之以福하고 爲不善者는 天報之以禍)니라."

"에유, 또, 그 소리 귀에 못박이겠네."

"히야~ 그냥 그 돈 백만 원만 있었더라면, 그냥 그걸."

"또 변덕이야 그 돈 백만 원 있으면 어쩔 건데?"

"누구주지."

"누구?"

"누구긴 내가 잘 아는 여자지."

"그게 누군데?"

"안 알려 줘."

"좋아. 그게 어떤 여잔지 알려주기 전엔 미팅 거부다. 알았지?"

"으엥? 미팅 거부? 그건 안 돼."

"그럼 누구야?"

"누구긴 그 돈으로 다이아 반지 사서 서나연이 주어야지."

달수는 나연이에게 결혼반지를 가짜로 준 것이 마음에 걸리는지 그 얘기를 또 꺼냈다 이에 나연이는 갑자기 숙연해진 목소리로 말했다.

"자기, 거기에 연연하지 마, 난 자기만 있으면 돼, 자꾸 그런 소리 마, 자기처럼 착한사람은 언젠가 크게 잘 될 거야."

그러면서 나연은 달수가 자랑스럽기도 하고 딱하기도 한 듯 달수를 어루만지며 입을 맞추었다. 그날 밤은 나연이가 달수에게 온갖 봉사를 다했다.

60. 여름 휴가

그럭저럭 세월은 가서 여름철이 다가왔다. 올빼미 학교에도 여름 방학이 있다고 했지만 겨우 이십 일밖에 되질 않았다.

하지만 회사에 다니는 학생들인지라 말이 방학이지 그들 중 대부분은 그 시간을 공장이나 회사에서 보내야 했다. 대개의 업체들이 그렇듯이 그 해 여름도 오일 간 여름휴가가 주어지는 모양이었다.

백두반 반장이 앞에 나서서 여름휴가에 대해 회의를 주도했다.

"우리 여름휴가가 한두 명 빼놓고는 거의 똑같애요. 칠월 이십구일부터 팔월 이일까지 그래서 여러분의 의견을 듣고 함께 갔으면 합니다."

백두반 반장은 나이가 스물여덟이나 되는 노처녀였다. 사연이야 많겠지만 어찌어찌 하다 보니 세월을 놓치고 뒤늦게 야학에 들어왔다.

"그럼 우리 모두 한 장소로 가자는 거예요?"

"네, 작년엔 각자들 갔지만 올해는 가급적 학교를 통해서 단체로 갔으면 합니다. 여러분도 아시다시피 여긴 정규 학교와 달라 일년내내 가야 수학여행은 커녕 소풍 한번 못 가지 않습니까. 그러니 이번부터는 오일간의 휴가 중 이박 삼일 정도의 시간을 내 모두 함께 휴가를 갔으면 합니다."

"그러면 선생님들도 가시나요?"

"선생님들도 모시고 가야지요. 우린 학생인데 선생님을 꼭 모시고 가야 합니다. 이달수 선생님은 내외분을 모시고 그리고 노사장님도 사모님을 모시고 오시지요?"

백두반 반장이 맨 뒷줄에 앉아 있는 노사장을 바라보며 물었다

"나? 나야 안 가면 어때서 다 여자들뿐인데."

노사장은 평소와는 달리 쑥스러운 표정을 지었다.

"어머나! 노사장님 꽃밭에서 놀면 얼마나 좋아요, 십 년은 젊어질 거예요."

"같이 가세요. 사모님 모시고 가세요."

"그냥 가셔도 왜요. 제가 대신 할게요."

여기저기서 여러 말이 튀어나오며 웃음소리가 '와그르르' 했다.

여러 얘기가 오간 끝에 올빼미 학생들 전원이 참석하는 것으로 정하고, 이달수 선생님 내외와 노사장 내외, 홍선생님과 자원 봉사 대학생 선생님들 다섯명이 참석하기로 했다. 대학생 선생님은 둘은 남자고 셋은 여자였다.

모두 합하니 사십오명이나 되어서 관광버스 정원에 꼭 맞았지만 노사장은 자기의 승용차를 타고 간다고 했다. 널리 알려진 해수욕장은 혼잡하다고 하여 크게 알려지지 않은 자그마한 바닷가로 장소를

정하기로 했다.

　드디어, 여름휴가 날이 왔다.

　모두 패션모델이 된 양 호화찬란하게 입고 나왔다. 우리나라 방직 회사에서 옷감 생산을 덜 하는지, 아니면 지독하게 절약을 하는지 위아래 옷들이 모두 한두 뼘씩이나 부족한 옷들을 걸치고 나왔다

　"우와! 경치 좋다. 바다까지 갈 필요 없겠는 걸."

　"자기. 어디다 한눈팔아."

　"으응, 그냥 저기."

　서나연이 웃으며 달수를 꼬집었다. 이미 와 있던 홍선생과 학생들이 일시에 달수를 알아보고 인사를 하고 나연이와 비슷한 나이 또래인 학생들까지 나연이 더러 '사모님'이라고 부르며 반겼다.

　달수는 그 동안 그런대로 이해를 하고 있었는데 나연이는 어쩔 줄 몰라 하더니 급기야 홍당무 얼굴을 하고선 맞공대를 했다.

　그들은 국민(초등)학교 학생들처럼 천진난만했다. 이미 먹을 것을 많이 준비해 왔는데도 불구하고 틈만 나연 달수와 나연이에게 자꾸 무얼 갖다 주었다.

　달수는 남을 돕고 이런 대우를 받는 데 매우 흡족한 모양이었고, 서나연 역시 그런 눈치였다. 그들을 태운 관광버스는 음악에 맞추어 흔들거리며 무려 다섯 시간이나 걸려 바닷가에 도착했다.

　대강 짐을 내려놓고 점심 겸 저녁을 해먹은 다음, 텐트를 치고 놀

이마당을 꾸몄다. 대학생 선생님들이 어찌나 민첩하게 행동을 하고 지시를 하는지 거기 있던 학생들은 놀란 표정을 짓고만 있었다. 하기야 그들은 텐트 하나 제대로 칠 줄 아는 사람이 없었기에 대학생들의 활약은 눈부셔서 순식간에 텐트가 세워지기 시작했다. 그리고 반장과 홍선생이 나서서 텐트를 배정하는데 노사장 내외를 따로 배정하고 선생격인 달수 내외, 남자 대학생 2명, 여대생 3명만을 조금 나은 텐트로 지정하고 나머지는 마음에 맞는 사람들끼리 어울리라고 했다.

그들은 어느 사이에 각종 게임 프로그램을 준비해 와 율동을 하고 기타를 치며 노래를 불렀다. 넌센스 퀴즈 문제도 있었는데 맞추지 못하면 벌칙이 기다리고 있었다 달수가 듣기엔 흔해 빠진 내용 같았지만 야학교 학생들은 별로 아는 것이 없어서 어느 팀이고 간에 점수가 저조했다.

아홉 명의 자식을 세 글자로 줄이면?

-아이구.

소 일곱 마리를 일렬로 늘어놓고는 정변에서 총을 쐈다. 그런데 일곱 번째 소만 죽었다 왜 그럴까?

-황소였기 때문 (그래도 모른다) 황소 불알에 총알이 맞았으니까.

소 한 마리가 머리를 동쪽으로 향하고 있었다. 꼬리는 어느 쪽을 향하고 있을까?

-서쪽. (아니다.)땅쪽.

좀 야한 문제도 있었다.

의자에 남자 한 명이 앉아 있었고 남자 무릎 위에 여자가 또 앉았다 그러면 다리가 모두 몇 개일까?

-8개 (왜냐구?) 의자 다리 4개, 남자 다리 2개, 여자 다리 2개 (틀렸다)

-6개 (왜냐구?) 의자 다리 4개, 남자 다리 2개, 여자 다리는 공중에 떠 있으니깐 제외해야 한다나 (그것도 틀렸다. 히힛, 그것도 몰라)

-9개. (정답이다) 의자 다리 4개, 남자 다리 3개, 여자 다리 2개.

그런 문제가 어땠냐구 아우성이다 하기야 여자들이 잘 알 리가 없지.

달수가 번번이 이런 문제들을 알아맞추자 나연이가 제법이라는 듯이 쳐다보았다.

"에유, 만물박사 실력 진짜로 나오네. 남들이 안 하는 짓만 하고 다니더니."

"히히힛, 그것도 몰라?"

"혹시 자기가 문제 꾸며 준 거 아냐 다 알고 있게?"

"아냐. 난 하나도 손 안 댔어. 대학생들이 만들어 온 모양이야."

"그렇게 아는 게 많으면서 신혼여행 때 내가 낸 문제 풀었어?"

"어엉? 그거, 생각 안 해봤는데 까맣게 잊고 있었어."

"그럼 죽은 목숨이지 모르니깐 둘러치긴."

"그럼 내가 낸 문제는 알아냈어?"

"나도. 나도 잊어먹었다."

"자기도 우주인한테 죽었다. 하하핫"

"자기가 먼저 죽고서는. 근데 그 답이 뭐야?"

"답? 안 돼. 끝까지 풀어 봐."

"치~. 이러다가 일 년 십 년은 가겠네. 빨리 말해 봐. 나도 일러줄 테니까"

"좋아 그런데 내 문제의 해답은 여기선 안 되니까 이따 텐트에 가서 하자구. 자기부터 말해 봐 나도 이따가 알려줄 테니까."

"누가 그러면 속을 줄 알고, 이따가 봅시다. 만물박사님."

"하하하. 좋다구 좋아. 이따가 맞바꾸는 거야."

아무튼 여기서 등장한 벌칙 중에도 엉덩이로 이름 쓰기가 있었다. 그러지 않아도 벗다시피한 짧은 옷들만을 입고 있는데 모두들 낄낄대며 벌칙을 당하고 구경을 하곤 했다. 그걸 본 달수는 지난번 아파트 입구의 포장마차에서 만난 최사장이라는 사람이 문득 떠올랐다.

중국에 가발 공장을 차렸다가 야유회 가서 벌칙으로 엉덩이로 이름을 쓰라고 했다가 폭동을 일으켜 쫄딱 망했다고 술만 퍼마시던 최사장. 지금은 무얼 하는지 궁금했다. 달수는 그 생각에 그만 '히히힛' 하고 혼자 웃고 말았다.

"자기, 그렇게도 좋아. 아이, 쫌 이상하다. 난 보기 민망해."

"뭐가 어때서 자기도 대학교 때 저런 벌칙 안 당해 봤어?"

"그때야 엉겁결에 했지만 지금 보니 망측해."

"쟤들도 엉겁결에 하는 걸 거야. 히히히, 쟤 좀 봐 끝내 준다."

"어머머! 저런! 아유!"

달수가 보라는 여학생은 다른 사람과는 달리 엉덩이를 뒤로 더 쑤욱 빼고는 획을 큼직큼직하게 그어대고 있는데 그 획이 평면 획이 아니라 입체로 획을 긋고 있었다. 모여 있던 사십여 명의 사람들은 떼굴떼굴 구르며 웃기 시작했다. 달수와 나연이도 웃기 시작하다가는 나중에는 눈물까지 흘려야 했다.

"야. 하하하하."

"하하하하."

"크하하하!"

"와아아아하하!"

그들은 시간 가는 줄도 모르고 놀다가 밤 열두 시 가까이 되서야 겨우 진정하고 텐트로 돌아갔다. 달수와 나연이는 텐트 속에서 자려 하니 잠이 쉽게 오질 않았다. 둘은 플래시를 켜서 텐트에 매달고 엎드렸다.

"참, 아까 퀴즈 해답 말해 주기로 했잖아."

"으응, 그랬지 근데 내 문제 해답은 그냥 말로는 안 되는데."

"또 엉뚱한 소리 하려구? 안속아"

"아냐 진짜 맞바꾸기야 종이하고 볼펜 좀 줘 봐."

"툭하면 시키기는."

나연이는 별로 싫어하는 기색 없이 종이와 볼펜을 꺼내 왔다.

그리고는 종이를 반으로 잘라서 해답을 쓰고 교환하기로 했다.

먼저 나연이가 뭐라고 쓰더니 종이를 곱게 접기 시작했다 달수는 무언지 길게 끄적거리기 시작했는데 한참이나 걸리자, 나연이는 접었던 종이를 다시 펴서 학을 접기 시작했다

"아이, 뭘 그리 많이 써. 이제서야 문제 푸는 모양이지."

"아냐. 이건 진짜로 답이 그래. 자 다 됐다. 바꿔."

"자 여기. 난 학 접었어."

"히잉. 잘 접었다."

둘은 해답을 바꾸고 각자 펴 들었다.

나연이의 답은 '나는 총살 당할 것이다' 였고 달수의 답은 그림처럼 되어 있었다.

"이게 뭐야?"

달수가 먼저 물었다.

"이건 또 뭐야? 답 아니지?"

나연이도 동시에 울었다

"답 맞아. 그런데 이게 무슨 소리야?"

"이건?"

"에유, 진짜 답이라니까 그러네. 내가 설명해 줄게 이것부터 말해 봐."

"또 속는 거 아닌지 모르겠네. 좋아 그것도 진짜 답이야 추장이 참말이면 교수형, 거짓말이연 총살형이라고 그랬지 생각나?"

"엉. 그거 생각나."

"그러니까 정답이지. '나는 총살당할 것이다.' 이게 참말이면 교수형에 처해야 되고 교수형에 처한다면 그 사람 말이 거짓말이 되는 셈이고 그게 그렇게 거짓말이라면 진짜 총살형에 처하게 되는 거니까 그 말 자체가 참말이 되는 거지. 그러니까 추장은 머리가 혼란스러워서 아직까지 집행을 못 하고 있다니까."

"뭐야! 크하하하하. 기막힌 문제다."

"자기도 빨리 설명해 봐."

"이거. 알고 보면 아무것도 아냐. 그렇게 세워서 보지 알고 가로로 봐 지난 번엔 이것만 알려 줬는데 위아래를 검게 칠하고 보면

하얗게 남아 있는 곳이 바로 글자야. 보여? 이거 영어 대문자. 'PEACE'지 우리말로 '평화' 어때?"

"어머나! 정말, 정말 이러니까 글자가 나타나네. 어머나! 내가 이걸 모르다니 이것 봐 손으로 막기만 해도. 'PEACE'가 나타나는 걸 난 또 자기가 세워서 보여주길래 무슨 포탄이 뚜뚜둑 하고 떨어지는 줄 알았지 어머! 호호호."

"야, 이제 우린 둘은 다 살았다."

61. 우와! 똥이다

둘은 시간 가는 줄도 모르고 시시덕거렸다. 얼마쯤 시간이 흘렀을까 찌는 듯한 더위는 어느덧 가시고 싸늘한 냉기가 스몄다.

"어휴, 춥다. 밤바다가 차긴 차구나."

"이거 덮고 자야 해요."

나연이가 얇은 담요를 끌어다 달수에게 덮어 주었다.

"그거 덮으니깐 또 덥다."

달수가 다시 벗어 던지니 나연은 더 이상 말없이 자기만 배에 담요를 덮고 누웠다.

"그만 자 시간이 너무 지났어."

나연이가 그러면서 플래시 불을 껐다. 그들은 잠을 자긴 자야했는데 그러나 도무지 두 눈이 말똥거렸다. 다른 텐트 사람들도 그런지 부스럭거리는 소리가 나며 밖으로 나오는 모양이었고, 몇명은 파도 소리에 맞추어 노래를 불렀다.

"우리도 나갈까?"

"나가서 뭘 해. 학생들한테 시달릴걸."

달수의 푸념이었다.

"하긴 그래, 난 괜히 왔나 봐 같은 나이 또래 학생들에게 사모님 소리를 들으니깐 온몸에 소름이 끼치더라구. 호호호."

"어때 나도 처음엔 선생님 소리를 듣기가 아주 어색하더라구. 저기 있잖아. 노사장님 말야 그 양반이 그러는데 미치겠더라구. 음식점에 가서도 날더러 꼬박꼬박 선생님이라고 하니 옆에 있던 사람들이 다 날 쳐다보는 것 같아서 혼났어."

"너무 너무 순진하다. 그치?"

"응, 지금은 만성이 되어서 그런지 괜찮아."

둘은 두런두런 얘기를 잘도 나누었다.

밤이 점점 깊어져 소란스럽던 밖이 점점 고요해지며 철썩거리는 파도 소리만 들려 왔다.

그때쯤 해서 달수는 춥다고 담요를 끌어다 덮더니, 잠시 후.

"…어디다 손을 넣어?"

나연이가 몸을 틀며 나지막이 말했다.

"왜?…… 안 돼?"

"그만 둬. 여기서 어떻게."

"가만있어 봐."

"아이~ 참~. 그러지 마."

달수와 나연이는 누가 들을세라 서로 소근거렸다. 그러면서 달수는 어딘가를 향하여 진행을 하고 나연이는 하지 말라고 몸을 꼬고 비틀고 그랬지만 새장 속에 갇히다시피 했기에 더 이상 꼼짝달싹 할 수도 없었다.

"이러면 성폭행이야."

"히히힛. 마누라 성폭행했다고 소리 질러 봐."

"어머! 점점 아유 그만 둬 거기까지 그러면 어떡해."

나연이는 피할 때까지 피했지만 더 이상 어쩔 도리가 없는 모양이었다.

그때였다.

"자기 잠깐만. 이상한 냄새나. 혹시 방귀 뀐 거 아냐?"

"뭐야? 이 판국에 무드 깨고 있어."

"아냐. 이상한 냄새가 아까부터 나는 것 같더니 지금은 더 해."

"이그. 산통 다 깨네."

"정말야. 잘 맡아봐."

"어디, 킁, 킁."

어둠 속에서 달수는 코를 벌름거리며 냄새를 찾았다

"어어. 진짜네. 구린내 아냐. 자기가 혹시 방귀뀐 거 아냐."

"뭐야? 자꾸 그럴 거야?"

"그럼 똥을 쌌구나."

"뭐? 이잇!"

나연이가 더 이상 참지 못하고 달수를 있는 힘껏 밀쳤다.

"어어! 아이쿠."

달수는 옆으로 나동그라졌다. 하지만 큰 소리는 내지 못하고 소근 거리듯 비명을 질러야 했다

"에이. 왜 이래. 에이 참."

"진짜야. 무슨 냄새가 자꾸 나."

"어디서 무슨 냄새가 난다구 자꾸 그래. 일어나 봐. 한번 보게."

그래서 나연이와 달수는 일어나서 돗자리를 걷었다. 고운 모래바 닥이 드러났지만 아까보다 더 심한 악취가 풍겼다.

"에이, 심상치 않은 고얀 냄새로군."

달수가 투덜대며 여전히 코를 벌름거리다가 아무래도 이상한지 플 래시 불을 켰다.

"자. 이것 좀 비춰 봐. 뭐가 있나보게."

달수는 거침없이 두 손으로 모래를 파기 시작했다.

곧 이어서,

"으악! 이게 뭐야? 으아아!"

"뭔데? 뭔데 그래?"

"으아앙! 아! 똥이다! 똥!"

"우엑! 똥이다! 똥!"

마침내 그들은 비명을 지르고야 말았다 그 통에 주위에 있던 학생 들이 몰려왔다.

"이 선생님, 무슨 일예요?"

"선생님, 왜 그러세요?"

나중엔 자려고 하던 학생들까지 나와서 달수의 텐트를 둘러쌌다. 달수는 여전히 놀란 모습으로 밖으로 뛰쳐나왔다.

"으아아! 하필이면 똥 구덩이에다 텐트를 칠게 뭐야."

"뭐예요? 똥이 있어요?"

"여기 바닥에 온통 똥이야"

달수가 똥이 묻어 냄새가 진동하는 손을 들어 보였다

"우에엑! 똥이다! 똥!"

모여 있던 학생들은 대번에 몇 걸음씩 뒤로 물러서며 일제히 플래시를 달수의 손에다 비췄다.

"이야야야. 똥이야!"

"오매! 똥!"

"똥이다! 똥!"

"똥! 똥!"

한밤에 그들 모두는 야단법석을 떨었다. 모두들 텐트를 옮겨야 한다고 하며 다른 곳으로 옮기기 시작했다. 한밤중의 대이동이었다. 그런 중에도 노사장 내외분이 전혀 눈에 띄지 않았다.

"자기. 노사장님은 그냥 자나 봐."

"어, 정말 어떡할까. 그냥 둘까. 깨울까."

조금 후엔 홍선생과 남자 대학생들이 와서 미안하다고 사과했다.

"아이참, 이거 죄송합니다. 자리를 고르고 골랐는데 이 자리가 넓은데 비어 있더라구요. 우린 식구도 많고 해서 자릴 잡았더니. 어떤 놈들이 똥을 내 지르고 도망간 모양이에요."

"할 수 없어요, 알고서 그런 게 아니니까. 운이 나빠서 그렇지. 그런데 노사장님은 아무것도 모르고 그냥 자는데 어떡하나."

"그냥 두세요. 거긴 깨끗할지 누가 알아요. 지금 곤히 주무실 텐데."

홍선생이 말려서 그냥 두었다.

어찌되었든 텐트가 정리되자 다들 다시 기어 들어갔다. 여기저기서 밤새껏 '킥킥'대는 웃음소리가 끊이질 않았다.

나연이는 달수의 손이 닿기만 해도 펄쩍 뛰었다.

"왜 그래, 손 깨끗이 씻었다는데두."

"그래도, 저리 가 저쪽으로가. 자꾸 가까이 오면 바다로 뛰어 들 거야."

"에이구, 참 재수 지지리도 없네. 에이 참. 하필이면 우리 텐트에서 똥이 나올게 뭐야. 나오려면 금덩이나 나오지. 에이!"

달수는 끝끝내 푸념만 늘어놓다가 잠들고 말았다.

다음날 아침도 되기 전에 웅성거리는 소리가 들렸다. 모두들 또 달수의 텐트 앞에 모였던 것이다.

"이선생님 일어나세요. 거긴 똥 없어요?"

"에엥, 벌써 아침인가?"

눈을 떠보니 나연이는 벌써 일어나서 밖으로 나간 모양이었다. 잠시 후 몇몇 짓궂은 학생들이 달수의 텐트를 열어봤다.

"어마나!"

그들은 기겁을 하고 물러섰다. 달수가 팬티 바람으로 쭈욱 팔다리를 편 채 일어나려고 했기 때문이었다.

"에이구. 거 왜들 그래요."

달수는 억지로 점잖을 빼면서 옷을 주워 입고 밖으로 나왔다.

"선생님. 이 자리에선 노다지 안 나왔어요?"

"이잉, 여긴 노다지 없어요."

"어머! 호호호."

"까르르르."

"노사장님은 아직 안 일어나셨나?"

"왜요. 벌써 일어나서 낚싯대 들고 저리로 가셨어요."

"거기도 노다지굴이었을 텐데."

"알게 뭐예요. 그냥 잘 잤으면 됐지."

"그래도 가봐야지."

달수가 그쪽으로 가니 학생들도 주르르 따라 나섰다 마침 노사장이 낚싯대를 들고 돌아오고 있었다.

"잘 주무셨어요?"

"네. 선생님 아주 잘 잤습니다. 어제 하루 종일 운전을 했더니 피곤한 데다 밤새껏 놀다보니 그냥 녹초가 되었어요."

"근데 텐트 안에서 이상한 냄새 나지 않았어요?"

"냄새요? 잘 모르겠는데."

"그럼 거긴 괜찮은 모양인데 제가 자던 자리에선 똥이 나왔어요."

"예에? 무신 똥이 나와요?"

"모래 바닥에서요. 자꾸 악취가 풍기길래 손으로 팠더니 똥이 왕창 나왔어요."

"이익! 그랬어요?"

노시장은 더 이상 말을 하지 않고 텐트로 들어가서 돗자리를 걷어 내고는 달수처럼 코를 킁킁대었다.

"에휴~. 여기도 똥이 있나 본데. 쿠려."

"어머나! 거기도 똥이 있어요?"

"이를 어째, 호호호"

"똥 위에서 하룻밤 주무셨네. 호호호호."

"카하하하하"

"호호호홋"

"까까까~깍!"

"끄아끄아, 끄으악!."

"한번 파 보시죠. 똥이 있나."

"에이, 다 자고 났는데 뭘 파요, 파긴. 그냥 다른 데로 옮기면 되지."

그들은 거기서 또 배꼽이 빠져라 웃고 떠들었다.

잠시 후 노사장의 사모님이 이를 알고는 '꾸엑꾸엑' 헛구역질을 해서 소화제까지 갖다 주어야 했다. 그 사모님은 그 날 내내 아무것도 먹질 못했지만 노사장이 두 배를 먹었다.

잠시 후, 아침을 해 먹고 미리 준비했던 프로그램에 따라 대학생

선생님들이 율동도 가르치고 노래도 부르고 게임도 하고 그랬다. 어제처럼 벌칙으로 엉덩이로 이름자 쓰기는 없었지만 꽂아 놓은 막대기에 코를 대고 열 바퀴 맴맴 도는 것이었다. 이 벌칙에 걸려들면 그것도 망측하기는 매일반이었다.

막대기 크기가 무릎 정도밖에 되지 않아 자연히 엉덩이를 높이 쳐들어야 했으며 서너 바퀴만 돌면 어지러워 엉덩이가 어느 쪽으로 움직이는지 몰랐다. 하기야 머리가 제정신을 못 차리고 빙빙 도는데 한참 아래쪽에 있는 엉덩이가 무슨 재주로 정신을 차리겠는가 어떤 학생은 어제보다 더 이상야릇하게 엉덩이를 흔들어대어 배창자가 뒤틀리도록 웃어야 했다. 나연이는 얼마나 웃고 눈물을 훔쳤는지 눈 주위가 빨갛게 물들었다.

잠시 후 그들의 게임은 끝나고 점심시간이 되었다. 언제 그렇게들 많이 준비했는지 성대한 잔치상 같았다.

점심을 먹고 나서는 수영 시간이었는데, 수영을 잘하는 사람이 없었다. 대학생들도 수영엔 별 자신 없다며 물장구만 치다가 편을 갈라서 물싸움이나 하자고 했다. 젊은 층과 나이든 층으로 나누어 편을 갈랐는데 어찌된 셈인지 젊은 층이 밀리기 시작하여 쫓겨 갔다.

달수의 수영은 아주 능숙하진 못했지만 어렸을 때 시골에서 하던 솜씨가 있어서 그 중에선 제일 잘했다. 그래서 개혜엄이나 개구리혜엄이라도 학생들에게 가르치려고 했지만 나연이가 따라다니며 꼬집고 말려서 그만두어야 했다.

62. 범인 잡은 캠프파이어

그날 저녁은 캠프파이어를 하게 되었다. 누가 어디서 준비해왔는지 리어카에 나무를 가득 담아 와서는 차곡차곡 쌓아 놓고 불을 지폈다. 불길이 순식간에 위까지 '화악' 하고 달아올랐다.

모두들 불길을 커다랗게 에워싸고 손에 손을 잡고 노래를 부르기 시작했다. 달수는 한손엔 나연이를 잡고 한손에 여학생 손을 잡았는데 나연이는 그게 마음에 걸리는지 자주 흘깃거렸다.

그렇게 한 이십 분 쯤 지났을 때, 어디서 술 취한 사람 몇몇이 나타났다.

"어어, 이게 뭐야?"

그들은 첫마디부터 시비조로, 가까이 오더니 손을 붙잡고 있던 여학생들을 뚫고 캠프파이어 쪽으로 어기적거리며 다가왔다. 모두 다섯 명이었다.

"어어!"

놀란 그들은 소리만 치고 남자 대학생 둘이 선뜻 거기로 나섰다.

"아저씨들, 좀 저쪽으로 가시죠. 여긴 행사를 하고 있습니다."

"뭐야? 여기가 네 땅이야."

"이거 왜 이래. 추워서 불 좀 쬐려는데."

"아저씨, 우리 여기서 행사하는 게 안 보이십니까? 저쪽으로 가세요."

곧 이어서 홍선생과 달수도 그들 앞으로 섰다. 학생들은 엉거주춤 서 있거나 몇몇은 쭈뼛거리며 앞으로 다가갔다.

"그래 당신들이 이 땅을 전세 냈다. 이거지 그러면 나도 전세 냈다."

"아이구, 아저씨, 좀 진정하세요."

"뭘 진정해, 임마."

그 술 취한 사람들 중 한 사람이 남자 대학생에게 호되게 말했다

"어어? 왜 그러세요, 진정하세요."

"뭐야, 너 임마! 꺼져. 이 자식아!"

또 다른 한 사람이 다짜고짜 대들었다.

"아저씨들 좀 진정하세요. 조금만 저쪽으로 지나가시면 되잖아요."

달수가 좀 점잖게 말했으나 이미 기세가 오르기 시작한 그들은 막무가내였다

"이건 또 뭐여. 떼거리인가."

그 때 어디 갔다 왔는지 노사장이 나타났다.

"형씨들, 왜 그러십니까. 선량한 백성들을."

"어어! 이건 또 누구야? 대빵인가?"

"형씨들 말씀이 지나치십니다. 여기서 조용히 놀다 가려구 그러는

데, 좀 저리 비키시죠. 비키면 다 끝나는 거 아닙니까."

"어럽쇼, 이젠 이래라 저래라 훈계까지 하네. 당신이 왕초슈?"

그러면서 주위를 한번 살펴보더니,

"오호, 대학생인 줄 알았더니 공순이떼로구만."

그와 동시에 어디선가,

"야! 저 새끼들 죽여!"

하고 여자의 날카로운 목소리가 들려왔다.

"야! 죽여!"

"죽여! 죽여!"

그 순간 치고 받고 아수라장이 되었다. 모여 있던 여학생들이 때리고 걷어차고 했지만 그놈들은 여학생은 상대도 않고 남자들인 노사장과 달수만을 집중적으로 공격했다. 이틈에 달수도 몇 대 얻어맞고 때리고 했다.

"야! 이놈들아!"

노사장도 전격적으로 달려들어 몇 놈을 때려눕히고 달수는 달수대로 중학교 때 배운 태권도 솜씨를 이제서야 써 먹는다고 앞차기, 옆차기를 해댔지만 대부분 헛발질만 하고 말았다. 그러다가 좋은 기회다 싶어서 돌려차기를 한번 시도했는데 자기 발만 공중에서 한 바퀴 돌고 달수는 '어이크' 하며 쓰러졌다.

"야, 잘들 논다. 네 놈들 트럭으로 열 트럭 와도 까딱 없다."

놈들은 기세가 등등해서 더욱 치고 받았다. 하지만 숫자엔 역부족이었다. 일제히 여학생들이 나서서 공격하고 남자 대학생들이 어퍼컷을 먹였다.

"어억!~"

"크억!~"

하고 돼지 멱따는 소리를 내고는 다섯 놈 모두가 하나씩 쓰러졌다.

"히유, 이 못된 놈들 다 죽었다. 죽일 놈들."

노사장이 씩씩거리며 그놈들을 내려다보고 있는데, 이번엔 호루라기 소리가 고막을 찢을 듯이 들려왔다.

"호르르르륵!~"

"호르르르륵!~"

"호르르르륵!~"

거친 숨을 몰아쉬던 그들은 소리 나는 쪽으로 고개를 돌렸다. 곧바로 순경 한명이 나타났다.

"왜들 싸워요. 누굽니까 주모자가? 갑시다."

"저놈들이 나쁜 놈들이요."

"뭐요? 당신이 주모자지."

더 이상 물어볼 것도 없었다. 다섯 놈은 뻗어 있는데 이쪽은 멀쩡했으니 결국은 노사장과 달수가 주모자 격으로 지목되고 남자 대학생 두 명도 따라나서야 했다. 죽은 줄 알았던 놈들은 깨어나서 순경을 붙들고 억울하다고 하소연했다. 그냥 걸어가는데 시비를 걸고는 이렇게 죽도록 팼다고 하고는 한 놈은 허리가 부러진 모양이라고 하고, 한 놈은 이빨이 흔들린다고 했다.

"이보쇼들! 여기가 어디라고 행패요. 당신들 모두 폭행자요. 폭행은 현장 입건이요. 저 사람들 저렇게 부상당했으니 치료비는 물론이고 당신들 모두 콩밥 먹어요. 콩밥!"

파출소장인지 뭔지 대단한 호통을 치고 있었다.

"저, 그게 아닙니다. 저 사람들이 먼저 시비를 걸어 왔습니다."

"무슨 소릴 하는 거요. 저렇게 사람을 패 놓고는."

참으로 난처한 일이 벌어지고야 말았다. 대학생 두 명은 더 이상 말대꾸도 못하고 노사장과 달수만을 쳐다보았다. 아무리 변명을 하려고 해도 들으려 하지도 않고는 조서를 꾸며야 한다며 주섬주섬 인적사항을 묻기 시작했다.

달수는 어이가 없어서인지 도움을 청하려고 그랬는지 밖을 쳐다보니 수십 명의 올빼미 학생들이 모두 모여서 웅성거리고 있었다. 그 앞에 홍선생과 나연이가 서 있었다. 나연이를 본 달수는 반가움이 앞섰다. 나연이도 달수를 보고는 손짓으로 들어가도 되냐고 물어왔다.

달수가 역시 들어오라고 눈짓 손짓으로 말하니 나연이와 홍선생, 백두반 반장이 쑥 들어왔다

"당신네들은 나가 있으라구 했잖소."

"아닙니다. 잠깐만 드릴 말이 있어서 그럽니다."

말 많은 홍선생이 먼저 입을 열었다. 그러고는 조목조목 얘길 하기 시작했고, 옆에서 또 나연이가 거들며 여차저차하다고 일의 순서를

쭈욱 얘기하니 조서를 꾸미려던 순경은 어안이 벙벙한 듯 달수와 노사장을 쳐다보았다.

"당신들이 그럼 야학교에서 왔단 말이요? 당신들이 가해자가 아니라 피해자란 말이요?"

"예, 예, 그렇습니다."

이어서 홍선생은 노사장과 달수를 번갈아 가리키며 입을 열었다.

"이분은 사십 세도 넘으신 고등학생이십니다. 여기 이분은 자원봉사 선생님이십니다. 여기 두 학생도 자원 봉사 대학생이구요. 이분들은 남들이 단 한 번도 눈길조차 주지 않는 불쌍한 우리 학생들을 한 푼도 받지 않으면서 무료로 학생들을 지도하십니다. 요즘 세상에 이렇게 천사 같은 사람이 어디 있습니까."

홍선생은 얼마나 기가 막히게 설명을 해 대는지 눈물이 나올 지경이었다.

"흐흠. 그래요. 그렇다면 저들이 가해자가 분명하군."

그 말에 이어 나연이도 뭐라고 해 대고 백두반 반장도 이에 질세라 역성을 드니 사건은 전화위복 되기 시작했다. 아프다고 꾀병을 부리던 놈들은 유구무언으로 앉아만 있었다.

"이보쇼들, 당신들부터 조사해 봐야겠소. 당신들 술 얼마나 먹었소?"

"쐬주 한 열 병 먹었죠."

"뭐어? 열 병이나?"

어떤 놈이 실수로 한 말인지 허세를 부리려고 한 말인지 그렇게 대답했다.

"아닙니다. 그 열 병은 쏘주와 맥주 합해섭니다."

"하여간 많이 먹어 취한 건 사실이요. 한 사람씩 이리 와 봐요."

그리고선 인적 사항을 받아 적으려 하자 놈들은 슬금슬금 뺑소니를 치려는지 변명을 늘어놓으며 가려고 했다.

"왜들 이러쇼. 아까까진 죽겠다고 하더니, 좌우지간 조서는 꾸며놓아야 하니까, 이름, 주소하고 번호나 먼저 대시오."

"번호요? 전화번호요?"

"그것도 대고 주민등록번호도 다 대요. 주민등록증 있으면 내 놓고."

적당히 얼버무리고 가려고 하던 놈들이 순경이 자꾸 다그치니까 할 수 없이 제 이름과 주민등록번호를 대고 말았다.

"아무래도 수상합니다."

홍선생이 한마디 또 했다.

"글쎄."

순경은 그들의 인적 사항을 다 받아 적고는 고개를 갸웃하더니 전화기를 들었다.

"으응, 난데 확인 좀 해줘."

그러고는 한 명의 이름을 대고 주민등록번호를 불러주기 시작했다.

그 때였다 이때껏 쭈그리고 앉았던 다섯 놈이 거의 동시에 일어나더니 그냥 튀기 시작했다.

"어어! 저놈들이 도망간다."

문 밖에서 이를 보던 올빼미 학생들은 일제히 그들을 가로막으며 장벽을 쳤다. 놈들은 있는 힘껏 그 장벽을 뚫고 도망치려 했지만 문어다리처럼 들러붙는 여러 학생들을 모두 이길 수는 없었다. 온갖 아우성 속에 순경이 뛰쳐나오고 달수와 대학생들이 가세하여 두 놈을 붙잡았다. 세 놈은 운 좋게 도망치고야 말았다.

"야! 이 새끼야! 왜 도망쳐!"

순경의 입에서 거친 소리가 나왔다.

"이 새끼들 그냥 둬선 안 되겠는데."

순경은 즉시 수갑을 꺼내 두 놈의 팔을 뒤로 돌려 채웠다.

"어이구! 어이구! 살려 주세요."

"야! 이 새끼들아! 죄가 없다면 왜 도망 쳐."

잠시 후 순찰 나갔던 순경 두 명이 들어와선 이들의 인적 사항을 전화로 조사하기 시작했다. 본사에 연결된 컴퓨터 조회를 하는 모양이었다.

"두 놈 다 수배자요."

"예에?"

달수와 노사장이 눈을 휘둥그레 뜬 건 물론이고 다른 사람들도 모두 놀라 입이 한자는 벌어졌다.

"선생님들 수고하셨어요. 선생님들 덕분에 수배자를 여기서 잡게 되었습니다. 도망친 놈들도 얼마 못 갔을 겁니다. 지금 비상을 걸었으니 얼마 못 갑니다. 아무튼 감사합니다."

"아이그. 이게 도대체 어떻게 돌아가는 심판이여."

노사장이 얼빠진 채 한 마디 했지만 다른 사람들은 얼이 빠져 그러지도 못하고 있었다.

63. 올빼미 학교 만세!

　겨우 겨우 마음을 가다듬은 올빼미 학교 학생들과 선생님들이 캠프파이어 자리에 와 보니 벌써 불길은 사그라 들고 잿더미 속에 불씨만 남았다. 진행하던 대학생들이 캠프파이어는 취소하고 뒤이어 촛불 잔치를 한다고 했다.

　어떤 여학생은 그게 뭐냐고 옆의 친구에게 물어 보기도 했는데 그도 모르니 잠자코 있었다.

　컴컴한 밤에 촛불을 하나씩 켜서 모두 들게 하고 그걸 바라보게 한 다음 대학생들은 마이크에다 대고 나즉이 명상에 잠기는 말을 하기 시작했다.

　달수와 나연이도 촛불을 들고 그 말을 듣고 있었다. 동서고금을 막론하고 심금을 울리는 말을 하기 시작하는데 어디선가 '흐흐흑' 하고 흐느끼는 소리가 났다.

　그 소리가 신호탄인가. 모여 있던 사람들 모두 다 흐느끼며 낭송되는 말을 듣기 시작했다. 달수와 나연이도 숙연해져서 고개를 숙이고 있었다. 얼마 후엔 그 소리를 들어가며 조용히 '어머니의 마음'을 합창하는데 울음 반, 노래 반이었다.

나실 제 괴로움 다 잊으시고
기르실 제 밤낮으로 애쓰는 마음
진 자리 마른 자리 갈아뉘시며
손발이 다 닳토록 고생하시네.
하늘 아래 그 무엇이 넓다 하리요.
어머님의 희생은 가이 없어라.

그 노래는 끝을 맺지 못하고 울음소리로 대신해야 했다

"자아! 자아! 너무 그러시지들 말아요."

진행하던 대학생들이 울음을 그치라고 말했다.

"그만들 하세요. 놀러온 마당에 울면 어떡합니까. 지금 이런 자리
에서 부모님 은혜를 한번 생각해 보자고 한 일인데. 그만하세요. 자
그만하고 소리 한번 칩시다. 알았어요? 알았어요?"

"네에."

"알았어요?"

"네에."

몇 번이나 분위기를 바꾸는 다짐을 하고 나서야 울음 섞인 목소리
들이 좀 가셨다.

"자 기분 바꿉시다. 여러분들은 모두 잘 될 거예요. 지난 일이야 어
떻든간에 이제는 모두 잘 될 겁니다 .노사장님은 사업 잘되시고 우

리 만물박사 이선생님은 진짜 박사님이 되실거구 돈도 많이 버실 거예요. 여러분들도 모두 다 시험에 합격하고 뜻대로 잘 될 겁니다. 힘냅시다. 우리 다 같이 야호하고 소리칩니다. 저 밤하늘도 열립니다. 자 다같이 해 보세요. 야~~호~"

"야~~호~"

"아직 목소리가 적어요. 다시 한 번 크게 야~~호~"

"야~~호~"

"올빼미 학교 만~~세~~"

"만~~세~~"

그들의 외침은 정말 하늘까지 닿았는지 구름에 가렸던 달이 빙긋이 얼굴을 내밀었다. 보름달이었다. 그들은 모두 웃으며 환호했다.

다음날은 새벽같이 두 명의 순경이 찾아왔다. 어제의 그 순경은 파출소장이었다. 선생님들과 학생들 덕분에 수배자를 잡게 되었다고 하면서 어제 일은 미안하다고 했다. 그들은 라면을 다섯 상자나 가져왔다. 모두들 고맙다고 몇 번이나 말했다.

그들이 돌아가고 난 다음 동네 이장이라는 사람과 또 다른 사람 둘이서 리어카를 끌고 찾아왔다. 파출소장에게서 다 얘기를 들었다고 하면서 감자며 호박이며 채소를 두 상자나 가져오고 커다란 물통에 그득하게 바다물고기를 담아왔다. 이름도 모르는 생선들이 그득히 담겨 있었으며 살아 있는 게들이 이리 저리 돌아다녔다.

홍선생을 비롯한 모두는 송구스러워 어쩔 줄 몰라 했다.

"아직까진 나쁜 사람보다 좋은 사람이 더 많아 한두 사람 때문에 그렇지."

나연이가 달수에게 건네는 말이다.

"으음. 그래 일어탁수(一魚濁水)지."

"에유, 또 아는 체는."

"히히히, 하하하."

"호호호호."

그들이 돌아오는 길의 관광버스는 굴러서 온 것이 아니라 통통 뛰면서 왔다.

그리고 이건 훗날 얘기지만 봉제업체 노사장이 검정고시에 합격하고 야간대에 입학했다는 소식이 들려 왔다.

〈끝〉